KB063389

로크미디어가
유혹하는
재미있는 세상
ROK
MEDIA
로크미디어

# 이것이 삶이다

# 이것이 법이다 110

2021년 4월 5일 초판 1쇄 인쇄
2021년 4월 8일 초판 1쇄 발행

**지은이** 자카예프
**발행인** 이종주

**총괄** 김정수
**경영 지원** 배진경 임혜솔 송지유

**기획** 이기헌 왕소현 박경무 강민구
**책임 편집** 최전경

**발행처** (주)로크미디어
**출판등록** 2003년 3월 24일
**주소** 서울시 마포구 성암로 330 DMC첨단산업센터 3층 318호, 319호
Tel (02)3273-5135 **편집** 070-7863-8592 Fax (02)3273-5134
**홈페이지** rokmedia.com E-mail rokmedia@empas.com



값 8,000원

ISBN 979-11-354-8913-6 (110권)
ISBN 979-11-255-9575-5 04810 (세트)

자카예프 장편소설

이 소설은 픽션입니다.
등장하는 인물 및 지명 등은 현실과 연관이 없습니다.
또한 소설 내에 나오는 법이나 법리 해석의 경우에도 대중문학의 극적 전개를 위하여 일부분 과장되거나 변형된 것이 존재하니 실제 법과 혼동하지 않으시길 바랍니다.

CONTENTS

# 발 없는 말이 천 리? 천만 리도 간다

보험회사들은 어떻게든 돈을 안 주기 위해 노력한다.

하다못해 그런 노력의 모습이라도 보이려고 한다.

"사실 이번에 갔다 온 사람들이 보험료를 받지 못할 가능성은 낮습니다. 물론 일부는 진짜로 못 받겠지만요."

가령 자발적으로 이주해 갔다거나 자주 일본에 다녔다거나 하는 식으로, 스스로 방사능오염 지역에 장기간 머물렀던 사람들은 재판에서 보험금이 인정되지 않을 가능성이 높다.

"하지만 중요한 건 보험사들이 소송하기 시작했다는 거지요."

"하지만 돈을 안 줄 수는 없다며?"

고개를 갸웃하는 유민택이다.

일본의 경제를 작살내는 방법으로 관광을 틀어막겠다는 방법은 충분히 이해가 간다.

그러나 노형진의 말대로라면 거의 효과가 없다는 것 아닌가?

"그럼 실제로는 돈을 지급받지 못할 가능성이 지극히 낮다는 건가?"

"애매하지요. 방사능이 발암의 원인이 되는 것은 확실합니다만, 애초에 그 연관성을 증명하기가 쉽지 않거든요."

오래 있었다고 해서 병이 확정적으로 생기는 것도 아니다.

"그런데 보험회사들이 그걸 빌미로 돈을 지급하지 않으려 한다고? 어째서?"

"일단 첫 번째는, 자기 직장이 달려 있기 때문입니다."

"자기 직장?"

"네. 이번에 저도 그걸 걸고넘어진 거지요."

주주는 각 회사의 대표를 자를 권한이 있는 자들이다.

물론 주주총회를 통해 해임 건의안을 올리고 결의해야 하지만, 어쨌든 대표인 경영인을 해직할 수 있다.

"그리고 주주들이 가장 많이 신경을 쓰는 게 바로 돈입니다. 분명 돈을 벌 수 있는 방법이 보이고 그걸 알려 주었는데도 그 방법을 쓰지 않는다면, 그 대표에 대한 믿음은 깨지겠지요."

"아아."

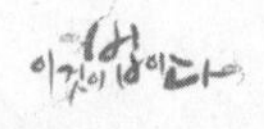

"더군다나 외국계 기업은 대부분 전문 경영인 체재입니다. 우호 지분이고 나발이고 우리나라처럼 강하게 결탁한 게 아니라서, 돈이 되지 않으면 가차 없습니다."

"그러니까 요식행위로라도 소송해야 한다 이거군."

"맞습니다."

돈도 별로 안 드는 소송이니 일단 하고 재판에서 지면 '법원의 명령에 따라 어쩔 수 없이 돈을 줘야 합니다.'라고 주주들을 설득하는 것이, 아무것도 안 하고 '상식적으로 줘야 한다고 생각합니다.'라고 하는 것보다 훨씬 효과가 좋고 자신의 자리를 지킬 수 있다.

"회장님도 아실 겁니다. 자본은 피도 눈물도 없지요."

"그렇지."

결국 경영자는 주주들에게서 스스로를 지키기 위해서라도 소송을 할 수밖에 없다.

"우리는 그 정보를 미친 듯이 퍼 나르면 됩니다. '일본에 가면 발암물질을 자의적으로 먹은 걸로 보고 암 치료비를 안 준다더라.'라고요."

"발 없는 말이 천 리를 간다 이거군."

"홍보의 가장 기본은 공포 마케팅이지요."

주변에서 공포 마케팅은 기본 중 기본이다.

'남들은 다 합니다, 누구나 다 삽니다, 이거 안 쓰면 세상에서 도태됩니다.'라는 식의 홍보가 제대로 먹히면 누구나 그걸 사고 누구나 그걸 쓴다.

"이건 좀 더 직접적이지요."

단순히 사회에서 도태되는 게 아니라 목숨이 걸려 있는 일이었다.

"더군다나 그동안 보험회사에서 아주 오랫동안 공포 마케팅을 해 왔거든요."

"공포 마케팅?"

"그런 말 많지 않습니까? 세 명 중 한 명은 암에 걸립니다."

"으음…… 그렇군. 방송에서 많이 봤어."

"하지만 그건 말장난이지요."

암도 양성이 있고 음성이 있다.

암이라는 것은 세균성 질병이 아니다.

엄밀하게 말하면 인간의 세포가 돌연변이를 일으키는 것이며 외부의 세균으로 인한 감염은 아니다.

"그런데 주변에 물어보세요. 물론 주변에 암에 걸린 사람은 당연히 있을 겁니다. 하지만 그 비율이 세 명 중 한 명? 그렇게까지는 안 됩니다."

암은 종양이라고 볼 수 있다.

그중 돌연변이가 일어났지만 주변에 아무런 영향을 끼치지 못하는 것을 양성종양이라고 한다.

그러나 주변에 해를 끼치도록 변하는 경우 그걸 악성종양,

즉 암이라고 한다.

"그런데 이게 말장난이지요."

암이라는 단어의 범위를 악성종양이 아니라 양성종양까지 확대해석 하고 전부 암에 걸렸다고 해 버리니 당연히 전 국민의 3분의 1이 암 환자가 되어 버리는 것이다.

"국민의 3분의 1이 암 환자라면 나라가 존재 가능하겠습니까?"

"하긴."

아마 나라의 4분의 1을 암 병동으로 만들어도 못 버틸 것이다.

"하지만 그 덕분에 암이라는 것은 사람들에게 두려움의 대상이었지요."

실제로 지금은 좀 나아졌다지만 과거에 암은 집안을 망하게 하는 병이라고 했다.

치료비도 비싸고 재발률도 높고 한 번 수술하고 나면 제대로 일도 하기 힘들어서 돈만 까먹게 되니까.

그리고 아직도 그런 이미지는 남아 있다.

"그래서 사람들은 암이라고 하면 많이 죽는 줄 압니다. 암은 공포 그 자체인 거지요."

노형진은 그 부분을 노렸다.

한국에서 최고로 많은 보험이 암 보험이고 대부분의 사람들이 암 보험 하나씩은 가지고 있다.

"그런데 일본에 다녀왔다는 이유로 암 보험 적용이 되지 않는다는 소문이 돈다면 사람들은 어떻게 할까요?"

"안 가겠군."

"한국뿐이 아니지요."

전 세계 보험회사에서 소송을 걸고 보험금을 안 주려고 한다면 당연히 일본의 관광객 수는 무자비할 정도로 떨어지기 시작할 것이다.

"아마도 일본 입장에서는 미칠 겁니다."

"하지만 그런다고 해도 시간이 지나면 원상 복구되는 것 아닌가? 어차피 줘야 하는 거라면 보험회사에서 소송을 하지 않을 거 아냐?"

그러면 일본 관광객은 다시 늘어날 가능성이 높아진다.

"아니요. 그렇지는 않을 겁니다."

"어째서?"

"보험회사니까요. 꽤 오래전에 한번 말씀드렸던 걸로 기억하는데, 보험회사는 한번 건수를 물면 절대 놓지 않으려고 합니다."

일단 소송에 들어가면 당연히 조정 과정을 거친다.

그러면 그 시간 동안 암 환자는 병원 치료를 받으면서 버텨야 하는데, 당장 돈이 없다는 결정적인 문제와 맞닥뜨리게 된다.

"아! 그래, 기억나. 자네가 해 줬던 말이 있었지, 보험회사는 조정을 노리고 무차별적으로 고소한다고."

"맞습니다."

재판에 들어가면 그 시간은 오래 걸린다.

그런데 암 환자같이 당장 병원비가 필요한 사람들은 다급할 수밖에 없다.

"그리고 대부분의 민사소송은 소송에 들어가기 전에 조정 과정을 거치지요."

그리고 조정 과정에서는 명백하게 줘야 하는 돈인데도 불구하고 조정관들이 그걸 깎아서 조금 가지고 가고 화해하라고 한다.

"하물며 돈을 줘야 하는 증서가 있는 채권도 그 지경인데, 그것도 없는 보험은 어떻겠습니까?"

작게는 20%, 많게는 40%까지 깎인 돈을 들이민다.

"많이 부족한 금액이지만 당장 돈이 필요한 사람들은 받아들이게 됩니다. 한국이 그 지경인데 하물며 미국은 어떻겠습니까? 미국의 의료보험은 극단적 자본주의의 표상입니다."

미국의 보험회사에서 보험금을 주지 않는다고 하면 과연 버틸 수 있는 사람이 얼마나 될까?

아마 대부분이 소송이 끝나기 전에 목숨을 잃을 것이다. 치료할 수가 없으니까.

그것뿐만이 아니다.

그나마 자기가 여행을 간 거라면 방법이 없겠지만 일본으로 출장이나 발령을 지시받아 다녀왔던 사람은 자신이 다녔던 회사에 손해배상을 청구해서라도 살려고 할 게 뻔하다.

그렇게 되면 단순히 관광객의 문제가 아니라 미국에서 일본으로 진출해 있는 수많은 기업들의 문제가 된다.

아예 일본인만으로 일본 지점을 돌릴 수는 없는데 미국인을 일본에 보내 버리면 암이나 백혈병으로 인한 손해배상 문제까지 감안해야 하게 되니 결국 일본의 경제적 진출과 투자에까지 문제가 생길 수밖에 없다.

"잔인하군."

"잔인하지요. 그게 자본주의니까요."

당연히 그 소문은 빠르게 퍼질 테고, 누구도 섣불리 일본에 가려고 하지 않을 것이다.

"그나마 한국이니까 그 정도지, 미국이나 중국 같으면 진짜 보험사를 편들어 줄 수도 있습니다."

미국은 로비가 합법인 나라다. 더군다나 개인의 과실에 대해서도 책임을 엄중하게 물리는 편이다.

미국에서 어떤 사람이 장난삼아서 유튜버를 테러범이라고 신고했고 그곳에 미국의 스와트 팀이 들이닥쳤다.

그런데 그 유튜버가 하던 게임이 FPS, 그러니까 총격전 게임이었고, 그걸 진짜 총소리로 오해한 경찰이 사격을 해서 그가 사망한 사건이 벌어졌다.

한국 같았으면 그 신고한 사람에게 아무런 처벌도 못 했을 것이다.

사살한 건 경찰이고 그는 단지 전화를 했을 뿐이니까.

하지만 미국에서는 그에게 2급 살인을 적용했다.

유튜버가 FPS 게임을 방송 중인 걸 알고 있었고, 그걸 알면서도 경찰력을 동원해서 그를 제압하게 했으며, 총기 자유국인 미국 특성상 충분히 실제 총격으로 오해받을 수도 있다는 걸 알고 신고했다는 점 때문이었다.

실제로 신고 내용은 그가 무기를 들고 휘두른다는 것이었으니까.

"일본이 방사능오염 지역인 건 다 알려진 사실이니까요. 단시간이라면 모르지만 한 달 이상의 장기 여행이라면 보험회사가 이길 수도 있습니다. 문제는, 미국은 한국과는 휴가 문화가 좀 다르다는 거지요."

한국은 길어야 일주일 정도의 휴가를 준다.

그에 반해 미국은 장기 휴가도 적지 않게 주는 편이고, 아예 안식년에 들어가 1년짜리 휴가를 주기도 한다.

"그런 사람들이 일본에서 장기 관광을 한 경우 소송은 아주 치열할 겁니다."

"우리는 그런 부분을 적극적으로 소송한다?"

"맞습니다, 후후후."

노형진은 자신 있게 말했다.

"소문이 나면 아마 아무도 일본에는 가려고 하지 않을 겁니다, 후후후."

돈이라는 것이 언제나 바른 것은 아니다.

많은 경우 돈은 결국 남의 불행을 먹고산다.

그리고 보험회사에 있어서 남의 불행은 결코 반가운 일이 아니다. 자신이 줘야 하는 돈이 늘어난다는 걸 의미하니까.

하지만 반대로 남의 불행을 적당히 이용하면 그 손해를 줄일 수 있다.

"일본에 고작 나흘 갔다 왔습니다!"

"하지만 일본은 방사능오염 국가이지요. 안 그런가요?"

노형진은 한국에서 딱히 소송전을 하거나 보험회사를 압박하지 않았다. 그저 미국과 유럽 등지에서 소송을 했을 뿐이다.

하지만 소송은 순식간에 한국에까지 퍼졌다.

"고작 나흘이라고요! 나흘!"

"물론 나흘이지요. 하지만 자발적으로 방사능오염 지역에 들어간 건 사실 아닙니까? 이건 명백하게 보험약관 위반입니다."

"약관에 그런 조항이 어디에 있어요!"

약관 어디에도 일본에 가서는 안 된다는 조항은 없다.

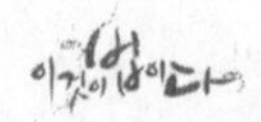

"하지만 대신에 일본에 가라는 말도 없지요. 애초에 방사능오염 지역에 자발적으로 들어갈 거라고 누가 예상이나 했겠습니까?"

"그건……."

"더군다나 일본의 오염 문제는 이미 몇 년이나 지속되어 온 일입니다."

심지어 인터넷에서 조금만 찾아봐도 그들이 그 사실을 은폐하려는 정황이 쉽게 드러난다.

"그런데 단순히 비용이 싸다는 이유로 일본에 가신 건 그쪽이잖아요."

"하지만 고작 나흘 동안 얼마나 피폭당한다고……."

"고작 나흘이 아니지요. 고농도 방사능은 10분만 쐬어도 살이 붕괴되어 버립니다."

방사능은 인간의 유전자를 붕괴시킨다.

엄밀하게 말하면 안전한 수치라는 것은 없다.

방사능을 대량으로 맞을수록 유전자는 쉽게 붕괴되며 또한 암에 걸릴 가능성 역시 높아진다.

"더군다나 말이지요, 거기에 가서 맞고 온 것도 부족해서 내부 피폭되어서 오지 않았던가요?"

"그건……."

내부 피폭.

일본에서 방사능에 오염된 농수산물을 관광객들에게 먹인

건 누구나 아는 사실이고, 그로 인한 내부 피폭은 이미 확인된 사항이다.

물론 피폭량에 차이가 있기는 하지만 내부 피폭은 내부 피폭. 그리고 자발적으로 일본에 간 것은 그들의 선택이었다.

"안 그런가요?"

"하지만 일본과 암의 상관관계는……."

"그건 이미 과학이 입증했지요, 방사능에 피폭되면 암이 걸린다고. 그러니 방사능에 피폭되지 않았다는 걸 입증하든가, 방사능에 피폭되었지만 암과는 상관없다는 걸 이제 그쪽에서 증명해야지요."

사실 발암물질이라는 말로 보통 언론에서 많이 떠들지만 현실적으로 발암물질은 그다지 많지 않다.

언론에서 떠드는 대다수의 발암물질은 발암 추정 물질로, 장시간 노출되면 암을 유발할 수 있다고 의심되는 것뿐이다.

가장 많이 하는 이야기 중 하나가 탄 고기를 먹으면 암에 걸린다는 건데, 탄 고기를 먹어서 암에 걸리려면 매일같이 톤 단위로 먹어야 한다.

그에 반해 확정적 발암물질은 암을 유발한다고 확정된 물질 중 하나인 방사능이다.

방사능은 아주 소량이라도 암을 확정적으로 발생시킨다. 그게 양성이냐 음성이냐의 차이일 뿐이다.

즉, 자기 발로 방사능오염 구역에 걸어 들어간 환자 입장

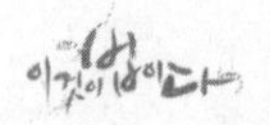

에서는 뭐라 할 말이 없는 일인 것이다.

하지만 암이 걸린 상황에서 막대한 생활비와 치료비를 그가 담당하는 것은 절대 쉬운 일이 아니었다.

"자, 자, 이러지 마시고."

조장관은 그들을 보면서 차분하게 말했다.

하지만 그가 은근슬쩍 기업을 편드는 것은 당연한 일이었다.

"일단 방사능에 오염된 지역에 가신 건 확실한 겁니다. 아니, 많고 많은 곳 중에 하필이면 왜 방사능오염 지역에 가신 겁니까?"

"가, 가격이 싸다 보니……."

"문제가 있으니 가격이 싼 거지요. 안 그런가요?"

"……."

"일단 합의하시지요. 물론 암 부분에 관해 조사해서 받아내실 수도 있지만요."

조정관은 안타까운 눈빛으로 말했다.

"다만 그러자면 그와 관련된 추적 조사와 검사를 해야 하는데, 그 과정에서 돈이 어마어마하게 들 겁니다. 그리고 그 비용은 환자분 측에서 내야 합니다."

"아니, 왜요! 우리가 뭘 잘못했다고!"

"회사 측에서 말한 것처럼 방사능에 의해 암이 발생한다는 건 상식입니다. 그리고 그곳에 간 건 환자분이고요. 그걸 부정하려면, 방사능의 피폭이 암과 전혀 관련 없다는 것을 증명하셔야 합니다.”

법은 간단하다.

뭔가를 주장하는 쪽이 그걸 증명해야 한다.

그게 기본이다.

문제는, 그런 경우 돈이 없고 백도 없는 사람이 불리하다는 거다.

더군다나 방사능이 암과 관련이 있다는 건 이미 수차례 확인된 연구 결과이다.

결국 환자 입장에서는 두 가지 중 하나를 확실하게 해야 한다.

첫째, 드러난 방사능의 양이 무척이나 적다.

둘째, 그 방사능 피폭이 암의 발생과 아무런 관련도 없다.

그런데 두 번째는 불가능하다.

아무리 적은 양이라고 해도 방사능 피폭은 심각한 문제라고들 이야기하니까.

결국 첫 번째뿐인데, 여기서도 문제가 생긴다.

일단 연구비도 많이 들 뿐만 아니라 일본에서는 방사능 측정이 아예 불법이다.

물론 하려고 하면 분명 할 수야 있겠지만, 현행법상은 그렇다.

더군다나 그런 의학적 연구는 최소 10년을 바라보고 연구

해야 현실적으로 결과가 인정된다. 당연히 그걸 연구를 통해 측정한다는 것은 불가능한 일이다.

"이 상황에서 불리한 건 환자분 측입니다."

못해도 그 연구 비용만 치료비보다 훨씬 많이 들어갈 건 당연한 일이니까.

"조정하시지요. 일본으로 가신 책임 문제도 있으니까 원래 받기로 한 돈의 20%는 포기하시지요. 그 대신에 보험회사는 나머지를 지급하고요."

"크윽……."

환자의 가족들은 이를 악무는 수밖에 없었다.

일본은 난리가 났다.

그동안 일본은 전 세계에 어마어마한 로비를 했다. 언론과 국회 같은 곳에 말이다.

하지만 그 안에 보험회사는 들어 있지 않았다.

그런데 난데없이 일본 관광객들에 대한 암 보험금 지급 금지에 관한 소문이 돌자 무서울 정도로 손님이 끊어지기 시작했다.

"이게 어떻게 된 겁니까?"

야시모토 관방 장관은 펄펄 뛰었다.

일본의 상당수 수익은 관광에서 나온다.

사실 전 세계적으로 일본은 관광 대국으로 유명하다.

그들은 자신들의 홍보에 익숙했고, 지팡구라는 말이 있을 정도로 잘 홍보해 왔다.

대부분의 서양 사람들은 동양의 신비라고 하면 한국이나 중국의 이미지보다 일본을 떠올린다.

하지만 아무리 동양의 신비니 뭐니 해도, 결국 사람들이 중요시하는 것은 자신의 안전이다.

"보험회사에서 왜 그런 겁니까?"

"보험회사에서는 암에 걸릴 가능성을 알고도 일본으로 간 사람들에게는 보험을 적용해 주지 못한다고 합니다."

"누가 몰라서 물어요? 왜 그런 말이 나왔느냐 이겁니다, 내 말은!"

"그건 아무래도 주주 회의 중에 무슨 이야기가 있었던 모양입니다."

그들은 설마 노형진이 수를 썼을 거라고 생각은 하지 못하고 그저 주주 회의에서 나온 말이라고만 생각했다.

당연히 그들 입장에서는 미치고 환장할 노릇이었다.

"언론을 통해 헛소문이라고 주장하세요!"

"헛소문이 아닙니다. 한국과 중국 등지에서 집단소송이 벌어졌습니다. 각국의 보험회사는 암 환자들의 해외여행 내역을 확인하고 있고요."

"이이익!"

방사능 유출 사고 이후에도 일본은 안전한 나라다, 일본은 방사능 피해가 없다, 재건에 성공했다 하고 끊임없이 세뇌하면서 그 주장을 유지해 온 일본이다.

많은 사람들이 그 말을 믿었고, 그래서 여전히 관광객들이 많이 오는 나라 중 하나가 일본이었다.

그런데 요즘 인터넷에는 일본에 대해 안 좋은 소문이 퍼지고 있었다.

내전 국가에 가면 납치될 확률만 있을 뿐이지만, 일본에 가면 피폭은 확정적이라고.

그렇잖아도 지난번 사태, 그러니까 일본에 파견된 노동자들에게 후쿠시마산 재료로 음식을 만들어서 먹인 걸로 이미지가 안 좋은 상태였다.

그나마도 일하러 온 사람들이 죄다 가난한 나라 출신이었기 때문에 막대한 돈으로 입을 틀어막는 데 성공했다.

그런데 이제는 진짜 돈이 되는 관광객들에게 치명적인 문제가 생겼다.

"일단 해외 홍보를 늘리세요. 그리고 보험회사에 로비하시고……."

"로비한다고 해서 문제가 해결될 것 같지 않습니다."

안 걸렸다면 모를까, 이미 걸린 상황이다.

만일 문제가 생기면 주주들이 가만히 있을 리가 없다.

"일반적인 정치인이나 학자가 아니라 막대한 돈이 걸려 있는 문제다 보니까 로비가 먹힐 대상이 아닙니다."

"칙쇼!"

관방 장관은 속이 바짝바짝 탔다.

당장 총리에게서 어떻게든 해결하라는 언질이 내려왔지만 방법이 없었다.

'자기가 나서서 해결해 보든가.'

이 상황에서는 총리가 미웠지만, 총리 입장에서도 어쩔 수 없었다.

총리가 나서서 회의를 주재하면 일본에 문제가 있다는 걸 인정하는 꼴밖에 안 된다.

어떻게든 일본 방사능 문제를 막아야 하는 일본 입장에서 그건 최악의 선택이었다.

그래서 관방 장관은 비밀리에 회의를 진행할 수밖에 없었다.

"일단 홍보 자체를 늘리세요. 일본은 방사능 위협에서 일어섰다고 하면서, 보험회사의 말은 거짓말이라고 말입니다."

"하지만……."

이미 몇몇 보험회사에서 지급 의무가 없다고 주장하고 있고 그게 방송에 나오고 있는 상황이다.

광고는 광고일 뿐이고 보험 지급금은 생존이다.

"보험회사의 저런 주장은 오래가지 않을 겁니다."

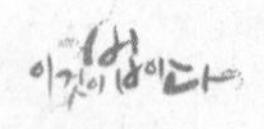

관방 장관은 그렇게 소원을 빌었다.
하지만 그건 그의 예측이라기보다는 기대에 가까웠다.

⚖

"일본은 안전합니다. 마음 놓고 놀러 오십시오. 이야, 이거 완전 한국 대통령 누구 생각나네."
노형진은 일본의 발표에 피식 웃었다.
아무래도 세계적으로 문제가 된 상황이기에 일본에서 아무리 저렇게 홍보해도 사람들이 갈 가능성은 높지 않았다.
"생각보다 훨씬 타격이 큰가 보더군."
유민택은 만족스러운 얼굴로 말했다.
일본의 극우 세력은 매일같이 외국인을 쫓아내자, 순수 일본인을 지키자 등등 국제적 혐오 발언을 했다.
물론 한국인이 주요 목표였다.
"생각보다 효과가 더 강한데?"
"강하지요, 후후후."
노형진은 회귀 전에 일본에 대한 불매운동을 본 적이 있다.
그래서 관광 불매운동이 일본에 얼마나 큰 영향을 주는지 알고 있었다.
'원래 역사에서는 몇 년 후에 벌어질 일이지만.'

하지만 노형진은 좀 더 빠르게 진행시킨 것뿐이다.

그것도 더 세계적인 규모로 말이다.

사실 그때도 갈 놈들은 갔다.

'설마 뭔 일이 있겠어?'라는 안일한 생각과, 일본에 대한 불매운동은 나랑 상관없다고 생각하는 사람들 말이다.

'사람들이 뭔가를 하지 못하게 하려면 그에 대한 불이익을 주면 되는 법이지.'

그렇잖아도 암 환자가 많다고 생각하는 한국에서 일본에 갔다가 자칫 잘못하면 암 보험료를 받지 못하게 된다는 소문이 돌자 너도나도 여행을 취소한 것이다.

어쭙잖은 감정 호소보다는 명백하게 눈에 보이는 불이익이 확실히 효과를 발휘하는 법이다.

"더군다나 소문이 제대로 돌았으니 아마 다시 관광객이 가려면 몇 년은 걸릴 겁니다. 뭐, 제대로 하면 못해도 10년은 일본 관광은 작살날 겁니다."

"제대로? 지금도 제대로 되어 가는 것 같은데?"

노형진은 고개를 흔들었다.

"물론 그렇게 보입니다만, 다른 쪽이 남아 있지요."

"어떤 거 말인가?"

"일본에는 보험회사가 없을까요?"

"설마……!"

노형진은 씩 웃었다.

"아실 겁니다. 현재 일본은 보험회사들이 적자를 보고 있지요. 왜 그럴까요?"

특히 암 보험은 더더욱 적자를 보고 있다.

그럴 수밖에 없다.

일반적으로 수익 구성을 할 때 보험회사가 막무가내로 계산하는 게 아니다. 평균적인 암 발생률, 그로 인한 사망률, 치료에 들어가는 돈 등을 모두 따져서 1인당 평균 수가를 매기고 거기에 수익을 붙여서 보험을 판매한다.

"그런데 현재 일본의 암 발생률은 몇 배로 뛰었지요."

당연히 그로 인해 일본에서 활동하는 보험회사의 수익률은 바닥을 치고 있다. 그건 당연한 일이다.

"그걸 노릴 겁니다, 후후후."

⚖

일본에서 활동하는 보험사들 중에는 외국계 보험사들도 있다.

그리고 노형진은 알게 모르게 그 보험사들의 주식을 긁어모았다.

핵심적인 순간에 난리를 피우기 위해서 말이다.

그중 하나가 바로 모리스보험이었다.

일본에서 모리스보험은 외국계 보험 중에서 상당한 규모

를 자랑한다.

그리고 노형진은 모리스보험의 대주주 중 한 명이었다.

모리스보험의 주주총회. 노형진이 던진 화두는 주주들의 멘탈을 날려 버리기에 충분했다.

"뭐라고요?"

"모리스보험의 일본 철수에 대해 생각해 봐야 하는 거 아닌가요?"

"그게 무슨 말입니까! 멀쩡하게 잘 활동하고 있는 모리스보험입니다. 그런데 왜 철수한단 말입니까?"

일본계 주주인 하시모토는 노형진의 말에 발끈했다.

하지만 발끈한 것은 그뿐이었다. 다른 사람들은 노형진의 말을 진지하게 듣고 있었다.

"지난 몇 년간 모리스보험의 일본에서의 상황은 오로지 적자투성이입니다. 왜 그럴까요? 바로 암 보험 때문입니다."

"그건……."

"과거 모리스보험이 일본에 진출할 당시에 측정한 암 발생률의 열 배가 넘어가고 있는 상황입니다. 과학자들의 연구에 따르면 방사능오염의 특성상 그건 시작이라고 합니다. 이게 뭘 의미합니까? 보험 자체가 지속적으로 적자만 날 거라는 뜻 아닙니까?"

"과학적 증거가 어디에 있습니까?"

"과학적 증거요? 제가 과학적 증거를 대지 못할 거라고 생각하십니까? 전 세계적으로 방사능의 위험성에 대한 연구가 얼마나 이루어지고 있는지 모르십니까?"

"하지만 일본 정부는 안전하다고 확신하고 있습니다."

하시모토는 노형진의 말에 반박했지만 결국 입을 다물 수밖에 없었다.

"그래요? 그럼 일본 정부 측의 과학적 증거는 어디에 있나요?"

"그건……."

과학적 증거는 없다.

이미 제염 작업은 뻘짓인 게 드러난 상황이고, 그나마도 외국인 노동력이 차단당하면서 일본 정부는 교도소에서 범죄자들을 선발해서 투입하는 지경에 이르렀다.

'그만큼 다급하다는 거지.'

원래는 교도소에서 사람을 선발한 역사는 없었다.

하지만 올림픽을 준비하면서 온갖 쇼를 다 해 둔 일본 입장에서는 어떻게든 제염 작업을 해야 한다.

설사 그게 눈 가리고 아웅이라고 해도 말이다.

"현실적으로 일본에서 지금까지 방사능에서 안전하다는 과학적인 증거를 내놓은 적은 없습니다."

"하지만 일본의 방사능은 기준치 이하입니다."

노형진은 피식 웃었다. 그건 말 그대로 말장난이니까.

"국제 기준치의 스무 배 높은 기준치로요?"

일본은 현재 방사능 안전 기준을 국제 기준보다 스무 배나

높여서 운영하고 있다.

사고 당시에 한 번에 열 배를 높였지만 그 수치마저도 감당이 되지 않아서, 몰래 안전 수치를 국제 기준의 스무 배까지 올린 것이다.

그러지 않으면 국토의 대부분이 사람이 살 수 없는 땅이 되기 때문이다.

"그리고 그 병신 같은 제도, 뭐였더라? 아, 맞다. '먹어서 응원하자'와 '태워서 응원하자'. 그것 때문에 일본 전 국토가 방사능에 오염되고 있는 건 아십니까?"

"그건……."

"애초에 내부 피폭이 뭔지는 아십니까? 왜 내부 피폭이 위험한지 아시냐고요."

내부 피폭이 위험한 것은 다름 아닌 그 영속성 때문이다.

방사능의 외부 피폭이 10밀리시버트라고 가정했을 때, 동일한 양의 물질이 내부 피폭되면 백 배 이상의 피폭량을 추정한다.

쉽게 말해서 10밀리시버트가 몸에 들어가면 1천 밀리시버트가 된다는 뜻이다.

그리고 당연하게도 그 내부 피폭자가 똥을 싸면 그 똥은 방사능오염 물질이다.

"국제원자력기구의 안전 기준치는 1밀리시버트 이하입니다. 그런데 일본만 20밀리시버트를 기준으로 하지요. 그 말은, 20밀리시버트 이하의 식자재들이 일본에서 유통되고 있다는 겁니다. 과학자들의 말로는 내부 피폭의 경우 최소 백 배 이상의 피폭이 되고, 계속 먹으면 1천 배까지 늘어난다고 합니다. 지금 일본에서 나오는 모든 식품이 죄다 오염된 상황이니 결국 1만 밀리시버트쯤 된다고 보면 되겠네요."

노형진이 바보도 아닌데 과학적 근거도 없이 이런 이야기를 꺼낼 리가 없다. 당연하게도 모든 자료는 준비되어 있었다.

"지난 몇 년간 모리스보험의 대일본 손실은 열 배 이상 늘어났습니다. 솔직하게 말해서 지금 모리스보험은 다른 나라에서 벌어서 일본에다가 꼬라박고 있는 거예요. 안 그런가요?"

"그건……."

맞는 말이다.

모리스보험뿐만이 아니다. 현재 일본에 진출한 대부분의 외국계 보험회사들이 막대한 손해를 보고 있다.

"그럼에도 불구하고 암 보험을 판매하고 있지요. 우리가 무슨 자선사업가도 아니고, 왜 일본에 우리 수익을 모조리 퍼다 줘야 합니까? 그것도 끝도 없이요."

일단 한번 내부 피폭이 진행되면 암만 치료하는 것으로 끝나지 않는다.

방사능은 끊임없이 내부에서 피폭시키며, 그쪽을 고친다

고 해도 결국 다른 쪽에서 다른 암이 발병하거나 재발하게 된다.

방법은 하나뿐이다. 방사능 치료를 받는 것.

'하지만 일본은 그렇게 말할 수가 없지.'

일본은 자국이 방사능에서 안전하다고, 완벽하게 재건했다고 주장한다.

그런데 방사능 치료를 받으라고 한다는 것은 결국 방사능 통제에 실패했다는 것을 의미한다.

'설사 받는다고 해도 다시 방사능 물질을 먹으면 의미가 없고.'

결국 일본 자체를 떠나야 한다는 걸 의미한다.

"아이들의 갑상선암 발병률은 수십 배가 늘어났습니다. 아이들은 성장기여서 세포분열이 빠르죠. 쉽게 말해서 단시간 내에 일종의 실험처럼 확실하게 결과를 보여 준다는 거지요."

좀 잔인한 말이지만 사실이다.

어린아이들은 성장을 위해 세포분열을 하는데, 방사능은 그 세포에 돌연변이를 만드는 놈이니까.

"그 말은 일본은 앞으로 수십 년간, 아니 수백 년간 방사능에 피폭되어서 끊임없이 우리 돈을 먹을 거라는 뜻입니다. 제 말이 틀렸나요?"

"틀렸습니다!"

"그러니까 그 틀렸다는 증거를 내놓으시라고요."

하시모토는 반박할 수가 없었다. 노형진의 말이 맞으니까.

"암 보험뿐만이 아니지요. 치료비 때문에 자살자도 많아질 테고, 일부는 사고로 위장해서 자살하기도 할 겁니다. 당연히 그에 관련된 사망보험금도 지급해야겠지요. 사고사로 위장하려면 아무래도 자동차 사고가 만만할 테니 결국 자동차 보험도 처리해야 하고요. 아니면 화재로 위장하면 어떻게 될까요? 현실적으로 우리가 일본에 투자한 만큼 뽑아 갈 수 있겠습니까?"

노형진의 주장에 주주들은 점점 더 진지한 얼굴이 되었다.

실제로 많은 보험회사들이 일본에서 적자를 보고 있는 것이 사실이니까.

'하지만 누구도 대차게 나가자는 소리는 못 하지.'

하지만 안다, 누군가 나가기 시작하면 그들은 하나같이 튀어 나가기 시작할 거라는 것을.

"일본을 무시하는 겁니까? 일본에서 장사하기 싫은 겁니까?"

결국 하시모토는 위협하듯이 말했다.

물론 그 위협은 노형진에게 있어서 그냥 개소리나 마찬가지였다.

위협이라는 것은 그 나라에서 뜯어먹을 게 있을 때에나 성립되는 것이다. 그걸 못 먹게 하니까, 그걸 먹기 위해 이쪽에서 몸을 숙이는 것이다.

하지만 지금은 아니다.

"네, 안 할 겁니다. 족히 수백 년은 암투성이가 될 나라입니다. 장기적으로 보면 지금 나가는 게 확실하지요."

노형진의 단호한 말.

"저는 오늘 모리스보험 일본 지점의 총매출을 확인할 겁니다. 그리고 그와 관련되어서 철수에 관한 부분을 확실하게 이야기할 겁니다."

"그건 맞는 말인 것 같군."

드디어 노형진의 의견에 동조하는 사람이 나왔다.

결국 자본주의는 잔인하다.

"미스터 노의 말이 틀린 건 아니야. 수백 년간 암에 의해 적자가 확정된 나라라면 가능한 한 빨리 빠져나가야겠지."

"게리!"

하시모토는 비명을 질렀다.

그럴 수밖에 없다. 게리라고 불린 남자는 이 안에서도 친일파로 분류되고 일본에 투자한 돈이 많은 사람이니까.

"이야기가 다르지 않습니까!"

"무슨 이야기가 말이오?"

"일본을 도와준다고 하지 않으셨습니까?"

게리가 피식 웃었다.

"물론 그랬지. 거기에 투자한 돈이 있으니까. 하지만 손실이 확정적이라면 손을 떼는 게 당연하지 않소?"

"말도 안 됩니다!"

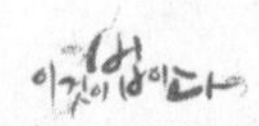

"말도 안 되긴. 일본도 그러지 않았소?"

"언제요!"

"내가 바보로 보이오? 일본이 한국 IMF 때 무슨 짓을 했는지 내가 모를 것 같소?"

하시모토는 입을 꾸욱 다물었다.

한국 IMF 당시에 일본은 한국 정부에서 그렇게 매달렸음에도 불구하고 외환액을 모조리 빼 버렸다.

이유는 단 하나, 손실을 감당하기 싫다는 것이었다.

물론 한국이 생각보다 빠르게 IMF에서 벗어나면서 상황이 좀 바뀌었지만.

"지금이나 그때나 상황은 똑같소. 아니, 지금이 더 나쁘지. IMF는 벗어날 방법이라도 있지만 방사능은 그것도 아니지 않소?"

"그건……."

"나쁘게 생각하지 마시오."

게리는 하시모토에게 차갑게 말했다.

"결국 그런 게 돈이지 않겠소?"

하시모토의 얼굴은 이루 말할 수 없이 창백해질 뿐이었다.

⚖

"아마 모리스보험을 시작으로 다른 곳에서도 막 튀어나오기 시작할 겁니다."

수백 년간 적자가 확정된 땅에 남아 있으려고 하는 보험회사는 없을 것이다.

"하지만 그렇다고 해도 일본의 보험은 여전히 남아 있지 않나?"

노형진의 말에 유민택은 고개를 갸웃했다.

한국도 한국 회사에서 운영하는 보험이 있듯이 일본도 일본 회사에서 운영하는 보험이 있다.

"맞습니다. 있지요."

노형진은 고개를 끄덕거렸다.

"그쪽으로 가입할 텐데?"

"그게 목적입니다."

"그게 목적이라고?"

"지금까지는 손실을 세계 각국에서 감당했으니까요."

그래서 일본의 보험도 버틸 수 있었다.

하지만 일본에서 다른 나라의 보험이 이탈을 시작하게 된다면?

당연히 일본 사람들은 일본 보험에 들게 된다.

실제로 일본 후쿠시마 사태 이후에 암 보험 가입률은 가파르게 상승하고 있다.

"그런데 문제는, 이건 돌려줘야 하는 돈이라는 거지요."

암에 걸리면 당연히 치료비를 줘야 한다.

'그리고 몇 년 후에 일본 정부는 의료비에 세금을 붙인다.'

그리고 그게 일본 국민들의 치명타가 된다.

이게 왜 치명타가 되느냐면, 일본도 한국처럼 국민 의료보험이 있는데 세금을 의료보험 처리 이전의 비용을 기준으로 부과하기 때문이다.

가령 맹장 수술을 한다고 치자.

일반적으로 한국에서 맹장 수술을 하면 50만 원 정도가 든다.

하지만 그렇다고 해서 진짜로 맹장 수술에 50만 원밖에 들어가지 않는 게 아니다.

그건 환자의 자기 부담금이 50만 원이라는 소리고, 실질적으로 나머지 부족분은 의료보험에서 지급하게 된다.

실제로 병원에서 치료받는 데 들어가는 돈은 500만 원 이상이다.

그런데 일본 정부는 보험 처리되기 전의 돈인 550만 원에 10%를 소비세로 징수하게 된다.

예산이 파탄 지경에 이르러서였다.

그렇다 보니 55만 원의 세금이 더 붙는 거고, 당장 수술비가 100만 원을 넘게 된다.

한국 기준으로도 이건 심각한 문제인데, 일본은 의료 수가가 상당히 높다.

당연하게도 그동안 병원들이 벌여 온 로비 때문이다.

그래서 진료하는 경우 자기 부담금은 한국보다 많이 낮은 편이었다.

그렇다 보니 10%의 소비세를 붙이고 나자 실질적으로 병원비가 네 배에서 다섯 배까지 뛰게 되어 버렸다.

쉽게 말해서 맹장 수술 한번 하는 데 최하 200만 원부터 시작하게 된다.

'그리고 그게 일본의 경제에 어마어마한 타격을 입히지.'

일본 정부는 멍청했다.

단순히 세금만 생각하고 다짜고짜 세금을 매긴 건데, 민간보험이라는 것은 의료 수가 처리 이후에 돈을 지급한다.

일본의 보험사들은 한순간에 기존 지출의 네 배를 내야 하는 상황이 되어 버렸고, 이는 보험사들의 이득을 아득히 뛰어넘어 버렸다.

대부분이 실손 보험이었으니까.

당연히 몇 개의 보험사들은 파산했고, 병원비 때문에 다급하게 보험에 들려고 하는 사람들은 늘어나는데 보험사들은 보험료를 미친 듯이 올려 버렸다.

말 그대로 악몽이었다.

돈이 없으면 그냥 죽어야 하는 상황이 되어 버렸으니까.

보험회사가 파산하자 관련된 은행까지 흔들렸고 일본은 극단적으로 흔들리기 시작한다.

'그건 미래 이야기지만.'

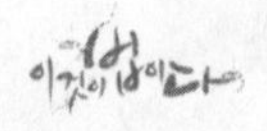

어찌 되었건 중요한 건, 지금 외국계 보험회사들이 일본에서 탈출 러시를 시작했다는 것이다.

"암 환자가 줄어들 일은 없습니다. 결과적으로 일본 보험회사가 엄청나게 타격을 입을 겁니다."

"보험회사의 파산은 타격이 클 텐데."

현실적으로 보험회사는 단순히 보험만 하는 게 아니다.

제2금융권, 그러니까 국가 금융 시스템의 일부를 담당하고 있다.

"압니다. 그래서 제가 오랫동안 공들인 거고요. 제가 뭐 보험회사에 관심이 많아서 야금야금 보험회사 주식을 긁어모았겠습니까?"

"하긴, 그건 그렇군. 자네는 미국계 보험회사를 싫어하지?"

"네."

더군다나 인디언 자치구 병원이 생긴 후에 미국계 보험회사의 수익률은 많이 떨어졌다.

물론 그 덕분에 좀 더 싸게 주식을 살 수 있었지만.

"결국 일본 보험회사들이 살아남는 방법은 하나뿐이지요."

환자들의 방사능 피폭 여부를 확인해서 보험 가입 여부를 판단하거나 보험금을 지급하는 것이다.

"하지만 그건 불가능하지요."

그러한 행동은 일본의 정책에 정면으로 위배된다.

공식적으로 일본은 이 모든 재해에서 벗어나 있으니까.

"하지만 방사능에 오염되었다는 걸 보험회사에서 인정해 버리면?"

"일본 정부의 말은 개소리가 되는 거지요."

거대 보험사와 일본의 대립.

"어느 쪽이 망하든 우리는 무조건 이득입니다, 후후후."

노형진의 말에 유민택은 미소를 지을 수 있었다.

"자네가 미리 준비한 깜짝 선물이 더 있으면 좋겠어, 하하하."

"있습니다. 그러니 기대하셔도 됩니다, 후후후."

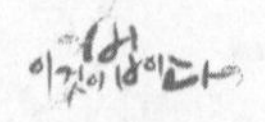

한 놈만 걸려라?

뜨거운 여름, 태양이 가득한 시기.

그 시기는 여러모로 바쁘고 정신없으며 또한 치열하다.

특히나 사법 쪽에서는 진짜 정신이 없다.

한여름, 휴가를 가서 발정 난 남자와 여자가 상대방을 탐닉하기 때문이다.

물론 자기들끼리 좋아서 만나서 하는 거야 문제가 없다.

문제는, 세상은 먹고 먹힌다는 거다.

여름만 되면 해변에 가서 여자를 한 명이라도 꼬시려고 껄떡대는 인간들이 넘쳐 나니까.

그렇다 보니 그중에는 범죄 성향이 있는 자들도 상당하다.

하지만 모든 것에는 양면성이 있고 반대급부가 있기 마련이다.

"이 건은 나도 모르겠다."

얼굴이 핼쑥해져서 노형진을 찾아온 오광훈은 고개를 절레절레 흔들었다.

"이 사건은 아무리 봐도 답이 안 보여."

그의 얼굴에는 피곤이 가득했다.

"도대체 뭔 사건인데 네가 이렇게 죽을 맛이야?"

"꽃뱀이야."

"꽃뱀?"

"그래. 부산에서 발생한 사건인데, 사건 당사자들의 주소가 서울이라 나한테 배정되기는 했는데……."

"흠, 그다지 어려운 일은 아니잖아? 아니, 어려운가?"

꽃뱀이라고 하지만 위에 언급한 대로 모든 건 양면성을 가진다.

이런 사건에서 남자는 무조건 여자를 꽃뱀으로 몰려고 하는 성향이 강하고 여자는 남자를 무조건 강간범으로 몬다.

"그런데 웬 부산?"

"너 이 시기에 부산에 가장 많이 늘어나는 직업이 뭔지 아냐?"

"뭔데?"

"꽃뱀이다."

발정 난 놈들은 죄다 부산이니 해운대니 하면서 바다로 내려가고, 그에 맞춰서 전국의 꽃뱀이란 꽃뱀은 죄다 그쪽으로 내려간다.

“거기는 이 시기가 되면 아주 그냥 성범죄의 성지여, 성지.”

“성지라는 말은 좀 안 어울리는 것 같지 않냐?”

“내 알 바냐? 어찌 되었건 거기에서 얼마나 더러운 일이 많이 일어나는지 알면 가고 싶지 않을걸. 문제는 그걸 아니까 전국의 꽃뱀이란 꽃뱀은 죄다 거기로 몰려간다는 거야.”

거기서 적당히 유혹하면 홀라당 넘어오고, 그 후에 적당히 현장을 덮치면 강간 같은 것으로 엮을 수 있으니까.

“그런데 이것도 아무리 봐도 물뽕을 쓴 것 같단 말이지.”

“뭐야? 그러면 강간이 맞잖아. 그런데 웬 꽃뱀 사건?”

물뽕이라는 게 뭔가. 상대방이 먹으면 기절해서 기억을 잃게 하고 저항하지 못하게 해서 강간할 때 쓰는, 소위 말하는 데이트 강간약 아닌가?

그런데 그게 어떻게 꽃뱀이 된단 말인가?

“그래, 보통 그렇지. 그런데 말이지.”

오광훈은 조용히 목소리를 낮췄다.

“약 먹은 애를 내가 좀 알아. 정확하게는 그 수법을 알지.”

노형진은 흠칫했다.

“그게 무슨 소리야? 그 수법을 안다니?”

“내가 살아 있을 때, 조폭 시절에 말이야. 소문으로 들은 적이 있어. 공사 치느라고 그거 구하는 놈이 있다고."

"공사를 친다고?"

"그래."

보통 물뽕은 데이트 강간약으로 많이 쓰인다.

여자들이 공사를 친다고 하면 그걸 남자에게 먹여서 그 남자가 기절한 사이 돈을 털어 가는 것에 많이 썼다.

"그런데 소문을 들어 보니까 아예 이걸 자기가 먹는다고 하더라고."

"아니, 왜? 그걸 먹으면 자기도 기절…… 아……."

노형진은 자신도 모르게 어이없어서 말문이 막혔다.

그 또한 생각해 보지 못한 황당한 방법이었으니까.

방금 그도 무심결에 강간이라고 생각했다.

"기존 꽃뱀의 작업 방법이 뭐냐?"

"그, 그러네?"

기존 꽃뱀의 작업 방법은 남자를 꼬셔서 모텔로 간 후에 가족이나 남자 친구가 들이닥치는 거다.

아니면 술을 마신 척하고는 남자에게 끌려서 모텔로 가거나.

"전자의 방식은 무척 오래된 거거든."

노형진이 그 방법에 관해 한번 조사했고 그걸 털어서 꽃뱀 조직을 날려 버린 적도 있을 만큼 오래된 방법이다.

당장 가족 관계만 털어도 그건 티가 나니까.

"그다음이 후자지."

술에 취한 여자를 데리고 소위 말하는 홈런을 쳤다고 킬킬거리면서 모델로 간 남자를 강간으로 신고하는 게 요즘 방식이다.

"그런데 요즘은 워낙 CCTV가 많잖아."

길에는 당연히 있고 가게에도 있다. 거기에다 모텔에도 있다.

그렇다 보니 멀쩡하던 인간이 갑자기 훅 쓰러지면 그걸로 꽃뱀이라고 주장하기도 한다.

"설마 자기가 먹고 약 먹였다고 주장하는 거냐?"

"이러면 빼박 아니냐?"

"빼박 맞네."

스스로 약을 먹고 기절하면, 남자가 그녀를 호텔에 데려다 놓고 바로 나오지 않는 이상 엮일 가능성이 높아져 버린다.

특히나 한여름의 부산 같은 경우는 발정 난 놈들이 모여드니까 그렇게 될 가능성도 낮고.

"물뽕이 몸에서 분해되는 데 이틀에서 사흘쯤 걸리니까……."

일어나자마자 병원으로 달려가서 피를 뽑고 검사하면 당연히 물뽕 성분이 나온다.

그리고 이런 경우는 노형진의 반응처럼 현실적으로 남자가 강간을 목적으로 약을 먹이는 경우를 생각할 수밖에 없기 때문에 아무리 남자가 억울하다고 해도 아무도 안 들어 준다.

"거기에다 CCTV를 봐도, 갑자기 여자가 픽 쓰러지면 의심을 하지 않을 수가 없거든."

물뽕 성분이 없다면 이상하다고 주장할 수도 있겠지만 물뽕 성분이 있다면 전혀 이상할 게 없다.

"어이없네."

생각해 보면 그것만큼 확실하게 엮을 수 있는 방법이 없기도 하다.

물론 그냥 물뽕을 먹이고 남자의 지갑을 털 수도 있다.

하지만 수익률이 급이 다르다.

일단 남자에게 물뽕을 먹여서 터는 방법을 쓰면 여자가 강도가 된다.

더군다나 요즘은 사방에 CCTV가 있어서 금방 잡히는 경우가 많다.

그에 반해 버는 돈은 시답잖다.

과거처럼 현금으로 거래하는 시대도 아니고 대부분은 신용카드를 들고 다니니 당연히 그렇게 털 수 있는 돈이 많지 않다.

사실 요즘 같은 시대에는 현금 20만 원만 들고 다녀도 많이 들고 다니는 건데, 물뽕 가격은 아무리 못해도 50만 원이 넘으니까 수지 타산이 안 맞는다.

하지만 본인이 그걸 먹고 확실하게 강간으로 엮을 수 있다면?

수천은 우습게 뽑을 수 있다.

"사건만 들었을 때는 나도 깜빡 넘어갈 뻔했다니까. 그런데 피해자라고 주장하는 애가 아는 애더라고."

"아는 애?"

"그래. 강간당한 여자애, 아니 애는 아니구나. 아는 년이야. 애라고 할 나이는 아니지. 그때는 애였지만. 하여간 그 방법을 이야기해 준 게 누구 같냐?"

노형진의 표정이 묘해졌다.

그러고 보니 그 방법을 누군가에게 들었으니 오광훈도 알게 되었을 것이다.

"그러면 그 여자 나이가 어떻게 되는 거야?"

"지금은 서른세 살이야. 그런데 관리를 겁나 잘했더라. 모르는 사람이 보면 20대인 줄 알겠던데? 내가 마지막으로 본 게 열아홉 살 때였는데."

"네가 어떻게 열아홉 살짜리를 알아? 혹시……?"

"맞아. 우리 조직에 있던 애야. 아, 물론 열아홉 살이면 성인이다. 알지?"

쉽게 말해서 오광훈이 깡패 시절에 운영하던 룸에서 일하던 여자라는 소리다.

"애를 속여서 일 시킨 거냐?"

"웃기고 자빠졌네. 그년은 애초에 올 때부터 막장이었어. 우리 가게에 왜 왔는데."

"왜 왔는데?"

"뭐, 막장으로 치닫다가 가출하고 돈 떨어지니까 돈도 벌 겸 제 발로 왔지. 와서는 돈을 가불해 달라고 하더라. 대신 거기서 일한다고."

"끄응……. 하긴, 모두가 다 선할 수는 없지."

사람들이 다 선하면 좋겠지만 애석하게도 그렇지 않다.

타고나기를 막장으로 태어나는 존재들이 있다.

그들에게는 어떠한 교정이나 교화도 소용없다.

웃긴 일이지만, 아무리 좋은 상황을 부여해도 그들은 필연적으로 범죄를 선택한다.

"그년이 딱 그런 타입이었어."

"그래도 너무 어리면 받지 말았어야지."

"열아홉 살이었어. 성인이라고. 그 나이면, 잘만 꾸미면 무조건 가게에서 에이스 될 때라고. 어린애가 들어왔다고 하면 돈 바리바리 싸들고 얼마나 많이 오는지 모르지? 내가 그때 조폭이었지 검사였냐? 뭘 바라?"

"끄응."

"그래도 나는 손대지 않았다. 내가 그때 딱 자연이 보살피기 시작할 때였거든. 뭐랄까, 약간 이건 아니다 싶은 느낌? 하여간 그래도 너무 어리니까 살짝 찔리기는 하더라."

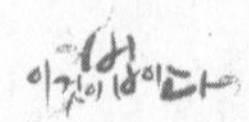

조폭으로서 말도 안 되는 소리이기는 하지만 백자연을 보살피게 되자 저 애도 인생이 불쌍해서 여기까지 굴러들어 왔나 보다 싶어서 오광훈이 나름 챙겨 주고, 공부하고자 하면 공부할 수 있는 여건도 만들어 주겠다고 얘기했다고 한다.

"그런데 이년이 들어와서 한 3개월 있다가 손님한테 공사치고 호로록 날아 버렸네?"

어린 여자애가 외모까지 곱상하니 당연히 흠뻑 빠진 사람도 있었을 테고, 미혼이라면 농담이 아니라 과거가 어떻든 간에 결혼까지 생각하는 사람도 있기 마련이다.

"공사를 쳤다고?"

"몇 달 있다가 그 남자가 찾아왔더라고. 전 재산을 들고튀었다던데?"

"얼씨구?"

오광훈이 그녀를 강제로 잡고 있는 것도 아니었고 내심 제대로 살아가기를 원했으니 좋게 보내 준 건데, 결국 그 여자는 끝까지 자신을 믿어 줬던 사람들에게 칼을 꽂은 것이다.

"그게 마지막이었어."

그 이후에 이렇게 고발로 만나게 될 줄은 몰랐던 것이다.

"그 이후에 어떻게 살았는지는 모르지. 그런데 중요한 건, 일단 내가 아는 그녀은 믿을 만한 년은 못 된다는 거야."

"흠……."

하지만 노형진은 단순하게 생각하지 않았다.

그녀가 손을 씻고 바르게 살아왔으나 강간당했을 가능성도 있기 때문이다.

'하지만 현재는 과거의 총합이란 말이지.'

오광훈이 아는 그 여자가 과거의 모습 그대로라면 분명 그런 식으로 함정을 팔 수도 있다.

실제로 경찰은 강간의 경우 여자가 무조건 피해자라고 보는 성향이 많은데, 거기에다가 물뽕까지 나왔다면 진짜 기적이 벌어지기 전에는 남자가 억울하다고 아무리 외쳐 봐야 절대 제대로 수사도 하지 않을 것이다.

'거기에다, 물뽕은 마약류란 말이지.'

그래서 향정신성의약품 위반 혐의까지 들어가게 돼서, 물뽕을 이용한 강간의 경우는 무조건 실형이 나온다고 봐야 한다.

현실적으로 처벌이 강해지는 것은 당연한 일이니, 그 말은 합의금 역시 많아져야 한다는 것을 의미한다.

"만일 그 말이 사실이라면 이건 생각보다 무척 심각한 문제인데?"

범죄는 말 그대로 눈부신 속도로 발전한다. 그런데 경찰의 수사력이나 법은 거기에 따라가지 못한다.

"그래서 내가 너를 찾아온 거야. 내가 저 여자를 안다고 할 수는 없잖아."

"그건 그렇지."

만일 오광훈이 이 사건이 꽃뱀 사건이라 판단해서 뒤집는다고 해도, 물뽕이라는 게 들어간 이상 재판부에서 인정받지 못할 가능성이 높다.

"그러니 내 주장만이 아니라 그년이 사건을 조작한 거라는 걸 증명해야 하는데 그게 쉽지 않아."

"흠…… 확실히 위험하기는 하네."

"아, 씁. 과거에 그년이 뭐 했는지 아니까 그걸로 흔들어 볼까? 그년이 화류계에서 일한 건 뻔하게 알고 있으니 그걸로 흔들면 좀 켕기지 않을까?"

오광훈은 단순 무식하게 생각했다.

확실히 그녀가 화류계에서 일한 건 사실이고 그 관련자들을 알고 있으니 그들을 증인으로 모으는 건 어렵지 않을 것이다.

하지만 노형진은 그런 방식에 반대했다.

"그건 최악의 수야. 그랬다가는 분명 너를 2차 가해자로 바라보는 시선이 생길걸."

실제로 많은 2차 가해자들이 하는 말이 있다.

여자들이 꼬리 쳤으니까 그런 게 아니냐는 것이다.

물론 그런 개소리다. 하지만 그런 꼰대들이 있는 건 사실이다.

"문제는, 그게 꼰대라면 문제가 생기지 않지만 넌 검사라는 거지."

"흐음……."

"그러면 부담 때문에라도 널 배제하려고 할 거야."

그런 범죄 방식을 아는 건 오광훈뿐이니 당연히 다른 검사는 그 여자 기준으로만 판단할 테고, 그러면 이런 방식의 범죄 기록은 사라지게 된다.

"앞으로도 이런 식으로 계속 범죄가 이루어질 수도 있지. 결정적으로 네가 이런 방식에서 배제된다면 전자 쪽에서도 배제될 수 있어. 사건의 상황 자체가 얼핏 보면 완벽하게 강간이거든. 허 참, 내가 기가 막혀서. 자기가 물뽕을 먹고 강간으로 몰아간다? 이건 진짜 생각도 못 한 수법이네."

"그건 그래."

지금까지 그런 사건은 단 한 번도 없었다.

'아니, 없을 수밖에 없나?'

누가 생각해도 물뽕이라는 것은 남성이 여성에게 먹이는 강간용 마약이다.

여자가 남자에게 물뽕을 먹일 이유가 없다.

그냥 같이 자자고 하면 거절할 남자는 거의 없을 테니까.

그렇다 보니 아무리 노력한다고 해도 물뽕이라는 약품이 들어간 이상 필연적으로 남자는 무조건 가해자 포지션이 된다.

'내가 몰랐다는 건…….'

이 방식이 상당히 먹힌다는 걸 의미한다.

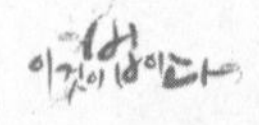

회귀하기 전에도 이런 사건은 들어 본 적이 없었다.

그 말은 경찰도 검찰도 이 사건을 강간으로 확정하고 수사했다는 걸 의미한다.

'만일 가해자가 광훈이가 아는 여자가 아니었다면 아마 나도 그렇게 넘어갔겠지.'

어쩌면 그 여자가 이런 방식의 개발자일지도 모른다.

"그나저나 이 사건을 나한테 말한 건 비밀인 거 알지?"

"어? 왜? 나 스타 검사에서 잘린 거야?"

"아, 씁. 그게 아니잖아. 이번에는 추적 대상과 처벌 대상이 같잖아."

지금까지 스타 검사는 범인을 추적하고 새론이 그들에게 도움을 주는 형태였다.

그런데 이번에는 범인이 이미 확정되어 있다시피 하고, 그걸 기소하는 건 검사의 책임이다.

"그런데 검사가 우리한테 이야기했다고, 우리가 의뢰받았다고 해 봐라. 뭔 꼴이 나겠냐?"

"어…… 해고?"

"해고만으로 끝나면 다행이지. 검사가 바뀐다고."

새로 투입되는 검사는 오광훈처럼 자칭 피해자의 진실을 아는 사람은 아닐 것이다.

당연히 무조건 강간으로 처리할 거다.

"하지만 네가 검사로 남아 있으면 구형량이라도 줄일 수 있잖아.”

“아! 그러네.”

실패한다고 해도 오광훈이 구형량을 줄이면 처벌을 최소한으로 낮출 수 있다.

“그러니까 일단 내가 비밀리에 받은 걸로 하고 넌 당분간 여기에 오지 마. 사건이 어떻게 흘러갈지 모르니까.”

“알았다, 쩝. 이거 참 곤혹스럽네.”

“곤혹스럽지. 사건 기록이랑 남자 쪽 연락처나 두고 가.”

“그럼 일단 이 사건은 내가 시간을 최대한 끌어 볼게.”

“그래, 부탁한다.”

노형진은 그렇게 말하면서 서류를 받았다.

새로운 형태의 범죄를 추적하는 것은 쉬운 일이 아니었기 때문에 노형진의 얼굴은 딱딱하게 굳어 있었다.

“사건이 얼마나 심각한지는 아시죠?”

“네.”

현실감이 없어서일까?

노형진이 만나러 온 세 사람은 하나같이 얼굴이 멍했다.

“도대체 왜 그런 생각을 하신 겁니까?”

“그냥…… 자기가 그런 게 로망이었다고…….”

"로망은 무슨, 하아."

사건을 받아 든 노형진은 상황이 생각보다 더 심각하다는 사실을 알아차렸다.

단순히 강간만 해도 심각한 문제다.

그런데 사건 기록은 집단 강간이었다.

세 명의 남성이 여성에게 물뽕을 먹이고 집단 강간했다는 것.

"그렇게 해 보는 게 자기 성적 판타지라고……."

"바보예요?"

물론 해변으로 온 일부는 아주 적극적으로 변하기도 한다.

그렇다고 해서 남자와 삼 대 일로 하자고 꼬시는 여자는 없다.

"이 정도면 빼박인 거 아시죠?"

마약에 집단 강간까지, 이건 아무리 뛰어난 변호사가 온다고 해도 쉽지 않은 사건이다.

도리어 난이도가 이쯤 되면 살인 사건이 쉽다.

"거기에다 여자 이름도 모르고? 나이도 모르고?"

"그냥……; 하루 화끈하게 즐기고 가겠다고……. 그런데 그런 게 왜 필요하느냐고……."

"끄응."

세 청년은 아무것도 모르는 대학생들이었다.

그들은 그 또래가 흔히 그렇듯 헌팅이라는 원대한 꿈과 여자 친구 만들기라는 궁극의 목적을 위해 바다로 왔다.

그러나 현실이 언제나 그렇듯이 여자들은 그러한 헌팅에 별로 관심이 없었고, 실망한 그들에게 그 여자가 다가온 것이다.

'추억이 악몽이 되었군.'

노형진은 고개를 절레절레 흔들었다.

"변호사님, 저희 진짜 약 안 썼습니다. 그 마약이 뭔지도 모르고 물뽕이 뭔지도 몰라요."

"저희는 진짜 억울해요, 흑흑."

"엉엉엉, 엄마……."

그나마 정신을 차리고 말하던 한성주가 울기 시작하자 나머지 두 사람 역시 질질 짜기 시작했다.

그런 그들을 보고 있자니 노형진은 어떻게 해야 할지 답이 안 보였다.

"일단 저희가 얻은 정보에 따르면 이 사건은 확실히 의심스럽기는 해요."

"진짜죠? 저희 아무것도 안 했어요, 엉엉."

"네, 정보로는 그렇겠지요. 하지만 정보라고 모두 다 재판에서 쓸 수 있는 게 아닙니다."

재판정에서 오광훈이 죽었다가 다시 살아난 회귀자여서 그 여자를 안다고 할 수는 없지 않은가?

더군다나 벌써 몇 년 전 이야기다. 사람이 변할 가능성이

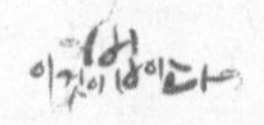

낮다고 해서 아예 절대 있을 수 없는 일은 아니다.

"그러니 우리가 할 수 있는 건 최선을 다해서 그 여자를 조사하는 것뿐입니다."

"흑흑흑."

"그만 좀 우시고요."

노형진은 긴 한숨을 내쉬었다.

"일단 이 사건은 제가 좀 알아보도록 하지요."

"어…… 어디 가십니까?"

"조사해야지요. 여기서 여러분들의 하소연을 듣는다고 해서 해결책이 생기는 건 아니니까요."

노형진은 눈을 찡그리며 말했다.

"쉽지는 않을 것 같지만 말입니다."

⚖

"그런 방식의 범죄가 있다고요?"

고연미 변호사는 눈을 크게 떴다. 그녀도 그런 방식의 범죄는 들어 본 적도 없으니까.

"그러니까요. 저도 들어 본 적이 없습니다. 하지만 이건 진짜 먹히는 방법입니다. 고 변호사님이라면 어떻게 변호하실 겁니까?"

"으음……."

고연미 변호사는 잠깐 고민했다. 그리고 한숨을 푹 쉬었다.

"포기. 이거 진짜 변론 방법이 없는데요."

"그렇지요?"

남자의 주장은 원천 봉쇄된다.

왜냐하면 주장할 게 여자가 꽃뱀이라는 것뿐이니까.

그리고 재판부는 그런 남자의 주장을 잘 들어 주지 않는다.

"그나마 중립적인 재판부라고 해도 말이지요, 결국 증명의 책임 문제가 나타납니다."

증명의 책임.

주장하는 자가 그걸 증명해야 한다는, 재판의 가장 기본적인 방법.

저쪽이 꽃뱀이라는 걸 증명하기 위해서는 이쪽에서 그 관련 증거를 내놔야 한다.

"하지만 그게 쉽지 않네요."

가장 확실한 증거는 그 여자가 그 물뽕을 샀다는 걸 증명하는 것인데, 이게 문제다.

"주장을 증명하기 위해서는 경찰의 수사가 기반이 되어야 하지요. 바로 거기서 문제가 생깁니다."

"경찰과 검찰이 제대로 수사할 리가 없군요."

"맞습니다."

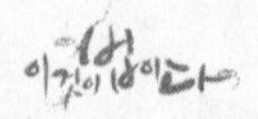

성범죄의 경우는 억울하든 억울하지 않든 무조건 무고라는 과정을 거칠 수밖에 없다.

억울한 경우는 진실을 밝히기 위해서, 진짜 성범죄자인 경우는 고발한 상대방을 억압하고 사건을 흔들기 위해서.

그렇다 보니 현실적으로 성범죄에 관련된 사건에서 검찰과 경찰은 그다지 적극적으로 무고 여부를 조사하지 않는다.

현실적으로 말한다면 남자는 일단 나쁜 놈에 강간범 맞다고 예단하고 조사한다고 봐야 한다.

"그들이 여자 쪽을 조사해서 물뽕을 샀다는 걸 증명해 주지는 않겠군요."

"마약 사범이 그렇게 쉽게 잡히겠습니까?"

수사 중에서도 가장 난이도가 높은 게 바로 마약 사범이다.

그들은 쉽게 새로운 손님을 받지도 않는다.

심지어 요즘은 모든 마약 거래를 택배나 퀵으로 하려고 한다. 그래야 안 잡히니까.

"그러니 이런 사건에서 경찰이나 검찰의 도움은 기대하기 힘듭니다."

"그러면 어떻게 하시려고요?"

"일단 정보가 맞는다면 그 여자를 흔들어서 시간을 끌어볼까 생각 중입니다."

"네? 어떻게요?"

"과거는 결국 그 사람이 만든 거니까요. 그리고 그게 그를 언젠가는 따라잡기 마련입니다."

노형진은 자신 있게 말했다.

⚖

"오혜련 그년이 잡혔다고요?"

나이 오십쯤 되어 보이는 남자가 허탈하게 노형진에게 물었다.

"아, 잡힌 건 아닙니다만, 정확하게 말하면 위치가 드러났습니다."

"뭐요? 그런데 왜 안 잡아요?"

"아무래도 오래된 사건이니까요."

벌써 10년이 넘은 사건이다.

그렇다 보니 경찰이 그 사건을 인지하지 못할 수도 있다.

정확하게 말하면 수배가 떨어지지 않았다.

아니, 수배 기간이 끝났다고 봐야 한다.

오광훈이 그녀가 도둑질, 즉 절도를 하고 도망간 게 열아홉 살이라고 했다.

그런데 지금 서른세 살이다.

그 말은 벌써 14년 전 일이라는 뜻이다.

'종종 기록에서 누락되는 경우가 있지.'

일단 공소시효가 소멸된 것은 확실하니까.

"그래도 그년을 어떻게든 잡아야 할 거 아닙니까! 그년이 내 돈을 무려 5천만 원이나 가지고 튀었단 말입니다!"

그 당시 5천만 원이면 어마어마한 돈이다.

지금으로 치면 못해도 1억 5천 이상의 가치는 될 돈.

"그게 문제입니다. 공소시효가 끝났습니다."

"뭐요?"

"정확하게 말하면 공소시효가 끝났다고 의심되고 있지요."

만일 그녀가 해외로 튀었다면 당연히 공소시효가 자동으로 정지된다.

하지만 그녀에 대해 경찰이 조사하기 전에는 그걸 확실하게 알 수가 없다.

"그래서 제가 황주달 씨를 찾아온 겁니다. 고발을 부탁드리려고요."

노형진이나 오광훈이 오혜련을 고발할 수는 없다.

공식적으로 둘 다 오혜련의 과거를 알지 못하니까.

"하지만 황주달 씨는 다르지요."

그는 피해자이고 지금까지 배상금을 받지 못하고 있다.

"하지만 방금은 공소시효가 끝났다고 하지 않았습니까?"

"만일 한국에 계속 있었다면 그렇겠지요."

공소시효는 검사가 판단한다.

그런데 현재 검사는 범인이 해외로 튀었는지 아닌지 알 수 없다.

"즉, 그 전까지는 조사가 진행된다는 말입니다."

만일 해외로 튀었던 기록이 나오면 법은 자동으로 그 시간 동안 공소시효가 중단된 것으로 본다.

가령 절도의 공소시효는 7년이다. 현실적으로 보면 무조건 공소시효가 끝났다.

그런데 만일 그녀가 절도를 저지른 뒤에 바로 해외로 튀었다가 작년쯤 들어왔다면?

당연히 해외에 나가 있던 기간에는 공소시효가 자동적으로 정지된다.

"중요한 건 그걸 알아내기 위해서는 경찰의 조사가 시작되어야 한다는 거지요."

공소시효의 판단은 경찰이 하는 게 아니다.

애초에 경찰은 판단 능력 자체가 인정되지 않는다.

경찰이 사건에 대해 판단하고 그걸 마음대로 처리하는 것은 명백한 월권이다.

"공소시효는 그러면 누가 판단하는 거지요?"

"검사가 합니다."

"하지만 그런다고 해서 제가 얻을 이득이 없지 않습니까?"

노형진은 고개를 흔들었다.

"돈은 찾으셔야 할 거 아닙니까?"

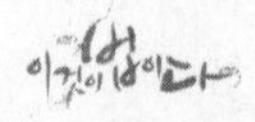

"돈요?"

"그렇습니다."

"하지만 사건 자체가 오래되어서 채권 소멸시효에 걸린 거 아닌가요?"

황주달의 말에 노형진은 고개를 흔들었다.

"그러면 누구나 다 도망 다니게요?"

채권의 소멸시효는 10년이다.

하지만 이런 경우는 일반 채권이 아니라 일종의 손해배상이다.

"그건 어디까지나 그걸 요구할 수 있는 상황에 한합니다."

그동안 오혜련은 도망 다녔다.

"그런 경우 손해배상의 시기를 그 가해자를 추적한 날로부터 계산하게 되어 있습니다."

만일 그렇지 않다면 누구나 막대한 돈을 훔친 후에 도망 다니다가 그 돈으로 떵떵거리면서 살 테니까.

"그 말은 황주달 씨의 채권은 아직 살아 있다는 소리이지요."

황주달이 눈을 크게 떴다.

자신의 막대한 재산을 가지고 도망간 오혜련이다. 그런데 그걸 다시 받을 수 있다니.

"그리고 이자까지 포함해서요."

연 20% 정도의 이자까지 포함한다면 현실적으로 물가 상승분 이상의 수익을 낼 수 있다.

황주달은 고개를 끄덕거렸다.

"그 망할 계집에게 복수할 수 있다면 당연히 해야지요. 내 돈도 찾아야 하고. 그런데 그럴 거면 형사 고소를 할 필요가 없지 않습니까?"

"아, 그건 좀 다릅니다. 입증책임 부분이 좀 복잡하거든요."

일단 신고하면 그녀가 돈을 들고 도망간 것은 어렵지 않게 증명할 수 있다.

하지만 그 민간 채권의 소멸시효를 증명하는 게 쉽지 않다.

"만일 그걸 청구할 수 있는데도 불구하고 청구하지 않았다면 이미 소멸시효가 끝난 셈이 됩니다. 문제는 상대방은 그걸 주장할 거라는 거지요. 그걸 반박하기 위해서는 상대가 도망 다녔다는 걸 증명해야 합니다. 그런데 어떻게 증명하실 겁니까?"

"끄응……."

그렇다.

그녀가 도망 다녔다는 증거를 가지고 있어야 어떻게든 재판부를 설득할 수 있는데, 그걸 증명할 증거 같은 건 황주달에게 없다.

"하지만 공소시효를 이용한 고발이라면 증명되지요."

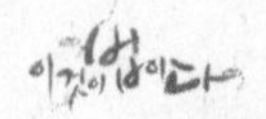

절도로 고소한 지 10년이 넘었다.

그런데 그게 공소시효가 다 되도록 안 잡혔다.

그 말은, 오혜련은 그 기간 동안 도망을 다녔다는 것을 의미한다.

"즉, 선생님의 입증책임이 훨씬 가벼워진다는 거지요."

황주달은 눈을 크게 떴다.

"그러면 형사처벌은 못 해도 돈은 돌려받을 수 있다는 말씀이군요."

"맞습니다."

노형진은 씩 웃으며 말했다.

"그리고 저희는 그 덕에 약간의 이득을 볼 수 있을 테고요, 후후후."

⚖

황주달은 당연히 경찰에 고소했다.

오혜련은 경찰이 찾아오자 당황했다.

자신이 등쳐 먹었던 과거의 일은 완전히 잊고 있었으니까.

"절도하신 거 맞으시지요?"

'아니, 그게 몇 년 전 일인데…….'

사건을 진행하려고 하다 보니 당연히 연락처와 주소를 경찰에게 넘겼고, 경찰이 그녀를 찾아오는 건 당연히 어렵지 않았다.

"누, 누가 그래요?"

"이미 기록을 찾았습니다. 너무 오래되어서 좀 걸렸습니다만."

"그런 적 없어요!"

"하지만 그 당시에 증언과 기록이 있던데요?"

"아니, 난 억울하다니까요!"

"그건 조사하면 나옵니다."

오혜련은 이를 악물었다.

사실 그녀도 바보는 아니다.

애초에 바보라면 이런 식으로 함정을 파는 건 꿈도 못 꾼다.

"그래서 어쩔 건데요?"

"네?"

"어쩔 거냐고요. 어차피 그 사건은 공소시효가 끝났어요."

이미 인터넷을 통해 그 일의 공소시효가 끝났다는 건 알고 있는 그녀였다.

당연히 그녀는 도리어 당당했다.

실제로 많은 범인들이 도망 다니다가 공소시효가 끝나면 경찰이나 검찰을 도발한다.

자신들이 승리자라고 생각해서였다.

"고발하려면 하라고 하세요! 어차피 공소시효도 끝난 사건인데 뭘 어쩔 건데요?”

그녀는 자신 있게 말했다. 그리고 그게 그녀의 실수였다.

⚖

“이 건은 금방 결론이 나네요.”

고연미는 검찰에서 나온 내용을 보면서 혀를 내둘렀다.

그럴 수밖에 없는 게, 애초에 시간이 확실하게 지나갔기에 검사는 별로 조사도 하지 않고 공소시효 종료를 결정했다.

물론 해외로 도망갔다면 모르지만 그런 적이 없다는 걸 증명하는 것은 그다지 어렵지 않았다.

“뭐, 조사가 어렵지는 않지요.”

무슨 밀입국을 한 것도 아니고 조금만 조사하면 국내 행적을 추적할 수는 있으니까.

실제로 오혜련은 국내 행적을 제출했고, 대충 확인한 후에 공소시효 종료를 결정했다. 쉽게 말해서 경찰이 태만해서 그녀를 잡지 못한 것이다.

“이제 민사로 오혜련을 압박하면 되는 건가요?”

고연미는 노형진이 판 함정이 아마도 그쪽으로 갈 거라고 생각했다.

하지만 노형진의 생각은 달랐다.

“아니요. 저는 그렇게 할 생각이 없습니다.”

"네?"

"민사는 애초에 제 사건도 아니고요."

황주달이 새론에 민사사건을 맡기기는 했지만 그다지 어려운 사건이 아니기에 새론에서는 그 사건을 다른 변호사에게 배당했다.

"더군다나 거기서 이긴다고 해서 원래 의뢰인인 한성주와 그 친구들에게 영향을 주는 것은 아니지 않습니까?"

"그건 그런데요. 그러면 왜 황주달 씨에게 간 거죠? 이번 사건과는 전혀 관련이 없는데. 물론 압박은 가해질 테지만요."

물론 그 압박으로 이번 사건을 철회하게 하는 것은 불가능하다.

도리어 그 압박이 사건을 더 크게 만들 수도 있다.

돈을 갚기 위해서는 돈을 구해야 하기 때문이다.

"제가 원한 건 그게 아니라 이거거든요."

노형진은 씩 웃으면서 뭔가를 꺼내 들었다. 그리고 그걸 고연미에게 내밀었다.

그걸 받아 든 고연미는 고개를 갸웃했다.

"이건……?"

"아까 말했지요? 그녀는 자신이 한국에 있었다는 걸 증명해야 합니다. 그래야 공소시효 종료의 효과를 볼 수 있으니까요. 맞습니다. 그건 그녀가 제출한 기록입니다. 언제 어디에 있었는지 말이지요."

"그게 이번 사건과 무슨 관계가 있다는 거지요?"

"그녀가 황주달에게서 가지고 간 돈은 5천만 원입니다. 그 당시에 큰돈이기는 했지만, 그렇다고 해서 그게 지금까지 놀고먹을 만한 돈은 아니지요."

더군다나 오혜련은 노형진이 보기에도 무척이나 자기 관리를 잘했다.

얼핏 봐서는 아무리 잘 봐도 20대 중반으로밖에 안 보인다.

"그녀는 원래 황주달을 룸에서 만났습니다. 그리고 룸은 기본적으로 현금 장사죠. 거기에다가 제대로 관리한 얼굴과 몸매."

고연미가 눈을 찌푸렸다.

"다른 지역의 룸에서 일했다?"

"아니면 동종 전과가 있다."

"네?"

"우리나라 범죄 기록의 특성은 가해자 기반이라는 거지요."

즉, 그의 신상을 조사했을 때 그와 관련된 사건에서 그의 가해 기록만 뜬다는 것이다.

그의 피해 기록까지 뜬다면 그건 명백하게 인권침해의 영역에 들어서기 때문이다.

"정보에 따르면 그녀가 이런 방식을 생각한 건 제법 오래되었다고 합니다. 그리고 그녀는 수년간 도망 다녔지요. 그렇다면 그동안은 돈을 어디서 구했을까요? 그리고 그 돈을 벌기 위해서 어떤 일을 했을까요?"

룸살롱에 자발적으로 들어갈 정도의 여자라면 사실 답은 나와 있다고 봐도 무방하다.

"이쪽으로 파 주십시오. 아마도 룸살롱 근무 기록이 나올 겁니다. 그리고 그녀가 피해자로 되어 있는 다른 사건이 더 나올 가능성도 높고요."

노형진이 봤을 때 그녀의 대처는 너무 익숙했다.

현실적으로 한 번도 안 해 본 사람이 이렇게 능숙하게 사건을 이끌어 가는 것은 힘들다.

"그러면 노 변호사님은요?"

"저는 다른 증거를 찾아볼 생각입니다."

"다른 사건이라고 하시면?"

"모든 것에는 근본이 있기 마련이니까요, 후후후."

근본적 원인?

"물뽕을 파는 놈들이 한두 명이 아니라서요."

그녀의 관련 기록을 찾는다고 해서 사건이 해결되는 것은 아니다.

기본적으로 그녀에 대한 정황증거는 될지언정 그녀가 사건을 꾸몄다는 증거는 되지 않는다.

"정확하게 말하면 너무 많아서 특정하기가 힘들지요."

고문학은 고개를 흔들었다.

"그 정도인가요?"

"마약을 취급하는 놈들 중에서 물뽕을 취급하지 않는 놈은 없을 겁니다."

워낙 많이 취급해서, 정작 그녀에게 물뽕을 판 놈을 찾는 것은 불가능에 가깝다.

"더군다나 요즘은 아예 온라인 판매로 돌리는 놈들도 많아서."

돈은 차명 계좌로 받고 물건은 퀵으로 보낸다.

당연히 그걸 추적할 때쯤이면 이미 판매자는 거기를 뜬 후다.

"그렇다 보니 저라고 해도 놈들을 다 잡지는 못합니다. 더군다나, 아시지 않습니까? 한국이 마약 청정국이라는 말도 사실상 이미 옛말이라는 걸요."

마약 청정국의 조건은 인구 10만 명당 마약 사범이 스무 명 미만이어야 한다.

그러나 한국의 마약자 수는 그 조건을 아주 옛날에 넘어섰다.

"그리고 이런 말씀 드리긴 그렇지만, 일선에서는 마약 청정국 타이틀이 마약 사범을 잘 잡아서가 아니라 눈을 돌려서라고 생각하는 지경입니다."

"그래요?"

"생각보다 심합니다."

'하긴, 클럽만 가도 대놓고 마약 하는 새끼들이 널렸는데.'

하지만 현실적으로 그런 클럽에 가서 단속하는 경찰은 없다.

몰라서?

아니다. 알기 때문이다.

마약 단속해서 얻는 이익보다 눈감아 주고 얻는 이익이 훨씬 많은 탓이다.

"심지어 경찰이 마약 딜러인 경우도 있는데요, 뭘."

"네? 그게 무슨 말씀입니까?"

"아, 모르셨군요? 하긴 그것도 경찰의 추문이니까."

고문학은 피식 웃었다.

"좀 된 일이긴 한데, 경찰 녀석이 마약 압수품을 빼돌려서 판매하다가 걸린 적이 있습니다."

"허, 그게 사실인가요?"

"애초에 마약이라는 확인은 사건 초기에만 하니까요."

그러니까 마약이라고 확정된 후에는 비슷한 밀가루 같은 걸로 바꿔치기해도 잘 모를 수밖에 없다.

"특히나 자잘한 마약 사범 같은 놈들은 정확한 무게를 잘 모르니까요."

유통하는 놈들이야 그 작은 1그램 단위가 100만 원이 넘어가는 판국이니 당연히 눈을 크게 뜨고 무게를 측정하지만, 마약쟁이들은 자신이 잡힌 후에 마약에 대해서는 신경 쓸 수가 없다.

그들의 마약중독 여부는 혈액검사 결과로 판단된다.

그 말은 그 마약쟁이가 가지고 있던 마약을 바꿔치기한다고 해도 경찰에서는 알 수가 없다는 소리다. 그걸 맞지는 않을 테니까.

그렇다고 사건이 확실한데 잡범들까지 검사하지도 않을 테고 말이다.

"그런 사건이 있었습니까?"

"제법 유명했지요. 그때 피바람이 분 걸로 기억합니다. 어찌 되었건 현재 한국의 마약 사범 추적 실력은 거의 바닥 수준입니다."

"으음……."

"제가 봐서는 노 변호사님이 막은 마약 사범들이 더 많을 걸요."

고문학이 칭찬인지 아니면 한숨인지 알 수 없는 말을 하자 노형진은 머리를 긁적거릴 수밖에 없었다.

"그러면 마약 사범을 잡아서 자백을 받아 내는 것은 불가능하다는 말씀이군요."

"네, 더군다나 그걸 오혜련이 이야기해 줄 가능성은 제로일 테고요."

"하긴, 다른 건 다 정황증거니까요."

술집에서 일하는 여자라고 해서 강간이 허용되는 건 결코 아니다.

많은 술집 여자들이 출퇴근을 할 때 사설 택시를 탄다.

현실적으로 사설 택시는 불법이고 도리어 일반 택시보다 그 가격이 비싸다.

그럼에도 불구하고 더 비싼 돈을 주고 그녀들이 사설 택시를 타는 이유는 간단하다.

일반 택시의 경우 질이 좋지 않은 운전자들이 성추행이나 성희롱을 일삼고 심지어 강간을 시도하기도 하기 때문이다.
하지만 현실적으로 법으로 그걸 처벌하는 건 쉽지 않다.
그녀들이 술집 아가씨라는 이유로 색안경을 끼고 보기 때문이다.
설사 처벌받는다고 해도 기껏해야 벌금 수준이다.
그에 반해 사설 택시들은 그런 면에서 더 안전하다.
사설 택시, 쉽게 말해서 자가용을 이용한 운송은 하고 싶다고 해서 다 끼워 주는 게 아니다.
당연히 그걸 운영하는 놈들은 조폭들이다.
그들의 아래서 운영하는 놈들이 그런 짓을 했다가는 조폭들에게 두들겨 맞고 쫓겨난다.
심지어 자가용을 빼앗기기도 한다.
일종의 암묵적 공생 관계인 것이다.
'그러니 그녀가 거기에서 일했다는 걸 증명하는 것도 쉽지 않을 테고.'
증명한다고 해도 그녀의 성적 자기 결정권이 사라지는 것은 아니다.
물론 무고에 대한 의심이 피어나기는 하겠지만, 단순히 의심이 피어나는 것과 증거가 존재하는 것은 전혀 다르다.
"고연미 변호사가 쓸 만한 정보를 가지고 오기를 바라는 수밖에 없군요."
"그게 쉽지는 않을 것 같습니다만."

고문학의 말에 노형진은 고개를 끄덕거렸다.

그건 절대 쉬운 일이 아닐 것이다.

"역시 노 변호사님 말씀이 맞았어요."

고연미는 오혜련의 뒷조사를 했다.

"특정하는 게 쉽지는 않았지만 일단 술집에 일한 건 확실한 것 같아요."

"그렇지요?"

"네. 그런데 의외인 것은 그녀에게 비슷한 사건이 전혀 없다는 거였어요."

"비슷한 사건이 전혀 없었다고요?"

"분명 비슷한 사건이 있을 거라고 하셨잖아요?"

오혜련의 경우 오래전부터 이런 계획을 하고 있었고, 그래서 노형진은 그녀가 몇 번이나 그런 건수를 했을 거라 생각했다.

그런데 의외로 그런 사건이 없단다.

"없었다고……?"

"네, 그녀가 강간 피해자로 신고한 건 이번 사건이 처음이에요."

"그럴 리가 없는데."

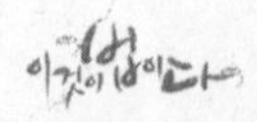

오광훈은 그녀가 어려서부터 이런 계획을 가지고 있었다고 했으니, 몇 번이나 실행하고도 남았을 시간이 흘렀다.

그런데 한 번도 신고한 적이 없다고?

“이건 말이 안 되는데.”

일반적인 범죄자의 패턴을 생각하면 이해가 가지 않았기에 노형진은 당황할 수밖에 없었다.

“확실한 건가요? 그 여자가 아니라 다른 대리인을 세웠을 수도 있잖아요.”

“저도 그렇게 의심했어요. 그래서 충분히 확인해 봤어요. 애초에 물뽕을 이용한 강간 사건은 많지 않으니까.”

그런데 그 지역에서 물뽕을 이용한 강간 사건은 총 열 건 정도였다.

“그중에서 세 건은 범인을 못 잡았고 일곱 건은 범인이 잡혔는데, 그중 다섯 건은 강간 범죄 기록이 있는 놈이고요.”

“그러면 남은 건 두 건이네요.”

일단 범인을 못 잡은 세 건은 그녀가 한 사건이 아닐 수밖에 없다.

그녀의 목적은 협박을 통해 돈을 뜯어내는 거니까.

나머지, 범인이 상습범인 다섯 건은 상습범이라는 점에서 말이 안 된다.

그녀가 노리는 건 아무것도 모르는 철없는 애들이다.

상습범들은 애초에 그 범죄를 못 끊는 놈들이니 돈도 못 빼앗는다.

"그 두 건은 범인이 도피했어요."

"도피?"

"네. 한 건은 수배고 다른 한 건은 해외로 도망갔네요."

"그 사건이 오혜련과 관련이 있을 가능성은요?"

"전혀요."

고개를 흔드는 고연미.

그녀도 확실하게 하기 위해 그 사건을 충분히 파고들었다.

하지만 일단 피해 여성의 신분만 봐도 그런 일에 엮었을 가능성은 없어 보였다.

"한 명은 평범한 고등학생이었어요. 다른 한 명은 공무원이구요."

"그러면 오혜련과 관련이 없다는 소리인데."

고등학생이 미쳤다고 그런 짓을 할 리가 없다.

물론 막장인 소위 일진녀라면 모르겠지만, 고연미의 말에 따르면 평범한 학생이라고 하니 그건 가능성이 낮다.

공무원 같은 경우는 이런 일에 엮이는 것 자체를 싫어할 수밖에 없다.

그녀가 피해자라고 해도, 공무원 사회같이 폐쇄적인 곳은 소위 말하는 뒷담화가 어마어마하기 때문이다.

"결과적으로 그녀가 관련될 만한 사건은 그 지역에서는 없어 보이는군요."

"다른 지역으로 원정 가서 한 걸까요?"

"글쎄요. 그랬을 것 같지는 않군요."

이런 사건을 하기 위해서는 기본적으로 친밀함이 깔려 있어야 한다.

범죄자들이 함께 일하기 위해서 가장 기본이 되어야 하는 게 바로 믿음이다.

그런데 웃긴 일이지만 범죄자들에게 가장 부족한 것 역시 믿음이다.

"이런 건은 선불리 알려 줄 수 있는 방법이 아닙니다."

물뽕만 구하면 쉽게 설계할 수 있는 범죄 방식이고, 여자라는 특성상 무조건 유리한 상황에서 재판할 수밖에 없는 구조이다.

그러니 누군가 배워서 나가는 걸 오혜련은 꺼릴 수밖에 없다.

"그런 식으로 퍼져서 개나 소나 다 이 방법을 쓰면 도리어 오혜련이 독박을 쓸 수도 있는 일이거든요."

"원거리에 있는 애들은 관리가 어렵다 이거군요."

"맞습니다."

즉, 주변에서 이런 방식을 썼어야 한다는 거다.

"그러면 갑자기 했다는 건데, 이해가 가지 않는데요? 지금까지 안 쓰던 방법을 왜 갑자기 썼을까요? 더군다나 상당히 쓸 만한 방법인데."

"글쎄요. 확실히 그건 의문점이군요."

노형진은 당연히 그녀가 전력이 있을 거라 생각했다.

그런데 정작 전력이 없다니.

"이건 확실하게 확인해 봐야 할 것 같네요."

"그 이야기 할 때?"

"그래. 이런 방법이 있다고 너한테 이야기했을 때, 어떤 식으로든 분위기가 조성되었을 거 아냐? 같이하자든가, 아니면 그냥 이런 소문이 돌고 있다든가 하는 식의. 그날 분위기가 어땠어?"

"그건 왜?"

"아니, 상황이 좀 이상해서."

노형진은 오광훈에게 충분하게 설명해 줬다. 그리고 다시 한번 물었다.

"그때 분위기가 어땠어?"

"어…… 뭐랄까, 그냥 이런 방법이 있다고 단순히 떠드는 정도? 막 그런 거 있잖아. 로또 되면 내가 뭐 한다 같은 식으로 주절주절 떠드는 거. 그런 느낌이었어."

"적극적으로 자신이 하려고 하는 모습은 안 보였어?"

"그다지 그런 모습은 안 보였던 것 같은데."

"그래?"

노형진은 턱을 문질렀다.

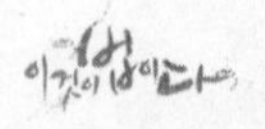

그렇다면 오혜련은 자신이 직접 범죄에 나서는 타입은 아니라는 소리가 된다.

'이상한데.'

그 당시 오광훈은 조폭이었으니 당연히 저런 이야기를 할 수도 있다. 돈을 벌기 위해서 말이다.

'하지만 오광훈은 그런 식으로 돈 버는 걸 싫어하는 타입이지. 그러면 대충 상황은 이해가 가는데.'

아마도 오광훈이 관심을 보이면 오혜련이 직접 나서서 설계하겠다고 하면서 돈을 요구했을 것이다.

하지만 오광훈은 그런 걸 탐탁하게 여기지 않았을 테고, 그걸 눈치챈 오혜련은 입을 다물었을 것이다.

'그리고 공사 치고 남자를 꼬셔서 술집에서 나갔지.'

여기서 이해가 가지 않는 건, 오혜련이 왜 그 방법을 지금까지 쓰지 않았냐는 것이다.

노형진조차도 놀라움을 금치 못할 정도로 새로운 방식의 범죄 수법이다. 그런데 그걸 쓰지 않았다.

'어째서?'

더군다나 그녀가 일한 술집에서의 증인을 들어 보면 딱히 그런 범죄자 스타일은 아니라고 했다.

'말이 안 되는데.'

노형진은 얼굴을 문질렀다.

논리적으로 말이 안 되는 상황이다.

마치 오혜련이 달관한 듯 살다가 갑자기 미쳐 버린 듯한 상황 아닌가?

'달관?'

순간 노형진은 문득 드는 생각이 있었다.

"혹시 말이다, 오혜련이 욕심이 좀 많은 타입이었냐?"

"무슨 소리야?"

"그러니까 돈에 목숨을 걸고 사생결단할 정도의 사람이었느냐는 거야."

"어…… 잠깐만. 그 애 성격이……."

잠깐 옛날 생각에 푹 빠졌던 오광훈은 조심스럽게 입을 열었다.

"그다지 욕심은 많지 않았던 것 같은데."

"욕심이 많지 않았다고?"

"그래, 맞아. 확실히 욕심이 많지는 않았어."

"확실해?"

"확실해. 손님을 많이 받지 않았거든. 사실 어린애가 왔으니 손님이 한두 명이겠냐? 10대 아가씨인데. 며칠 전까지만 해도 미성년자였고. 따따블 부르는 놈들도 많았어. 진짜 에이스였지. 그런데 하루에 두 명 이상은 안 받았어."

"안 받았다고?"

"그래. 딱 그 정도만 받고 그냥 집에 갔어. 그래서 보통 1시쯤이면 퇴근했지, 아마?"

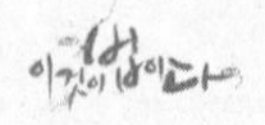

“욕심이 없다라…….”

가끔 이런 사람들이 있다.

과한 욕심을 부리기보다는 자신이 먹고살 수만 있다면 무리하지 않는 사람들.

‘범죄자들 중에는 이런 타입이 많지 않은데.’

많지는 않지만 어쨌든 존재는 한다.

돈 욕심이 없는 것과 돈을 버는 방식을 가리지 않는 것은 좀 다르다.

‘더군다나 고연미 변호사 말에 따르면 그녀는 그 지역에서 잘나가는 아가씨라고 했단 말이지.’

30대이기는 하지만 20대 중반으로 보일 정도로 자기 관리를 잘한 사람이다.

더군다나 외모 또한 상당하다.

거기에다 오랜 경험으로 남자를 다룰 줄 알다 보니 인기도 상당히 많았다고 한다.

‘그런 가설이 맞는다면…….’

그녀는 머리가 좋아서 범죄를 설계할 정도의 실력은 되지만 먹고살 만하면 굳이 범죄를 저지르려 하지는 않는 타입이라는 거다.

‘그런데 왜 갑자기 직접 이런 설계를 한 거지?’

노형진은 눈을 찌푸렸다.

방법을 알면서도 오랫동안 하지 않은 이유. 그건…….

“결국 돈이네.”

“응?”

“아니, 지금 뭔가가 머릿속에 스치고 지나갔어.”

“뭐가?”

“범죄의 이유 말이야.”

노형진은 눈을 번뜩거렸다.

“재산은 저당 잡혔어요. 확실해요. 망했어요.”

노형진은 오자마자 고연미에게 이야기해서 오혜련에 대해 조사하도록 했다.

다만 이번에는 그녀의 직업이 아니라 재산에 관해 조사하도록 했다.

그 결과는 너무나 당연했다.

“어떻게 아신 거예요?”

“그냥 그녀의 스타일을 보니 돈이 없을 것 같더군요.”

돈에 대한 욕심이 과하지는 않다.

하지만 돈이 없으면 어떻게든 돈을 벌려고 한다.

그게 바로 오혜련이다.

“그녀가 갑자기 나서서 범죄를 저지를 정도로 다급하다는 건 그녀에게 돈이 없다는 걸 의미하지요. 그녀는 돈 욕심은

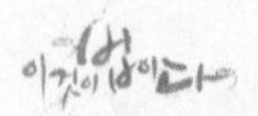

없지만, 돈을 벌기 위해서는 뭐든 해도 된다고 생각하는 타입이거든요."

노형진은 대충 상황이 그려진다는 듯 고개를 끄덕거리며 말했다.

"아마도 어떤 식으로든 재산을 날렸을 겁니다. 그것도 아주 치명적일 정도로요. 그러니 그걸 벌충할 생각을 했을 테고, 그 방법이 바로 이 범죄였겠지요."

"맞아요. 비트코인 사기에 당했다고 하더라고요."

"역시나."

비트코인. 한창 올라가고 있는 전자화폐.

노형진이 쥐고 있는 비트코인만 해도 어마어마한 수준이다.

그러니 그게 돈이 된다는 걸 노형진이 모르지는 않는다.

'그리고 이 시기에 그걸 노린 비트코인 사기가 어마어마하지.'

비트코인에 투자한다고 돈을 받아 가는 것은 기본이요, 투자는 하되 그걸 빼돌리는 것은 옵션이다.

"범인은 아직 못 잡았구요."

"이해가 가는군요."

요 근래 비트코인의 수익률은 어마어마하다.

오혜련은 그걸 보고 투자에 몰빵했고 그 결과 전 재산을 잃었을 것이다.

"집이 담보로 잡혀 있다고요?"

"네."

그녀의 나이 이제 서른세 살.

술집의 1군에서는 은퇴를 생각할 나이다.

물론 그 나이 이후에 일할 수 있는 다른 곳들이 없는 것은 아니지만 지금처럼 충분한 돈을 버는 것은 힘들다.

"더군다나 집까지 날리면 답이 안 보이겠지요."

결국 최소한 집은 지켜야 한다.

그래야 먹고살 수 있다.

하지만 술집에서 수천만 원을 가불해 줄 이유가 없다.

그러면 답은 하나.

"그걸 지키기 위해 범죄를 저지른 거군요."

"맞습니다. 그러니 지금이 처음인 거지요."

노형진의 예상과 다르게 이번이 처음이기는 하지만 말이다.

"그러면 그걸 물고 늘어지면 한성주 씨 쪽의 누명을 벗을 수 있을까요?"

"그건 아닙니다. 이것도 정황증거거든요."

더군다나 이번 사건 역시 그녀가 피해자다.

까딱 잘못하면 그녀가 도리어 동정표를 얻어서 이쪽이 피해를 입을 수도 있는 상황이다.

"제 생각에는 그걸 법원으로 가지고 가느니 차라리 범인을 잡는 게 나을 것 같네요."

"범인을 잡아요?"

"네."

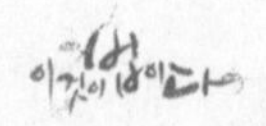

"그게 가능하겠어요?"
"가능할 겁니다."
노형진은 씩 웃었다.
"우리에게는 다른 사람들이 가지지 못한 강력한 무기가 있지 않습니까?"

⚖

"아, 그놈들 찾았어요."
"벌써?"
이수종은 노형진이 다음 날 찾아가자 시큰둥하게 말했다.
"별거 아니죠. 정보가 없는 것도 아니고."
어깨를 으쓱하는 이수종.
"비트코인이라는 게 이제 막 뜨는 상황이거든요. 그걸로 작업할 만한 사기꾼들은 많지 않아요."
"그런 걸 용케도 안다."
"저 원래 화이트 해커였다고요."
"하긴, 그렇지."
이수종은 원래 애나머스라는 화이트 해커 집단 소속이다.
그들은 사회적인 범죄에 대해 컴퓨터라는 무기로 저항하는 것을 기치로 내걸고 있었기에 당연히 그와 관련된 정보를 얻는 건 쉬운 일이었다.

심지어 희대의 마약 갱단조차 그들을 잡으려다가 역으로 털려서 두 손 두 발 다 드는 수준이다.

그의 비밀 계좌와 차명 계좌까지 모조리 털어 이메일로 보내서 포기하지 않으면 미국에 넘기겠다고 하니 그로서는 방법이 없었을 것이다.

그게 다 날아가면 부하들에게 모가지가 따이는 건 당연한 수순이니까.

"일단 그 건에 대해 알 만한 사람들에게 부탁해 봤어요. 한국 쪽에서 작업하려면 그런 걸 준비해야 하거든요."

사람들은 바보가 아니다.

자신들이 투자한 금액이 확실하게 있다는 걸 확인하고 싶어 한다.

물론 진짜 비트코인에 투자했다면 투자금이 확실하게 있다는 걸 확인할 수 있다.

하지만 그러면 그 돈은 사기꾼의 돈이 아니라 그 사람의 돈일 뿐이다.

당연히 사기꾼은 그에 맞는 방식을 쓴다.

"가짜 사이트를 만드는 건 어려운 일이 아니니까요."

경찰의 조사에 따르면 오혜련에게 사기를 친 놈들은 비트코인 시세와 연동되는 사이트를 만들었다.

그리고 보안 문제로 그 사이트를 통해서만 비트코인의 시세를 확인할 수 있다고 거짓말을 했다.

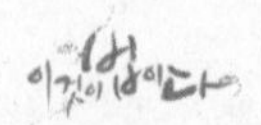

당연하게도 그 사이트를 통해 수익률이 열 배씩 뛰는 것을 확인한 사람들은 눈이 돌아갈 수밖에 없었다.

"사이트 작업을 한 사람을 찾은 거야?"

"네, 경찰은 못 찾는 모양이지만요. 멍청하긴."

경찰은 여전히 직접적으로 사기를 친 사기꾼들을 찾고 있다. 여전히 오프라인 사기 방식만 생각하고 있는 거다.

하지만 이수종은 그 대신에 사이트를 뒤져서 그 사이트를 누가 만들었는지 찾아냈다.

이런 사이트를 만들 수 있는 사람은 많지만, 그 사람은 그 중에서도 사기 치기 위한 사이트라는 걸 알면서도 만들었다.

즉, 한 패거리라는 뜻이다.

"장주인이라는 사람이에요."

"장주인?"

"네. 공식적인 주소는 서울로 되어 있지만 지금은 울산에 있고요."

이미 그의 주소와 대포폰까지 싹 털어 낸 이수종을 보면서 노형진은 혀를 내둘렀다.

"네 실력이 점점 좋아지는구나."

"아이고, 어쭙잖은 짭새들하고 비교하면 섭섭하지요."

노형진은 피식 웃었다.

확실히 다르기는 하다.

경찰도 자칭 전문가가 있기는 하지만 사실 경찰에 있는 전문가들은 실력이 좋은 편은 아니다.

일단 특채로 뽑는다지만 그건 어디까지나 정상적인 컴퓨터 사이트를 만들거나 해킹하는 걸 기준으로 뽑는 거다.

그런데 문제는 결국 경찰은 박봉이라는 거다.

제대로 범죄 사이트를 털어 대기에는 그들에게 결정적인 한계가 있다.

해킹의 실력의 문제가 아니라, 그 존재에 접근하는 법을 모른다는 거다.

정상적으로 대학에서 해당 기술을 배우고 나왔으니까.

그렇다 보니 실력은 좋을지언정 그들이 어디에 존재하는지 모르고, 설사 안다고 해도 경찰 소속이라는 부분 때문에 털 수 있는 곳에 한계가 있다.

서버도 엄밀하게 말하면 사유재산인데, 사유재산을 경찰이 마음대로 털 수는 없으니까.

"그런데 그건 어떻게 찾은 거야?"

"프로그램을 관리하려면 어디선가는 접속해야 하니까요."

아무리 자동으로 연동되게 했다지만 사이트를 관리하는 것은 쉬운 일이 아니다.

그래서 누군가는 거기에 접속해서 지속적으로 관리해야 하니, 이수종이 거기에 악성 코드를 심어서 그를 추적했던 것이다.

"여기요."

이수종은 주소와 전화번호가 적혀 있는 쪽지를 건넸다.
"그런데 이놈을 잡아서 어떻게 하시려고요?"
"이런 말이 있지."
노형진은 씩 웃었다.
"범죄자들에게 의리는 없다."

⚖

장주인은 자신을 찾아온 남자들을 보면서 손을 부들부들 떨었다.
"어딜 도망가려고."
오광훈의 말에 장주인이 할 수 있는 건 없었다.
현실적으로 검사가 찾아왔는데 그를 제압할 방법은 없다.
더군다나 수사관과 다른 사람들까지 함께 찾아왔다면 말이다.
"장주인, 무려 40억대 비트코인 사기라……. 간땡이가 부었군."
"그런 적 없습니다."
애써 부정하는 장주인. 하지만 이내 포기할 수밖에 없었다.
"다른 세 놈은 그렇게 이야기하지 않던데?"
"세 놈이라니요?"
"조규호, 장승필, 주자역."

오광훈이 읊어 대는 이름에 장주인은 온몸의 힘이 쫘악 빠졌다.

"그리고 여주랑 부산에서 준비하던 작업도 이야기할까?"

그대로 무너지는 장주인.

더 이상 도망갈 길이 없었던 것이다.

"좋아, 좋아. 그렇게 나와야지."

오광훈은 그에게 다가가서 어깨에 턱, 손을 올렸다.

"우리, 할 이야기가 참 많지, 아마?"

---

결국 사기꾼 일당은 잡혀 들어갔다.

애초에 이수종이 그의 컴퓨터를 털어서 증거를 싹 다 빼 온 상황인 데다가 피해자가 오혜련만 있는 것도 아니었기 때문에 그들의 처벌은 확정적이었다.

오광훈은 그런 그들을 포섭하기 시작했다.

"어때? 도와준다고 하면 형량을 줄여 주지."

사법 거래는 한국에서는 불법이다.

사법 거래란 범죄를 인정하거나 다른 범죄를 막는 데 도움을 주는 경우 그 형량을 조금 줄여 주는 제도를 말한다.

미국에서는 그 사법 거래가 합법이지만 한국은 불법이다.

그러나 현실적으로 그 사법 거래라는 게 없을 수가 없다.

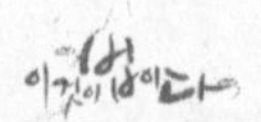

"진짜입니까?"

장주인은 침을 꿀꺽 삼켰다.

어차피 이미 잡힌 상황이다.

돈? 돈은 이제 문제가 아니다.

방금 전 찾아온 노형진이라는 변호사는 사기꾼들의 세계에서 악마 그 자체로 불리기 때문이다.

'돈을 토해 내든가, 후쿠시마로 내몰리든가.'

물론 가고 싶어서 가는 게 아니다.

하지만 사기꾼들이 가지 않는다 해도 어느 순간 사라지고, 피해자들에게 돈이 들어온다.

야쿠자와 손잡고 사기꾼들을 후쿠시마 재건으로 내몰고 있다는 게 암암리에 퍼진 소문이고, 야쿠자들이 동의서를 받아 가면서 끌고 가는 건 아니니까.

여기서 돈을 토해 내고 조용히 한국에서 살든가, 후쿠시마에 가서 암에 걸려 오든가.

"오혜련이라고, 너희한테 사기당한 여자가 있거든. 그 여자를 엮는 데에 도움을 주면 최선을 다해서 형량을 줄여 줄게."

물론 오광훈의 성격상 그렇게 자발적으로 나서서 봐줄 생각은 없었다.

하지만 사건이 중요한 데다가 현실적으로 그들이 돈을 쓰기도 전에 다 잡은 덕분에 돈은 그대로 다 돌려받아서, 화이트칼라에 대해 처벌이 약한 대한민국의 특성상 그다지 강한 처벌을 내릴 수는 없다.

그걸 알기에 노형진은 오광훈을 설득했고, 오광훈은 장주인에게 떡밥을 던지고 있었다.

"어쩔 거야? 네가 도와준다고 하면 적당히 형량을 깎아 주고."

"으음……."

오광훈의 말에 장주인은 선택 사항이 없음을 알았다.

"어떻게 도와드리면 됩니까?"

"간단해. 끼리끼리 뭉친다고 하면 되는 거지, 후후후."

⚖

"뭐라고?"

오혜련은 자신에게 사기를 친 장주인의 말에 눈을 찌푸렸다.

"변호사를 붙여 줘. 지금 상황에서는 내가 어떻게 할 수가 없어."

"미친 새끼! 너희들이 나한테 무슨 짓을 했는지 몰라? 그런데 이제 와서 뻔뻔하게 변호사를 붙여 달라고? 너희 미쳤냐?"

당연히 오혜련은 발끈할 수밖에 없었다.

자신의 전 재산을 털어 간 놈들이 뻔뻔하게 변호사를 선임해 달라고 하니까.

"이봐, 오혜련이. 내가 이 바닥에서 얼마나 굴렀는지 알아? 어? 네가 지금 공사 치는 걸 내가 모를 줄 알아?"

"뭔 개소리야!"

"뭔 개소리는 뭔 개소리야! 너 12년 전엔가 13년 전에 공사 치고 튄 것도 알아!"

순간 오혜련은 움찔했다.

실제로 황주달이 오혜련을 발견하는 바람에 손해배상을 청구했고, 어쩌면 그에게도 막대한 돈을 물어 줘야 할지 몰라 오혜련은 돈이 다급해진 상황이었다.

"우리 쪽 애들 중에 약 하는 애도 있거든. 그 애가 재미있는 소문을 들었던데?"

"너……."

"제법 쓸 만한 작전이던데 끼워 줘. 변호사도 붙여 주고."

"개소리하지 마!"

"싫어? 그러면 말짱 나가리 되는 거고."

장주인은 뻔뻔하게 나갔다. 어차피 그는 막장이었다.

"그 대신에 나도 이 건에 대해 모조리 나불거릴 거야."

"증거 있어?"

"에헤, 아까 내 말을 어떻게 들은 거야? 네가 약을 산 딜러가 내가 아는 사람이라니까."

오혜련은 눈을 찌푸렸다. 다급한 마음에 일단 저질렀는데 쓸데없이 파리가 꼬였으니까.

"내가 여기서 나불거리면 너도 다시는 이 방법 못 쓰는 거 알지?"

"너……."

"그런데 이야기를 들어 보니 짭새들도 이건 잘 모르는 것 같더라. 그러니까 같이 좀 먹자. 내가 애들 동원할게. 네가 교육 좀 시켜."

"개새끼."

"맞아. 난 개새끼야. 하지만 네년 편이기도 하지. 만일 네가 도와준다고 하면 말이지, 네 돈은 돌려줄게."

"뭐?"

오혜련은 순간 귀가 솔깃해졌다.

집을 빼앗기지 않기 위해 작업을 한 건 사실이다.

장주인이 털어 간 돈이 무려 4억이 넘는다.

"너 잡힌 거 아냐?"

"너 바보냐? 사기꾼들이 잡혔을 때 대비해서 돈을 다 빼돌려 두는 건 기본 아니야?"

물론 그 대가로 후쿠시마로 팔려 가서 문제이지만 말이다.

"어차피 나도 이번에 잡힌 이상 계속 이쪽에서 활동하는 건 한계가 있는 것 같으니, 네가 어떻게 좀 힘써 주면 내가 그 돈을 돌려줄게. 대신 같이 손잡자고."

"으음……."

"어차피 이것도 제대로 하려면 돈이 있어야 하는 거 아니겠어? 돈 안 받을 거야?"

오혜련은 입술을 깨물었다.

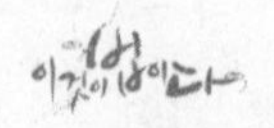

맞는 말이다. 장주인이 입을 열기만 해도 그녀 자신은 끝장난다.

그에게 입은 피해를 막기 위해 한 일이라고 하지만 명백하게 협박에 갈취니까.

"입 다물 거지?"

"당연하지. 내가 입이 가벼웠다면 사기 치고 다닐 수 있었겠어?"

"좋아. 하지만 내 돈을 돌려주지 않는다면…… 죽여 버릴 거야."

"돌려줄게, 확실히."

확실히 돌려줄 수밖에 없다.

이미 돈이 어디에 있는지 오광훈이 찾아냈으니까.

그들은 나름 돈을 감춘다고 감췄지만, 노형진의 사이코메트리 능력 앞에서는 그 모든 게 의미가 없었다.

"그런데 같이 작업하려면 내가 나가야 하지 않겠어? 그러니 변호사 좀 하나 해 줘. 국선은 믿을 수가 있어야지."

"알았어. 해 줄게."

오혜련은 그렇게 말하면서 자리에서 일어났다.

"그래서 돈은 어디에 있어?"

"응?"

"돈 말이야. 설마 돈도 안 주고 입 닦으려는 거야?"

"아, 돈. 그 돈 말이지, 가지고 있는 녀석이 곧 올 거야."

"언제?"

"지금."

"지금?"

고개를 갸웃하는 그 순간 면회실의 문이 열리면서 누군가 들어왔다.

궁금증에 고개를 돌린 오혜련은 그대로 얼어붙었다.

"오 검사님?"

자신의 사건을 담당하는 오광훈이 안으로 들어오고 있었다.

"안녕하십니까, 오혜련 씨."

"여기는 어떻게……?"

"어떻게는요."

오광훈은 고개를 살짝 돌려서 귀를 톡톡 두들겼다.

그걸 본 오혜련의 얼굴이 새파란 색으로 질렸다.

그의 귀에 걸린 이어폰이 보였기 때문이다.

"확실하게 돌려준다고 했지? 다만 법원을 통해 들어갈 거야."

이죽거리면 자신의 상의를 살짝 열어젖히는 장주인.

그러자 작은 마이크가 모습을 드러냈다.

"너, 너……."

"미안. 나라도 살아야 하지 않겠어?"

면회실은 기본적으로 가운데를 유리벽이 가로막고 있기 때문에 서로가 서로의 몸을 확인할 방법이 없다.

당연히 장주인의 옷 안에 마이크가 있다는 것을, 오혜련은

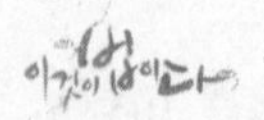

전혀 모를 수밖에.

"이 개 같은 새끼!"

"개 같은 새끼라 미안합니다."

이죽거리는 장주인.

오혜련은 분노에 '쾅!' 하고 유리벽을 후려쳤지만 그 정도로 부서질 벽이 아니었다.

"오혜련 씨, 같이 가시죠."

오광훈은 히죽 웃으면서 그녀에게 다가갔고, 오혜련은 머리를 붙잡고 비명을 질렀다.

"으아아!"

⚖

"결국 다 이야기했다고?"

"그럴 수밖에 없을 거야. 이미 증거가 다 나왔는데, 뭘."

감옥에서 한 말이 모두 다 녹음되었기에 그녀가 할 수 있는 건 없었다.

결국 그녀는 자신이 어떤 방식으로 사기를 치려고 했는지에 대해 제대로 진술할 수밖에 없었고, 그녀의 말에 검사들은 당혹감을 감추지 못했다.

지금까지 한 번도 들어 본 적이 없는 방법이었으니까.

"이제 검사들도 머리가 좀 아프겠지."

그동안 물뽕이 끼면 무조건 남자가 가해자였다.

하지만 현실적으로 그 허점을 이용한 구멍이 나타났으니 어쩔 수 없이 그 부분을 감안하고 수사할 수밖에 없다.

판례라는 게 그렇다.

한번 대응하는 판례나 사건이 나타나면 그걸 감안하고 수사해야 한다.

"요즘 검사들이 널 죽이고 싶어 한다더라."

"아니, 왜?"

"왜일 것 같냐? 너 때문에 일이 늘어나서 그렇지."

노형진은 피식 웃었다.

"검사는 당연히 사건을 제대로 수사해야 하는 거 아냐?"

"그건 그렇지만, 현실적으로 그게 제대로 안 되잖아."

"이건 현실적 문제가 아니라 수사가 제대로 이루어지는가의 문제야. 일하기 귀찮다고 남의 인생을 작살내는 놈이 제대로 된 검사야?"

"끄응…… 그렇기는 한데……."

"아니, 웃기잖아. 나는 변호사라고. 변호사가 새로운 방식의 사건을 알아낸다는 게 말이나 되냐? 그런 건 검사의 책임이라고."

"그건 그래. 새삼 느끼는 거지만 짭새랑 검새 새끼들, 더럽게 일 안 해."

"검새?"

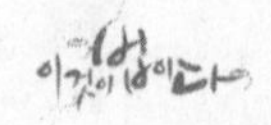

"검사가 아니라 검새. 이리저리 기웃거리면서 끼룩거리지. '권력 주세요, 끼룩끼룩.'"

그걸 보고 노형진은 키득거렸다.

"어쩌겠냐, 이제는 하나의 권력 집단이 된 놈들인데."

"그러게나 말이다. 그나저나 오혜련이 잡혔으니 당분간은 조용하려나?"

오광훈의 말에 노형진은 고개를 흔들었다.

"아닐걸."

"어째서?"

"오혜련한테 형이 몇 년이나 나올 것 같냐? 3년 이상 나올 가능성은 제로야."

아마도 지금까지 대한민국의 기존 판례를 본다면 2년 이하의 형량이 나올 가능성이 높다.

"그러면 그 여자가 나와서 뭐 하겠냐?"

"집은 빼앗기지 않았잖아?"

"그래. 하지만 하우스 푸어가 되겠지."

집은 빼앗기지 않았지만 남은 돈도 없을 것이다.

손해배상을 다 해 줘야 하니까.

"그리고 감옥에 갔다 오면 술집에서 일하는 것도 쉽지 않을 거야."

감옥이라는 공간은 여자가 자기 관리하기 쉬운 곳이 결코 아니다.

당연히 확 늙어서 나올 테니 술집에서 그녀를 찾는 사람들도 적어질 것이다.

"잘 곳은 있지만 먹을 곳은 없지."

"아……."

그녀는 돈이 있어야 범죄를 저지르지 않는 타입이다.

"아마 당분간 그 여자를 잘 살펴봐야 할 거다."

다른 지역에 가서 이런 식으로 사기를 친다?

그러면 아마 다른 검사들은 모를 테니까.

"이거야 원, 끝이 없네."

"인간의 범죄에는 끝이 없지."

노형진은 씁쓸하게 웃을 수밖에 없었다.

죽은 자는 말이 없다고? 누가 그래?

“오 검사님, 이건 진짜 잘못된 겁니다.”

포장마차에서 오광훈과 술을 마시면서, 젊은 남자는 억울한 듯 말했다.

“아니, 장 형사님이 죽었다고요? 사고로요? 그 장 형사님이? 그게 말이나 된다고 생각합니까?”

“그렇지, 그놈이 어떤 놈인데.”

오광훈은 장 형사라고 불린 남자를 생각하고는 한숨을 푹 쉬었다.

그가 아는 사람이었으니까.

아니, 아는 정도가 아니다.

그가 조폭이었던 시절에 끈질긴 악연으로 엮여 있던 놈이다.

검사가 된 후에 그를 다시 보고는 얼마나 놀랐던가?

"장팔두가 그렇게 허망하게 죽을 놈이 아닌데 말이지."

장팔두. 오광훈에게 적이자 아군이었던 사내.

그가 죽었다.

그리고 그의 장례식장에서 나온 오광훈과 후임은 술을 마시며 떠난 사람을 추모하고 있었다.

"그나저나 장 형사는 어쩌다 죽은 거야? 사고라고는 하는데 그 꼼꼼한 인간이 사고라니."

"하아."

후임은 자신의 잔에 있는 소주를 그대로 들이켜고는 참담한 목소리로 말했다.

"낚시하러 갔다가 실족했답니다."

"낚시?"

"장 형사님의 유일한 취미가 낚시 아닙니까?"

"그렇지."

회귀 전에 싸울 때도 가끔 낚시터에 쫓아가서 담가 버릴까 하고 진지하게 생각할 정도로, 그는 못 말리는 낚시광이었다.

"낚시터에서 낚시하다가 실족해서 빠져 죽었답니다. 젠장! 싸우다가 조폭 칼에 찔려서 죽어도 이상하지 않은 사람이라고 생각했는데 낚시터에서 물에 빠져 죽다니, 하하하."

허탈하게 웃으면서 소주잔에 술을 채우는 후임 경찰. 그는 그걸 다시 입으로 털어 넣었다.

"허망하게 낚시하다가 빠져 죽는다는 건 진짜 말도 안 됩니다."

오광훈 역시 기분이 묘했다.

그토록 치열하게 싸웠던 인간이 그렇게 어이없이 갈 줄이야.

"확실한 거야?"

"부검까지 확실하게 했답니다. 실족사랍니다. 술 마시고 낚시하다가 빠졌답니다."

"술 마시고 낚시하다 빠졌다고?"

"네."

쪼르르 술잔을 채우는 후임 경찰.

하지만 오광훈은 고개를 갸웃했다.

"말도 안 돼."

"뭐, 말이 안 될 것까지 있습니까?"

"아니. 그런데 말이야, 다른 낚시꾼은 못 봤대?"

"못 봤다는데요?"

"그럴 리가 없는데."

"네?"

오광훈의 말에 후임은 고개를 갸웃했다.

"어, 장팔두 형사가 어떤 인간인데. 그 새끼, 낚시터에서 절대 술 안 마셔."

"그게 무슨 말씀이십니까?"

"아…… 너희는 모르겠구나."

"뭘요?"

"장팔두 형사가 어떤 인간인데. 허술하게 뒤통수를 드러내는 인간이 아니야."

"그걸 어떻게 아십니까?"

"어…… 그냥, 개인적으로 좀 알고 지냈잖아."

물론 개인적으로 안다는 부분이 다시 살아나기 이전이어서 그렇지.

'장팔두가 술을 마시고 물에 빠져 죽어? 그럴 리가!'

장팔두가 낚시광인 건 사실이다.

하지만 그와 동시에 경찰이어서 적이 많다는 것을 본인도 잘 알고 있는 사람이다.

그래서 그는 낚시할 때도 철칙이 있었다.

첫째, 술을 마시지 않는다.

술에 취하면 반격을 못 하니까.

둘째, 사람들이 있는 곳에서만 낚시한다.

주변에 사람이 어느 정도 있어야 조폭이나 범죄자가 기습하지 못하기 때문이다.

"혹시 그 낚시터가 어디인지 알아?"

"그건 잘 모르겠는데요. 화성 쪽이라고 들었는데."

"아니, 내가 아는 장팔두는 자신의 규칙을 지키는 사람이거든."

실제로 손봐 주겠다고 몇 달간 장팔두를 따라다닌 적도 있던 오광훈이다.

물론 다시 살아나기 전의 일이지만.

하지만 그 덕에 장팔두의 성향을 누구보다 잘 알고 있었다.

장팔두는 그렇게 허술하게 자리를 비우는 놈이 아니었고, 그 때문에 오광훈도 기습할 틈을 노리지 못했다.

결국 나중에는 포기하고 말았다.

그만큼, 아무리 취미생활이라고 해도 장팔두 형사는 가볍게 움직이는 사람이 아니었다.

"그 말이 사실이라면……."

듣고 있던 후임은 당혹스러운 표정이 되었다.

"아니, 같은 경찰이 그것도 몰라?"

"아니, 경찰이라고 해서 다 아는 것도 아니지 않습니까?"

경찰이라고 하지만 매일같이 인원이 부족한 것이 현실이다.

더군다나 쉬는 날에 자기 취미도 아닌데 장팔두와 함께 낚시하는 놈은 없고, 애초에 비번인 날짜는 서로 돌아가면서 쉰다.

즉, 같이 낚시하러 갈 이유가 전혀 없다는 것이다.

"검사님은 많이 친하셨나 봅니다."

"지피지기 백전불패라는 말 몰라?"

"어, 장 형사님이랑 왜 싸우신 건데요? 아, 그리고 그거, 백전불패가 아니라 백전불태 아닙니까?"

"아, 씁. 검사는 나야."

"그래도 가끔은 무식해 보여요."

"불만 있어?"

"불만 있는 건 아닌데……."

말하던 후임은 이내 입을 다물었다.

그리고 오광훈이 한 말을 곱씹으며 그렇다면 그건 진짜 말이 안 된다고 생각했다.

"오 검사님 말씀이 맞는다면 장 형사님이 거기에 가실 이유가 없는 거네요?"

"그래. 그 녀석은 절대로 사람이 없는 곳에서는 낚시하지 않아."

강력계에 있던 그는 자신의 뒤통수를 누군가에게 드러내는 것을 그다지 좋아하지 않았다.

그런 인간이 실수로 낚시터에 빠져 죽는다?

"더군다나 말이야."

"네?"

"그 인간, 수상 인명 구조 자격증까지 있는 새끼야."

"그런 것도 있었습니까?"

"그래."

물에 빠진 사람을 구할 수 있는 훈련을 한 사람들에게 주는 수상 인명 구조 자격증.

그것도 뒷조사하다가 안 사실이다. 젊을 때 딴 거라나?

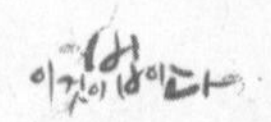

"그런데 이해가 가냐? 수상 인명 구조 자격증이 땅따먹기로 따는 건 아니잖아?"

당연한 얘기지만, 그 자격증을 따는 자들은 상당한 수준의 수영 실력을 갖추고 있어야 한다.

"범람하는 강이나 폭풍우가 몰아치는 바다도 아니고, 깊어 봐야 3미터나 될까 말까 한 낚시터에서 물에 빠져 죽는다고? 그건 말도 안 되는 소리지."

오광훈은 이해가 안 간다는 듯 말했다.

오광훈의 말에 후임이 고개를 갸웃거렸다.

"그런 이야기는 못 들었는데……."

"어릴 때 딴 거야. 자기 말로는 해운대에서 아가씨 꼬시려고 땄다고 하더라만."

"진짜 친하셨군요."

"뭐, 그렇다고 치고."

중요한 건 사건 자체가 여러모로 말이 안 된다는 것이다.

오광훈 입장에서는 자신이 아는 그 사람이 맞나 싶을 정도로 황당하게 죽어 버린 사건.

"혹시……."

오광훈은 심각한 얼굴이 되었다.

자신이 그랬던 것처럼 누군가가 그에게 원한을 가지고 수를 쓴 것일 수도 있다.

그게 아니라면 이런 황당한 사건이 벌어질 리가 없다.

"혹시 장팔두 형사가 담당하던 사건들에 대해 알아?"

"그건 저도 잘 모르겠는데요. 저희 입장에서도 다른 형사들이 맡은 사건에 대해 다 아는 건 아니라서요."

말하던 후임은 눈을 찡그렸다.

"그리고 제가 알기로는 장 선배가 딱히 큰 건을 하고 있는 건 없다고 들었거든요."

"그래?"

"강력계도 아니니 위험한 사건을 맡았을 리도 없지 않습니까?"

"으음."

장팔두는 사이버 수사 팀이었다.

쉽게 말해서 컴퓨터 범죄에 관련해서 일하던 중 죽은 것이다.

"게다가 아시다시피 사이버 수사 팀이라고 해도 큰 건은 여기서 안 하죠."

"할 수가 없지."

사이버 수사 팀이라고 하지만 거기에 배치된 경찰들이 모두 사이버 전문가는 아니다.

그럭저럭 컴퓨터에 대해 조금 알면 배치되는 수준이기에, 그들이 해결할 수 있는 범죄는 대부분 한계가 있다.

아예 그런 사이버 범죄 전문 수사 팀은 따로 운영하는 게 보통이고, 일선 경찰서의 사이버 수사 팀에서 가장 많이 하는 것 중 하나는 사이버 모욕 같은 사건들이다.

"고작 그걸로 설마 살인까지 할까요?"

"일반적으로는 그런데."

오광훈은 고개를 갸웃하다가 순간 다른 생각이 들었다.

"그런데 원래 사이버 팀 소속이 아니잖아?"

그는 자신을 감방에 넣으려고 발악했다.

당연히 그때만 해도 강력계였다.

"사이버 수사 팀으로 언제 옮긴 거야?"

"친하다면서 모르셨어요?"

"말하지 않았으니 몰랐지."

"하긴, 그럴 수도 있겠네요."

입맛을 다신 후임은 조심스럽게 말했다.

"원래 강력계였는데 3년 전쯤에 쉬고 싶다고 옮겨 달라고 했어요. 그래서 사이버로 옮겨 간 걸로 알고 있어요."

"장팔두가?"

오광훈은 말도 안 된다는 표정이 되었다.

'그 인간이 어떤 인간인데 강력계를 스스로 떠나?'

그건 정말 말도 안 된다.

누군가에 대해 가장 잘 아는 사람은 적이라고 했다.

오광훈이 아는 한, 다른 사람도 아닌 장팔두는 칼에 찔려서 죽으면 죽었지 강력계를 떠날 사람은 아니었다.

오광훈이 인상을 쓴 채 골몰해 있자 보다 못한 후임이 입을 열었다.

"음…… 그 당시에 뭐 다른 일이 있었던 건 아닐까요?"

만일 특별한 일이 있었다면 죽었어도 벌써 한참 전에 죽었어야 한다.

그런데 이제 와서, 사이버 팀에서 모욕죄나 불법 공유 등을 조사하는 사람을 죽인다는 것은 여러모로 말이 안 된다.

"그럴……지도 모르지……."

그렇게 말하면서도 오광훈은 장팔두의 죽음을 쉽게 놓을 수가 없었다.

"그래서 장팔두라는 경찰이 죽은 이유를 알고 싶다고?"

"사고가 아니야. 내가 건달 생활하면서 그 녀석처럼 철두철미하고 끈질긴 놈을 본 적이 없어. 그런데 그런 사람이 낚시터에서 실족사한다고? 말도 안 되는 개소리지."

노형진은 턱을 문질렀다.

만일 그렇게 낚시터에서 실족사한 거라면 순직 인정도 못 받았다는 소리다.

"그 가족들이 여러모로 힘들겠네."

"어째서?"

"경찰은 위험도 때문에 생명보험도 안 들어 주거든. 의무보험이 아니라서 보험회사에서 거절해."

그런데 다른 것도 아닌 실족으로 인한 사망이라면?

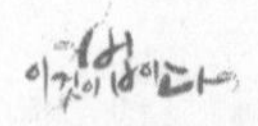

"당연히 국가에서 순직에 관련된 배상금도 안 나오지."

"아……."

"아마도 사망자의 가족들은 상황이 좋지 않을 거야."

"그래?"

"더군다나 상황이 의심스럽다 이거지?"

"다른 사람도 아니고 장팔두가 실족사라고? 그럴 리가 없어. 그 녀석이 어떤 녀석인데."

"넌 그 장 형사님이라는 분이 살해당했다고 생각하는 거야?"

"살해당한 거 맞아."

"어떻게 알아?"

"직감이야."

"직감이라……."

물론 직감만으로 움직이기에는 상당히 애매하기는 하다.

이미 경찰과 검찰에서 실족으로 처리된 상황이니까.

하지만 그동안의 경험으로 오광훈의 직감은 생각보다 뛰어나다는 걸 노형진은 알고 있었다.

"그래서 그 사람에 대한 수사를 하고 싶어?"

"하고 싶지. 하지만 공식적으로는 끝난 사건이잖아."

"그건 그렇지."

공식적으로 끝난 사건이다.

물론 개인적으로 오광훈이 수사하려고 한다면 못 할 것도 없다.

'다만 문제가 되는 건, 그러면 오광훈이 위험해진다는 건데.'

검사동일체의원칙에 어긋난다는 게 문제가 된다.

'아니, 그것만 해도 그럭저럭 넘어갈 수 있지.'

진짜 문제가 되는 게 뭐냐면, 만일 오광훈의 말대로 이 일에 감춰진 게 있을 경우 상황은 절대로 가볍지 않는다는 거다.

"너 경찰이 죽으면 그 파급력이 얼마나 되는지 알아?"

"응? 모르는데."

"모르지. 아마 모를 거야. 경찰이나 검찰 그리고 법원은 한국의 사법 시스템을 이루는 근간이야. 당연히 그 세 존재를 건드리는 건 한국 사법에 대한 도전이고."

"그래서?"

"네가 예상하는 게 맞다고 하면 이건 사법 시스템이 작동하지 않는다는 소리거든."

즉, 검찰과 경찰이 협력해서 이 사건을 덮었다는 소리가 된다.

"그게 무슨 소리인지 알아? 윗사람이 여럿 날아간다는 소리야."

"으음……."

"그리고 내가 봐서는, 검찰보다는 경찰 쪽이 위험해질 거야."

"어째서? 방금은 검찰이라더니?"

"이런 말 하면 그렇지만, 검찰에게 있어서 경찰은 도구야. 죽어도 상관없는 거지."

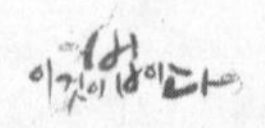

기본적으로 사건을 수사하는 것은 경찰이다.

만일 검사가 사건에 의구심을 느끼고 파고들기 시작한다면 모를까, 보통은 기본적으로 경찰의 수사 기록을 기반으로 판단하기 마련이다.

"경찰 한 명의 실족사 같은 건 검사 입장에서는 그다지 큰 관심 사항이 아니지."

그 말을 듣고 있던 오광훈의 얼굴이 점점 창백해졌다.

그럴 수밖에 없는 게, 그런 모든 상황을 충족시키는 경우는 단 한 가지밖에 없기 때문이다.

"설마, 경찰이 장팔두를 죽였다고 생각하는 거야?"

"최소한 그 사건을 은닉했다고는 볼 수 있지."

"으음……."

"너도 이제 슬슬 알잖아? 부러지지 않고 꼿꼿한 수사관은 경찰이나 검찰에게도 골칫덩어리야."

그리고 그중 일부가 큰 건을 건드려서 알게 모르게 사고사로 처리된 걸로 의심받는 사건이 한두 건이 아니다.

"이번 사건도 마찬가지야. 실족사라고 나왔는데 네가 한 말이 맞는다면 실족사일 수는 없거든. 애초에 파도가 심한 바다도 아니고 낚시터에서 실족사를 한다? 그건 말도 안 되는 소리지."

그는 전문 구조 자격증이 있다.

그걸 따기 위해서는 기본 이상의 수영 능력을 가지고 있어야 한다.

그런데 그런 사람이, 아무리 낚시터가 깊다지만 거기에 빠져 죽는다?

"여러모로 말이 안 되기는 하지."

경찰에 대한 살인은 한국에서만 벌어지는 게 아니다.

미국에서도 벌어지고 대부분의 나라에서 벌어진다.

수사관이 정의로운 사람일수록 그는 점점 자기 목숨을 태우는 것이나 마찬가지이다.

"더군다나 3년 전에 자발적으로 그만뒀다?"

오광훈의 말에 따르면 그럴 인간이 아니라고 했으니 협박 같은 걸 받았을 가능성도 감안해야 한다.

"그러면 딱 각이 나오는 거지."

"각?"

"경찰을 통제하는 방법은 두 가지야. 돈 아니면 협박. 그런데 네 말에 따르면 돈으로 안 되는 타입이라면서? 그럼 무슨 방법을 쓰겠어?"

"협박이겠네."

협박을 통해 경찰들을 통제하려고 하는 수법은 오래되었다.

하지만 현실적으로 그게 먹히는 경우는 드물다.

중앙집권적 체계가 안 잡혀 있다면 모를까, 어설프게 경찰을 건드리면 도리어 경찰 집단이 그를 죽이기 위해 움직이기 때문이다.

"그런 경찰을 협박으로 움직였다는 건 한 가지뿐이지."

상당한 힘을 가진, 그것도 경찰 내부의 힘을 통제할 수 있는 사람이 협박했다는 거다.

그 말을 들은 오광훈은 자신도 모르게 고개를 끄덕거렸다.

"하긴, 네놈 말이 맞는 것 같다."

그는 조폭 시절에 경찰을 협박해 본 적이 있다.

하지만 실질적으로 효과가 없었다.

"경찰에게 있어 협박이라는 건 애매한 거거든."

협박은 일종의 경고다.

게다가 그 시점에서 협박당한 경찰이 피해를 입으면 수사 대상이 협박한 사람이 되는데, 사법 시스템에 피해를 준 사람을 살려 둘 만큼 한국 사법 시스템은 만만하지 않다.

실제로 많은 조폭들이 경찰에게 협박은커녕 고개를 숙이는 이유도 그거다.

경찰과 싸우는 건 경찰 한 명이 아니라 대한민국 사법 조직 전부와 싸운다는 걸 의미하니까.

"하긴, 그건 누구보다 내가 가장 잘 알지."

"그래. 그러면 여기서 재미있는 이야기가 나오지. 그는 3년 전에 갑자기 강력계를 떠났어. 그게 무슨 의미일까?"

"이번 사건의 시작은 3년 전이라는 소리군."

"딩동. 정답."

장팔두의 후임이 말했던 것처럼 그는 3년 전에 이미 강력계를 떠났다.

그리고 사이버 수사 팀에는 딱히 이렇게 살인을 불사할 정도의 사건은 들어오지 않는다.

"하지만 벌써 3년 전 사건이잖아. 그런데 왜 이제 와서 죽인 거야? 말이 안 되잖아. 그리고 장팔두가 어떤 인간인데! 배때기에 칼이 들어와도 웃으면서 자기 팔목이랑 같이 수갑 채우던 인간이야, 그 인간이."

"개인은 독할지도 모르지. 하지만 아내와 자식 그리고 부모님이 엮이면?"

"음?"

오광훈은 눈을 살짝 찡그렸다.

확실히 그런다면 아무리 정의로운 사람이라고 할지라도 결국 수그릴 수밖에 없다.

더군다나 상대방이 실제로 피해를 입힐 수 있는 사람이라면 더더욱 말이다.

"하지만 경찰의 가족의 주소 같은 건 비밀인데?"

"그래, 범죄자들에게 비밀이지. 하지만 그렇다고 해서 못 찾아? 막말로 흥신소 한 명만 고용해도 찾는 건 일도 아니잖아."

이런저런 일 다 필요 없이, 그냥 퇴근하는 경찰에게 따라붙기만 해도 그 주소를 알아내는 것은 어려운 일이 아니다.

"더군다나 범인이 경찰 내부에 있다면 그 정도 개인 정보에 접근하는 건 어려운 일도 아니지."

"그러면 3년 전에?"

"아마도."

가족에 대한 협박이 들어왔고, 그게 단순히 뻥이 아니라 실제라는 걸 장팔두가 알았을 것이다.

그러니 협박에 굴할 수밖에 없었을 것이다.

"그런데 범죄자들은 무척이나 영악하거든."

단순히 사건을 종결 처리하는 것만이 끝이 아니다.

아예 그쪽에 접근하지 못하기를 원한다.

그렇다고 해서 경찰을 죽일 수는 없다.

"그러면 보통 많이 쓰는 방법이 다른 부서로 가게 하는 거지. 자신들과 관련이 없는 부서로."

"아하!"

일종의 약속의 증명이라고 볼 수 있다.

"그런데 왜 이제 와서?"

"아마도……."

노형진은 잠깐 생각에 잠겼다.

그동안 많은 사람들을 봐 왔다. 장팔두 같은 사람에 대해서도 어느 정도 알고 있다.

"장팔두가 몰래 수사를 계속했을 거야."

"몰래?"

"그래. 범죄자들이 판검사 앞에서는 눈물을 흘리면서 반성하는 척하듯이, 진짜 정의로운 사람은 당장은 고개를 숙이는 척할지 몰라도 결코 범죄자에게 고개를 숙이지 않아."

다른 부서로 감으로써 시간을 끌고 가족의 안전을 확보한 후에 조심스럽게 원래 사건을 파기 시작했을 것이다.

"그리고 이번에 걸린 거지."

장팔두 형사가 여전히 조사하고 있다는 걸 알아차렸다면 당연히 그쪽에서 어떤 방식이든 쓰려고 했을 것이다.

"협박했다면서? 그러면 가족들에게 해를 끼치려고 하지 않았을까?"

"그랬을지도 모르지. 하지만 장팔두가 가진 정보가 많으면 그것도 못 해."

"아예 눈이 돌아가 버릴 테니까?"

"정답."

장팔두가 가진 정보가 어느 정도인지 알 수는 없다.

하지만 살인까지 불사할 정도라면 가진 정보가 무척이나 많다는 걸 알 수 있다.

"그러니 차라리 안전하게 장팔두를 죽이는 걸 선택했을 가능성이 높아."

"하지만 술 마시고 죽었는데. 그게 가능해?"

노형진은 고개를 흔들었다.

"너 만일 누가 자연이 사진을 흔들면서 술 마시지 않으면 죽여 버린다고 하면 어떻게 할래?"

"아니, 거기서 자연이가 왜 나와?"

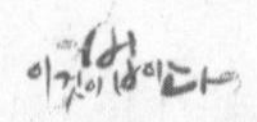

불만족스러운 표정이 되는 오광훈.

"상황상 말이야."

"으음, 하긴 오래 생각할 이유도 없네."

자신이 몰래 추적해 왔고 그게 걸렸다.

인적이 드문 곳에서 잡혔고 살아갈 가능성은 없다.

그들이 가족의 사진을 흔들며 증거를 넘기고 술 마시라고 협박한다.

만일 거절하면 가족을 죽이겠다면서.

"어차피 살 수 없는 상황이야. 그러면 가족이라도 지키기 위해 뭐라도 하는 게 인간이지."

신념과 정의를 위해 가족을 희생시킬 수 있는 사람이 얼마나 될까?

물론 불이익 정도야 감수할 수 있겠지만, 단순 불이익이 아니라 진짜로 가족을 죽이겠다는 협박 앞에서는 어지간한 사람이 아니면 무너질 수밖에 없다.

"그리고 물속으로 풍덩."

저항도 못 하고 그냥 물속에 빠져 죽었을 테고 경찰은 적당히 실족사로 처리한 것이다.

"그게 가능한가?"

"가능하지."

노형진의 말에 오광훈은 참담한 표정이 되었다.

자신을 잡아넣겠다고 기세 좋게 떠들던 장팔두다. 그가 그렇게 허망하게 갔다는 게 왠지 서글펐다.

"꼴에 적이었다 이건가?"

"뭐?"

"아니야. 그런 게 있어. 그러면 그 녀석이 조사하던 사건을 파면 될까?"

"안 될걸."

노형진은 고개를 흔들었다.

"아까도 말했지만 이건 경찰 내부에서 벌어진 사건일 가능성이 높아. 그러면 장팔두가 경찰 몰래 수사했다는 거거든."

"강력계에 있을 때의 사건을 파면 안 되나?"

"사건 기록을 없애는 건 일도 아니다."

하물며 종결된 사건도 아니고 흐지부지 끝났을 게 뻔한 사건 기록을 몰래 삭제하는 건 어렵지 않은 일이다.

"애초에 그걸 다른 사람들이 알았다면 아마 장팔두 형사가 죽지도 않았을 테고."

노형진은 오광훈에게 말하면서 심호흡했다.

"일단 이 사건은 경찰 내부와 심각하게 엮였을 가능성이 높아. 어쩌면 검찰도 엮였을 수도 있지. 그게 무슨 의미인지 알지?"

오광훈이 피식 웃었다.

"그래서, 네가 나 굶길 거야?"

"망할 새끼."

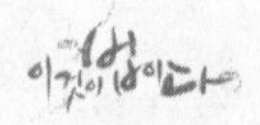

하지만 노형진은 거기까지만 말했다.

어찌 되었건 누군가 목숨을 걸고 조사했던 사건이다. 오광훈이 그걸 조사하고자 한다면 굳이 말릴 생각은 없었다.

"좋아, 이번에는 도와주지. 하지만 쉽지 않을 거다."

"땡큐 베리 마치."

"뭐냐, 그 콩글리시는? 그냥 한국어 해."

"고맙다."

나를 가장 잘 이해하는 건 가장 가까운 적이라고 했던가?

오광훈은 왠지 장팔두를 이해할 것 같았다.

그리고 그의 못다 한 책임을 이뤄 주고 싶었다.

"역시나, 없네."

장팔두가 3년 전에 담당했던 사건 중에서 의심스러운 사건은 없었다.

그가 인수인계하면서 모든 사건을 넘겨줬는데 그중 미결 사건은 단 하나뿐이었다.

"이 사건 아니야? 그래도 살인이잖아."

"정확하게는 퍽치기지."

퍽치기를 해서 돈을 빼앗으려다 삐끗해서 피해자가 죽어 살인이 된 사건이다.

"미결이니까 그렇게 보일 수도 있겠지. 하지만 사건의 방식을 보면 그건 아니야."

"어째서?"

"이건 장팔두 이후에도 검사가 추가 조사를 명령해서 3개월간 따로 조사한 사건이야. 진짜 덮으려고 했다면 검찰이 3개월간이나 물고 늘어지게 하지도 않았겠지."

"아하!"

이 정도 일을 저지를 놈이 누군지는 모르지만, 다른 경찰이 그걸 수사하는 걸 가만 두고 보지는 않았을 것이다.

추가 조사를 검사가 명령했다고 하지만 경찰이 초동 수사를 하는 만큼 적당히 은폐해서 넘기면 검사는 깊이 파지 않는다.

"인간은 구설수를 피하려고 하기 마련이거든."

만일 다른 경찰에게 넘어갔다가 수사가 진행되면 또다시 협박하고 개지랄을 떨어야 하는데, 그걸 원하는 사람은 없다.

"그런데 다른 사람에게 사건이 넘어갔단 말이지."

더군다나 그 경찰이 대충 수사한 것도 아니다.

온 동네 CCTV를 뒤지고 증언을 청취하고 과학수사도 하고, 그가 할 수 있는 방법은 다 동원했다.

그럼에도 불구하고 사건은 미결.

"사건 기록을 보면 대충 알잖아."

이 사람이 열심히 수사했는지 아니면 시간만 때웠는지, 사건 기록을 보면 충분히 알 수 있다.

그런데 이 사건은 아무리 봐도 그 경찰이 쉽게 놔준 건 아니었다.

"더군다나 이 기록을 봐 봐. 가장 의심스러운 용의자도 확보해 놨어. 사실 이건 미결이기는 하지만 미결은 아닌 거지."

용의자가 있음에도 불구하고 미결로 끝난 이유.

그건 그 용의자가 외국인, 정확하게는 중국인이었기 때문이다.

사건을 조사하고 특정할 때쯤에는 그 중국인은 이미 한국을 떠나서 중국으로 돌아간 상태였고, 그 이후에 단 한 번도 한국에 들어오지 않았다.

"멀쩡하게 한국에서 일하던 사람이 출국하고 다시 돌아오지 않는다? 그럼 답은 나와 있는 거지."

환율의 특성상 웬만하면 한국에서 계속 일하려고 하는 게 중국인이다.

현행법상 일정 주기마다 자국에 갔다가 다시 들어와야 해서 어쩔 수 없이 나가기는 하지만 말이다.

그런데 용의자는 그 당시에 시기가 안 되었음에도 중국으로 나갔고, 그 이후로 들어오지 않고 있었다.

"즉, 그가 범인이 맞다는 거지."

"그러면 이 안에 사건이 없다는 거야?"

"맞아. 없을 거야."

아마도 관련 자료는 모조리 폐기되었을 것이다.

"하지만 컴퓨터에도 기록이 없다는 게 이해가 가지 않는데."

"네가 아는 장팔두 수사관은 꼼꼼하고 주의력이 깊은 편이라고 했지?"

"그렇지."

"그러면 위험한 사건이라 컴퓨터에 기록을 남기지 않은 거 아닐까?"

"위험한 사건?"

"그래. 충분히 그럴 수 있어."

기본적으로 컴퓨터라는 존재는 자신이 볼 수도 있지만 자동으로 메인 서버에 자료가 업데이트되기 때문에 타인도 볼 수 있다.

"장팔두는 주의해서 조사하고 있었어. 하지만 용의자는 경찰 내부에도 손쓸 수 있는 사람이야. 그렇다면 용의자가 볼 수 있다는 걸 감안하고 장팔두가 글을 쓰지 않았을 수도 있지."

"으음."

오광훈은 고개를 끄덕거렸다. 그 또한 그럴 가능성이 높으니까.

"사건을 수사하면서 윗선에 걸리지 않기 위해 자기만 아는 암호로 오프라인 방식을 쓰는 건 별로 특이한 일이 아니야."

"그러면 이건 나가리인 것 같은데?"

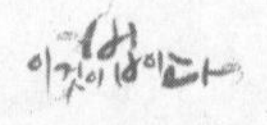

아마도 그 관련 자료는 낚시터에서 범인들에게 빼앗겼을 가능성이 높다.

그런 상황에서 오광훈이 아무리 들쑤신다고 해도 관련 자료가 나올 리가 없다.

"알아. 안다고."

알면서도 여기까지 직접 온 노형진의 행동에 오광훈은 눈을 찌푸렸다.

"그런데 왜 뻘짓 한 거야?"

"뻘짓 한 게 아니야. 그들에게 압박을 주기 위해 움직인 거지."

"압박?"

"그래. 현실적으로 그들은 살인까지 불사했어. 그게 무슨 의미겠어? 누군가가 다시 자신들을 추적하는 것에 대해 무척이나 예민하게 반응할 거라는 거야."

"아하!"

현재 자신들에게는 어떠한 자료도 없다.

사실 오광훈이 사건을 파고든다고 해서 자료를 찾을 가능성이 얼마나 될까?

"일반적으로는 제로에 가깝겠지."

그들이 살인까지 불사할 정도의 사건을 대충 무마하지는 않았을 테니까.

더군다나 장팔두 형사가 오프라인 형태로 보관했다면 더

더욱 그럴 것이다.

"우리가 그들에게 다가갈 수는 없으니 반대로 그들이 우리에게 다가오게 할 수밖에 없지."

노형진은 오광훈을 데리고 경찰서에서 나오면서 조용히 말했다.

"아마 우리가 사건을 파고 있다는 것만으로도 그들은 극도로 경계하기 시작할 거야."

"그래서?"

"그래서는 무슨 그래서야. 어떻게든 우리와 접촉하려고 하겠지."

노형진은 그때를 노려서 그들을 일망타진할 생각이었다.

"일단 두 번째는 장팔두 형사의 가족들을 지키는 거야."

"어째서?"

"뻔하지. 만약 복사본이 있었다면 누구한테 있겠어?"

당연히 가족이다. 누구도 믿지 못할 상황이었을 테니까.

"하지만 진짜 복사본이 있을까?"

"당연히 없지."

가족을 위해 죽었던 장팔두 형사다.

가족에게 그런 걸 맡겨서 위험하게 할 사람은 아니다.

"하지만 중요한 건 우리가 장팔두 형사의 뒤를 따라간다는 거지."

그리고 그들의 신경은 온통 곤두설 수밖에 없을 것이다.

"그러니 그들이 다가오기를 기다리자고, 후후후."

⚖

노형진과 오광훈은 그들이 죽인 장팔두와는 사정이 다르다.

장팔두는 아군이 없었지만 노형진과 오광훈은 아니다.

오광훈은 검사동일체의원칙의 보호를 받는다.

그가 아무리 막장이라고 하지만 그를 건드리는 순간 대한민국 검찰과 법원에서는 범인을 잡기 위해 뭐든 각오한다.

그리고 노형진은?

그를 죽이기 위해서는 전 세계와 싸우는 수준의 각오를 해야 한다.

물론 전 세계가 다 싸우는 건 아니겠지만, 그에게 접근하는 것 자체가 쉬운 일이 아니다.

그런 두 사람이 현재 장팔두 형사의 뒤를 차근차근 따라가고 있었다.

"우리 애아빠가 순직한 거라고요?"

"그렇게 의심하고 있습니다."

노형진은 조심스럽게 말했다.

가족의 죽음으로 힘든 사람들에게 뭔가를 알려 주는 것은 쉬운 일이 아니다.

더군다나 그 죽음과 관련된 이야기를 하는 것은 까딱 잘못

하면 상처를 후벼 파는 꼴이다.

하지만 안전을 위해서라도 그건 해야 하는 일이기도 했다.

"그들이 누군지는 알지 못합니다. 하지만 잡기 위해서는 아무래도 사모님의 도움이 필요합니다."

"제 도움요?"

"네."

노형진은 사정을 설명했고, 이야기를 모두 들은 장팔두의 아내는 얼굴이 딱딱하게 굳었다.

"아마도 관련 자료는 그들이 폐기했을 가능성이 높습니다. 그러나 사모님께 사본이 있을 가능성도 높지요."

"하지만 남편은 그런 걸 준 적이 없어요."

"저도 그렇게 예상하고 있습니다. 하지만 범인들도 그렇게 믿어 줄지는 전혀 다른 문제입니다."

현실적으로 그들은 살인까지 불사하며 비밀을 은폐하고 있다.

"한 번은 어렵지만 두 번은 쉽지요. 사실대로 말씀드리겠습니다. 그들이 누군가를 노린다면 그건 아내분일 가능성이 높습니다."

장팔두의 두 아들은 이제 중학교 3학년, 1학년이다.

그런 위험한 사건을 감당하거나 보관할 능력이 있다고 볼 수 없다.

"그리고 장팔두 씨의 부모님은 이미 돌아가셨지요. 그러면 장팔두 형사님이 믿을 만한 사람은 누가 있겠습니까?"

당연히 아내뿐이다.

"그러니 그들이 누군지는 몰라도 사모님을 감시하고 있을 가능성이 높습니다."

"저를요?"

"네."

"하지만 전…… 아는 게 없는데……."

그녀는 놀라서 주먹을 꼭 쥐었다.

자신을 감시하는 사람에 대해서는 들어 본 적도 없고 본 적도 없기 때문이다.

"알고 있습니다. 그랬다면 억울한 마음에라도 그걸 공개하셨겠지요."

당장 그녀에게 남은 건 대출이 잔뜩 남아 있는 아파트 한 채와 약간의 현금뿐이다.

경찰이라는 위험직의 특성 때문에 생명보험에도 가입하지 못했고, 순직이 아닌 것으로 처리되었기 때문에 국가에서 나오는 보상금 역시 없었다.

물론 생명보험은 보험료를 더 내면 가입할 수 있었을지도 모르지만, 두 아이를 키운다는 것은 생각보다 돈이 많이 드는 일이었다.

"그러시지 않았다는 것 자체가 사본이 없다는 걸 의미하지요."

"그건……."

"중요한 건 그건 그들에게 상관없다는 겁니다."

위험의 싹을 방치하기보다는 차라리 안전을 선택할 수도 있다.

그리고 노형진은 그들이 그렇게 하기를 원하고 있다.

"그래서 드리는 말씀인데, 안전한 곳으로 당분간 피해 계셨으면 합니다."

"안전한 곳요?"

"네. 러시아에 자리를 마련해 놨습니다."

러시아. 한국에서 아무리 잘나가는 녀석이라고 할지라도 러시아에까지 힘을 투사하는 건 쉽지 않다.

친일파나 친중파는 많아서 그쪽 범죄 조직과 선이 닿을지도 모르지만 현실적으로 친러파는 많지 않기 때문이다.

"더군다나 러시아에는 실력 좋은 경호원들이 많지요."

구소련이 해체된 후 많은 사람들이 강제로 제대했다. 그중에는 특수부대 출신도 제법 많았다.

그들은 불안정한 러시아에서 경호 업체를 차렸는데, 그들에게 훈련받은 경호원들의 실력은 어지간한 대통령 경호실 요원보다 부족하지 않았다.

"결정적으로 러시아는 경호할 때 총기를 사용할 수 있거든요."

그에 반해, 만약 한국에서 추적자나 암살자를 보낸다면 그는 현지에서 총기를 구입해야 한다.

그런데 만일 외국인이 러시아에서 총기를 구입해서 누군가를 살해한다면 그는 귀국은커녕 러시아에서 온갖 고문을 당할 건 자명한 일.

"어떻게 보면 러시아가 동남아보다는 안전합니다."

"하지만 돈이……."

"아까도 말씀드렸다시피 이미 모든 준비는 되어 있습니다. 학업이 문제이기는 하지만 조속한 시일 내에 해결해서 귀국시켜 드리겠습니다. 부족한 학업은 러시아에서 개인 교사를 붙여 드리도록 하지요."

"……."

"그리고 미리 준비한 곳은 5급 호텔입니다. 약간의 돈도 함께 준비해 놨으니 그곳에서 마음을 추스르면서 쇼핑이라도 하시지요."

"왜 이렇게까지 해 주시는 거지요?"

노형진은 슬쩍 모른 척하고 있는 오광훈을 바라보았다.

"오 검사가 남편분의 절친이었습니다. 어떻게든 진범을 잡고 싶다고 하더군요."

"아……."

멍하니 있던 아내는 일어나서 오광훈에게 갑자기 고개를 숙여서 인사했다.

"아, 아니…… 이러실 필요는……."

오광훈은 그 인사를 받으면서도 기분이 묘했다.

사실 엄밀하게 말하면 그는 장팔두의 원수가 아닌가?

그런데 갑자기 인사라니.

"고, 고맙습니다. 누구도 제 말을 들어 주지 않았어요. 친구분들이 도와주려고 했지만 위에서는 실족사라며…… 흑흑."

오광훈이 아는 걸 아내가 모를 리가 없다.

당연히 그녀는 말도 안 된다며 따졌지만, 경찰에서는 누가 봐도 실족사라면서 더 이상 수사하지 않았다.

"압니다. 저도 장팔두를 잘 알고 있기에 이게 사고가 아니라고 생각해서 수사하는 거구요."

오광훈은 그렇게 말하며 장팔두의 아내를 만류하려 했지만, 끝내 고집을 꺾을 수는 없었다.

"어…… 그러니까. 에……."

오광훈은 당황스러워서 어쩔 줄 몰라 했다.

원수의 가족에게 감사 인사를 받을 줄은 몰랐기 때문이다.

"남편이 고작 낚시터에 빠져서 죽을 리가 없어요. 그렇지요?"

"네, 맞습니다."

"흑흑흑."

누군가 알아주었다는 사실에 서러움이 복받친 것인지 그녀는 감정을 주체하지 못하고 한참을 눈물을 흘렸다.

오광훈은 어정쩡하게 서서 노형진을 바라보면서 격하게 눈짓을 했다.

그는 아무래도 이런 상황에는 영 익숙하지 못했으니까.

"진정하시고 바로 움직이셔야 합니다. 무슨 일이 있을지 모르지만 그들이 더 이상 손쓰기 전에요."

"네, 애들이 오는 대로 바로 움직일게요."

"그 전에 알려 주실 게 있습니다."

"네?"

장팔두의 아내는 흠칫했다.

지금까지 누군가가 자신을 속인다고 이야기했는데 갑자기 자신에게 뭔가를 요구하니 갑자기 의심이 싹튼 것이다.

그걸 읽은 노형진은 다급하게 손을 흔들었다.

"무리한 걸 요구하는 게 아닙니다. 다만 상대방이 의심할 만한 뭔가를 부탁드리려고 합니다."

"상대방이 의심할 만한 거요?"

"네. 관련 자료가 없는 건 알고 있습니다. 하지만 그걸 상대방은 모르지요."

현실적으로 노형진이 노리는 건 그거다.

그들이 이쪽을 경계하고 뭐든 알아내기 위해 접근하는 것.

"그러기 위해서는 우리가 뭔가 얻은 것처럼 해야 합니다."

"하지만 드릴 만한 게……."

"뭔가를 주실 필요는 없습니다. 다만 뭔가를 감춰 두셨을 법한 공간을 알려 주시면 됩니다."

"제가 뭔가 감춰 둘 만한 공간요?"

"네."

어차피 여기서 뭔가 받아 간다고 해도 의미가 없다.

설사 그런다 해도 그들 입장에서는 그것이 무엇인지 확인할 방법이 없기 때문이다.

"하지만 다른 건 가능하지요. 가령 어디 사람들이 없는 공간에 뭔가를 감춰 둔다든가 하는 방식으로요."

즉, 외부에 장팔두와 아내만 알 만한 공간, 그 공간을 알려 달라는 것이다.

"하지만 아무것도 없는데……."

"상관없습니다."

노형진은 고개를 흔들었다.

"어차피 중요한 건 뭔가를 찾는 듯한 우리의 행위를 그들에게 노출하는 것이니까요."

노형진의 말에 아내는 잠깐 고민하다가 고개를 끄덕거렸다.

"전에 살던 집이…… 아직 개발되지 않았을 거예요."

"네?"

"그러니까 이 아파트를 사기 전에 살던 집이 있거든요."

경찰의 월급은 박봉이다.

당연히 그 돈으로 아파트를 사는 것은 절대 쉬운 일이 아니다.

그래서 오랜 시간을 허름한 집에서 살았는데, 때마침 그 지역이 재개발되면서 그간 모은 돈과 배상받은 돈을 합쳐서 대출까지 끼고 이 집을 산 것이다.

"저희는 일찍 나왔지만 아직 나오지 않은 사람들도 많거든요. 그래서 재개발이 아직 진행되지 않고 있어요."

그래서 아직 남아 있는 오래된 집.

이미 비어 버린 집에 도둑이 들어갈 일은 없다.

설사 들어간다고 해도 고물상 정도일 테니, 만일 작심하고 감춘다면 뭐든 감출 수 있는 주택이다.

"그거 참."

오광훈은 씩 하고 미소를 지었다.

"마음에 드네요, 후후후."

범인은 생각이 많은 법

"그놈이 누구인지 모르지만 지금쯤 네가 이 사건을 파고 있다는 걸 알 거야."

"그걸 어떻게 알아?"

"당연한 거 아냐?"

오광훈이 말도 안 된다는 듯한 표정으로 대꾸하자 노형진은 간단하게 말했다.

"장팔두 수사관은 몰래 수사를 재개했을 거야. 가족의 목숨이 달려 있는데 그걸 대놓고 했겠어? 그런데 걸려서 죽음을 맞이했어. 그러면 그게 무슨 소리겠어?"

"어…… 주변의 누군가가 감시했다?"

"정답."

수년간 경찰로 생활한 장팔두다. 그런 그가 의심도 하지 않고 모든 걸 동료들에게 말했을까? 그럴 리가 없다.

웃긴 일이지만 경찰이기에 경찰이 부패했다는 걸 누구보다 잘 아는 게 장팔두일 수밖에 없다.

"즉, 그가 몰래 수사를 시작했다는 것까지 알아챌 정도의 최측근이라는 거지."

"그러면 내가 수사에 들어가면 알 수밖에 없겠구나."

"맞아."

노형진은 역으로 가능성을 제하기 시작했다.

아예 처음부터 추적하는 게 아니라 그렇게 감시할 수 없는 사람을 배제하기 시작한 것이다.

"일단 다른 부서는 아니야. 다른 부서에서 강력계에 있는 장팔두 수사관을 조사할 수는 없지. 일단 접점도 없고."

"으음……."

"더군다나 아무래도 강력계의 특성상 외근이 잦을 수밖에 없어. 그렇게 외근이 잦은 상황에서 다른 부서가 따라다니면서 감시하는 건 불가능하지."

"하긴 이 새끼들, 독종은 독종이더라고."

한겨울에 일주일씩 차 안에 박혀서 범인이 올 때까지 죽어라 기다리는 경우도 있는 게 바로 강력계다.

그런 사람들을 일반적인 부서 사람들이 감시하는 건 불가능하다.

"그러면 결국 가장 가까운 파트너?"

오광훈은 그의 파트너를 생각하고는 고개를 흔들었다.

끼리끼리 뭉친다고, 장팔두의 파트너도 상당한 꼴통이다.

"물론 그 새끼도 미친놈이기는 하지만 아무리 그래도 경찰 쪽 미친놈이야. 누군가에게 사주받아서 정보를 빼 주거나 살인을 불사하지는 않을걸."

더군다나 그는 장팔두가 사이버 쪽으로 옮기고 난 후에도 여전히 강력계에 있다.

"그러니 그가 수사하는 것에 대해 알거나 할 수도 없고 추적할 수도 없을 텐데?"

"그래. 하지만 여기에 한 가지 정보가 있지."

"어떤 거?"

"그 파트너도 사건의 기록을 보지 못했다는 것."

이미 장팔두의 모든 사건 기록을 확인했고 그 안에 자료가 없다는 걸 확인했다.

"그거랑 이번 건이랑 무슨 관계야?"

"네가 아는 장팔두와 꼴통 파트너 사이는 어때?"

"둘 다 미친 새끼라니까."

"음…… 질문을 바꾸자. 배신할 사이야?"

"전혀."

"그럼에도 불구하고 장팔두는 사건을 공개수사로 돌리지 않았어. 그게 무슨 의미인 것 같아?"

그 말에 오광훈은 잠깐 침묵을 지키면서 머릿속을 정리했다.

그도 나름 머리 쓰는 데 익숙해졌고 많은 경험을 쌓아 왔다. 그 때문에 어렵지 않게 그게 의미하는 게 뭔지 알아차렸다.

"내부에 문제가 있군."

"빙고. 정답이야."

경찰이 자신의 파트너조차도 믿지 못하는 경우. 그건 내부의 누가 적이고 누가 아닌지 알 수 없을 때의 이야기다.

실제로 미드에서 보면 수사를 할 때 동료가 그 배신자라 제대로 대응도 못 하는 경우가 종종 나온다.

"하지만 여전히 문제가 남잖아. 동료는 강력계에 남았다면 누가 감시해?"

"소속이 바뀌었지. 그런데도 감시가 가능했어. 그러면 그걸 할 수 있는 사람이 누굴까?"

"응?"

"경찰이 출장 간다고 휙 나가면 그만이야? 아니잖아."

"나야 모르지?"

"쩝."

노형진은 오광훈의 말에 입맛을 다셨다. 하긴 조폭이었던 그가 경찰 내부 시스템에 대해 다 알아낼 수는 없었을 것이다.

"경찰이 외부에 다른 업무, 가령 네가 말한 감시나 추적 같은 업무를 하러 갈 때 '나 나갑니다.'라고만 말하고 그냥 나갈 수는 없어."

그랬다가는 징계를 피할 수 없다.

실제로 옛날에는 그런 시스템이 없어서 검문하러 간다고 하거나 범인을 추적하러 간다고 하면서 사우나에 틀어박히는 경우도 많았다.

"지금은 뭐, 추적 장치라도 달고 다니나?"

"그건 인권침해고."

"그러면?"

"지금은 보고 시스템이 있으니까 누군가에게는 보고해야 한다는 거지."

"누군가에게 보고한다고?"

"그래."

"하지만 그걸 보고한다고 하면…… 말이 안 되는데?"

그가 일하던 곳은 사이버 팀이었다.

딱히 외근이 많은 곳은 아니다.

"사이버 팀장이 배신자라는 거야?"

"아니, 그건 아니야. 내 생각에는 배신자는 총무 쪽일 것 같아."

"총무?"

"그래. 기본적으로 총무는 모든 돈을 처리해야 하지. 경찰들의 월급 외에 쓰이는 돈의 지급 등등, 자연스럽게 그 모든 게 총무 쪽으로 쏠려 갈 수밖에 없어."

당장 경찰이 야근해도 그 비용을 지급하는 건 총무고 반대로 일찍 퇴근해도 그만큼 까는 게 총무이며 휴가에서부터 반차, 심지어 경찰들이 바깥에서 먹는 커피 하나까지 모조리 현금화해서 계산하는 게 총무다.

"자, 잠깐? 그게 가능해?"

"너 빅 데이터가 얼마나 무서운지 모르는구나?"

"빅 데이트?"

"빅 데이터. 바보냐? 데이트를 왜 하는데?"

"빅 데이터가 뭐야?"

"수집, 저장, 분석을 하기 어려울 정도로 거대한 정보들이야."

"그런데 그게 왜 무서워?"

"아무런 정보도 없지만 그 안에는 모든 정보가 담겨 있거든."

"응?"

"일종의 정보의 쓰레기통이야."

일단 쓸데없어서 버리기는 했지만 그걸 분석하면 상대방의 패턴에 대해 알 수 있다.

만일 그 안에 다이어트용 식품이 있으면 다이어트 중이라는 걸 뜻하며 그로 인해 스트레스가 심하다는 판단도 할 수 있다.

반대로 편의점 상품들이 많이 들어 있다면 그는 혼자 살며 편의점에서 자기 혼자만의 식사를 하는 경우가 많다는 걸 알 수 있다.

"그게 빅 데이터라고?"

"그래. 정보이지만 정보라고 생각 못 하는 것."

그걸 분석하면 새로운 정보가 나온다.

어떤 지역에서 기저귀 인터넷 주문량이 많아진다면 거기에 신도시가 생겼을 가능성이 높아지는 것처럼 말이다.

"아…… 그렇겠네."

아무리 장팔두라고 해도 공무원인 이상 자신의 움직임을 보고할 수밖에 없다.

그리고 그게 의미가 없는 거라면 모를까, 한번 찍힌 이상 상대방이 그걸 뚫어져라 보고 있을 가능성이 높다.

"결국 공무원이라는 특성상 모든 움직임은 위로 올라가야 한다는 거지."

그리고 몰래 수사한다 해도 그 움직임이 그들의 눈에 들어갈 수밖에 없다.

"그게 의미하는 건 하나뿐인데."

노형진의 말에 오광훈은 심각한 표정이 되었다.

노형진의 말이 맞는다면 직접적인 수사 부서가 아닌 총무부가 관련되어 있다는 건데.

"아마 장팔두가 조사하던 사건은 경찰 내부 문제일 거야."

그것도 작은 사건이 아니라 내부에서 살인을 불사할 정도로 심각한 사건.

"하지만…… 그럴 만한 사건이 있을까?"

단순히 사건을 은폐할 정도일까?

그건 아니다. 그 정도로는 이렇게 동료 경찰에 대한 살인까지 불사할 가능성은 높지 않다.

물론 경찰에서는 부패 사건이 제법 많이 벌어진다.

하지만 동료 경찰을 협박하고, 그것도 부족해서 살인도 할 정도의 사건은 절대 많지 않다.

그리고 그런 사건들은 기본적으로 위에서 내려오는 압력에 의해 벌어지는 경우가 많다.

즉, 걸린다고 해도 정상참작의 여지가 있다는 거다.

"그런데 살인까지 불사한다는 건 아주 높은 곳에서 내려온 압력이든가 아니면 경찰 내부에서도 뭐라고 말할 수 없는 사건이라는 건데."

그게 뭔지 아직은 알 수가 없다.

"어찌 되었건 상대방은 네가 움직이는 걸 알고 있을 거야. 그러니까 네가 동선을 보여 주면 아마 꼬리가 잡히겠지."

"그 꼬리가 바로 그 빈집이다?"

"그래."

재개발로 인해 빈집이 되었다면, 엄밀하게 말하면 거기에는 누구도 들어가지 못한다.

빈집이라고 해서 소유권이 사라진 게 아니다.

재개발을 하는 곳으로 소유권이 넘어가는 거다.

"그리고 대부분의 기업들은 자기들에게 불리한 요구가 아니라면 검사의 부탁을 순순히 들어주는 편이거든."

만일 오광훈이 그곳을 조사하게 해 달라고 하면?

어지간하면 영장과 상관없이 들어준다. 검사와 척지고 싶지 않으니까.

하물며 자기들이 불리해지는 것도 아니고, 경찰의 변사 사건에 관련된 거라면 더더욱 말이다.

"한번 전화해 봐. 분명 뭔가 움직임이 있을 거야."

"넌?"

"경찰에서 생길 만한 일을 한번 조사 좀 해 봐야지."

노형진은 진지한 얼굴로 말했다.

⚖

"흠……."

해당 경찰서에 대해 조사하는 건 어렵지 않았다.

하지만 딱히 뭔가 문제가 될 만한 건 없었다.

"딱히 부자 동네도 아니고."

부자 동네가 문제가 되는 건 그곳에 권력자들이 많이 살기 때문이다.

즉, 사건을 덮기 위해 해당 경찰서에 뇌물을 주는 경우가 많다.

가령 강남 같은 경우는 강남에서 3년간 경찰로 생활하면서 아파트를 못 사면 병신이라는 말이 있을 정도로 온갖 돈이 왔다 갔다 한다.

"하지만 여기는 그런 게 없단 말이지."

딱히 뭔가 큰 건도 없었고 정치적인 문제도 없었다.

그나마 가장 강력한 문제가 그 지역 정치인의 범죄 정도인데, 그마저도 벌금 100만 원으로 끝났다.

즉, 그 지역구 의원의 의원직은 상실되지 않았다는 거다.

물론 경찰이 사건을 은폐해서 그 정도 처벌만 나온 것일 수도 있다.

그러나 그걸로 살인까지 불사한다?

말도 안 된다.

벌금 100만 원으로 끝날 정도의 사건은 아무리 정치인이라고 해도 그다지 큰 사건은 아니다.

걸린다고 해도 기껏해야 감봉이나 견책 정도로 끝난다.

'하지만 살인까지 불사한다는 건 어마어마한 사건이라는 건데.'

마우스를 딸깍거리면서 화면을 전환시키는 노형진.

하지만 여전히 적당한 사건은 떠오르지 않았다.

그렇게 한참을 인터넷을 뒤지는 사이 갑자기 전화기가 울렸다.

-난데.

"오, 그래! 뭐 좀 건졌냐?"

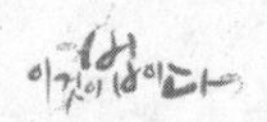

오광훈은 수사관과 함께 가서 해당 주택을 이 잡듯이 뒤졌다고 했다.

－아무것도 없는데.

“그래?”

－딱히 뭐가 있을 만한 곳도 아니고, 이리저리 뒤져 봤지만 뭘 감출 만한 공간도 안 보여.

“그렇단 말이지. 뭐, 상관없어. 내 말대로 했어?”

－어.

사실 그곳을 습격하기 전에 이미 오광훈은 먼저 혼자 가서 몇 가지 서류를 감춰 놨다.

물론 그 서류는 다 가짜고, 온갖 신문을 대충 스크랩해 둔 것뿐이다.

－네가 말한 대로 그걸 찾아내서 가지고 왔어.

“감시하는 사람은?”

－일단 우리 주변에는 없겠지만 네가 카메라를 쓰는 걸 보면 있을 수도 있겠지?

“있다고 가정하고 움직여야 해. 검찰 쪽의 움직임은?”

－전혀 없어.

그렇다면 검찰에서는 이번 사건에 대해 전혀 인식하지 못하고 있다는 걸 의미한다.

만일 뭔가 관련이 있다면 벌써 어떻게 해서든 움직였을 것이다.

하다못해 어마어마한 일거리를 오광훈에게 던져 줌으로써 시간을 내지 못하게 하는 방법을 써서라도 말이다.

"그렇단 말이지. 알았어. 일단 거기서 철수해."

노형진은 전화를 끊고는 계속 화면을 넘겼다.

딱히 뉴스가 될 만한 건 없었다.

"무작정 뭔가 나왔다고 할 수도 없는데. 뭐든 나와야…… 응?"

막 화면을 넘기려고 하던 노형진은 한순간 손을 멈췄다.

그의 시선이 간 곳은 다름 아닌 아주 작은 뉴스였다.

"마약?"

대략 5년 전 사건이다. 그런데 그 뉴스에 그 관련 정보가 있었다.

"이거 뭐지? 마약이라고?"

하지만 다른 뉴스에는 없었다.

노형진은 해당 뉴스를 눌러서 페이지를 열었다.

**역대급 마약 발견**

경기도에 있는 모 공장에서 300킬로그램, 시가 1,000억 원어치의 마약이 발견되었습니다. 해당 공장은 폐쇄된 상태로 마약의 출처는 확인되지 않았지만…….

"아, 기억난다."

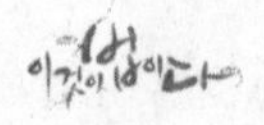

그 뉴스를 보고 노형진은 어렴풋하게 기억나는 게 있었다.

역대급 마약의 발견. 그마저도 수사를 통해서가 아니라 해당 건물을 철거하러 갔던 사람이 발견했다.

경찰은 그 마약의 주인을 찾으려고 했지만 결국 찾지 못했다.

하긴 300킬로그램의 마약이면 인생 종 치는 거니 절대 모습을 드러내 않았을 것이다.

'내 마약입니다.'라고 한다고 해도 돌려주진 않을 테고.

"그 당시에 아주 가루가 되도록 까였네."

영내에서 그 정도의 사건이 터졌는데 결국 범인은 잡지 못했다. 그리고 마약은 당연히 소각 처리되었다.

"아니…… 되었어야 한다는 건가?"

노형진은 문득 이상한 기분이 들었다.

무려 300킬로그램의 마약이다.

그런데 경찰이 범인을 못 잡았다?

물론 그럴 수도 있다.

하지만 왠지 모를 서늘함이 느껴졌다.

"마약이라……."

노형진은 그 뉴스를 몇 번이나 확인했다.

우연히 발견된 마약, 그리고 결국 잡지 못한 범인.

"어쩌면 답이 나올지도 모르겠네."

"마약?"

노형진과 오광훈은 조용한 커피숍에서 주변을 경계하며 만나고 있었다.

주변에서 자신들을 감시하는 자가 있을 수도 있기 때문이었다.

"그래. 얼마 전에 뉴스를 확인하다가 발견했어."

"300킬로그램이라면 어마어마한 건수인데?"

"어마어마한 건수지."

노형진은 고개를 끄덕거렸다.

"그러면 경찰에서 그 범인을 은폐했다고 보는 거야?"

"아니, 그건 불가능해."

노형진은 고개를 흔들었다.

그건 불가능하다.

아무리 경찰이라고 해도 이 정도 사건을 은폐하지는 못한다.

도리어 이 정도 사건을 은폐하다가 걸리면 청장 모가지도 날아갈 수 있기 때문에 어떻게 해서든 범인을 잡으려고 노력한다.

"그런데 못 잡았다는 건, 진짜로 범인을 추적할 증거가 없었다는 거지."

"그런 게 가능한가? 하긴, 가능하겠다."

공장이 폐쇄된 지는 10년이 넘었다.

마약을 거래하던 놈이 거기에 마약을 감췄다가 감옥에 갔다거나 살해당했을 경우도 분명 가능하다.

"그러면?"

"이건 내 예상인데 말이지."

노형진은 목소리를 낮췄다. 그리고 주변을 둘러봤다.

다행히 이 커피숍은 칸막이가 되어 있어서 목소리를 어지간히 크게 하지 않는 이상에야 주변에서 들을 수가 없다.

"마약을 빼돌린 게 아닐까 싶어."

"뭐? 마약을 빼돌렸다고?"

"무려 300킬로그램이야. 1천억이 넘는 금액이지."

기본적으로 범죄에 관련된 물품들의 처리는 공매 아니면 소각 아니면 반환이다.

피해자의 물품이면 반환이고, 피해자의 물품이 아니며 사용가치가 있는 경우 공매하는 경우가 종종 있다.

하지만 대부분의 경우 증거 보관함행이다.

"하지만 마약은 아니야."

마약 자체가 엄청나게 위험한 물질인 데다가 그걸 증거로 보관하다 보면 나중에 유출의 위험성도 있기 때문에 마약류 같은 향정신성의약품은 무조건 소각 처리하는 것이 기본 규칙이다.

"소각하는 거야 나도 알고 있지."

"그런데 그 소각장에서 그걸 다 확인하는 건 아니거든."

"응? 그게 무슨 소리야?"

"말 그대로야. 소각장에서 소각할 때는 그것만 소각하는 게 아니라고."

이것저것 모조리 한꺼번에 소각한다.

물론 해당 경찰서에서 가지고 오고 수량을 확인하며 마약인 것도 확인한다.

"정확하게는 마약인 걸 확인하고 수량도 확인하지."

"어떻게? 막 영화처럼 찍어서 먹어 보나?"

"장난하나? 그건 말도 안 되는 헛소문이고. 중독될 일 있냐? 0.1그램 단위로 약물중독사하는데 그걸 왜 찍어 먹어? 당연히 마약 검사 키트를 쓰지."

단순한 마약 검사 키트는 마약인 걸 확인할 수 있지만 그 농도는 확인할 수가 없다.

"그 말은, 마약의 상당량을 바꿔치기한다고 해도 모른다는 거지."

목소리를 낮추고 말하는 노형진.

오광훈도 덩달아 목소리를 낮추며 물었다.

"뭐야? 그러니까 마약을 빼돌렸다?"

"불가능한 건 아니야."

마약 키트로 검사할 때 모든 마약을 다 검사하는 것은 아니고 시료만 채취한다.

그러니 맨 위에 있는 것만 진짜 마약으로 둬도 된다.

무려 300킬로그램을 다 검사할 수는 없으니까.

좀 불안하다 싶으면 봉투에서 마약을 꺼내고 다른 가루와 섞어도 된다.

하얀색 가루 종류는 넘치고 넘친다.

마약 키트는 그 안에 마약이 10분의 1만 된다고 해도 반응한다.

"그리고 그건 그 자리에서 바로 소각 처리되지."

"잠깐, 마약 300킬로그램을?"

"그래."

그 정도면 어마어마한 양이다.

말이 1천억대 마약이지 사람으로 친다고 하면 수십만 명분이다.

"우연 아니야?"

"우연일 수도 있다고 생각해. 하지만 의심스러운 사건은 그것밖에 안 보여."

"으음……."

오광훈은 그 말에 심각한 표정이 되었다.

그는 마약을 혐오한다.

심지어 그가 조폭이던 시절에도 마약은 절대 허용하지 않았다.

"그게 새어 나갔다면 어떻게 됐을 것 같냐?"

"어…… 감방은 확정이네. 그것도 엄청나게 오래."

한국에서 백이 없는 단순 마약 사범은 형량이 제법 높다.

하물며 경찰 출신이라면 이야기는 더 복잡해진다.

"더군다나 경찰이 감옥에서 당하는 꼴은…… 그다지 좋지 못하지."

경찰이나 검찰 같은 사법 집행관 출신들에 대한 수감자들의 대우는 그리 좋지 않다.

좋으면 그게 이상한 거다. 자기들을 감옥에 넣는 놈들이니까.

실제로 미국은 경찰 출신이 감옥에 가면 어쩔 수 없이 독방에 넣는 경우가 많다.

일단 동성 강간은 기본이고 재수 없으면 모가지가 따이기 때문이다.

한국도 별반 다르지 않은 게 사실이다.

"하지만 천억대의 마약이야. 인간의 욕심은 때로는 터무니가 없지."

"하지만 그 사건은 마약반 사건 아니야?"

"보통은 그렇지. 하지만 건수가 좀 다르잖아."

무려 300킬로그램의 마약 사건이다. 그러면 그 사건을 마약반만으로는 감당하기 힘들어지는 게 사실이다.

"보통 이럴 때는 특수대가 만들어지지."

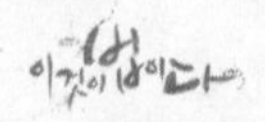

해당 사건을 추적하기 시작하고, 그 안에 강력반은 기본적으로 들어간다.

마약 사범들은 진짜 막장 범죄자라서 총기를 소지하는 경우도 많으니까.

"장팔두 이 개새끼."

오광훈은 입술을 깨물었다.

그 시기에 장팔두는 강력반이었다.

당연히 그 사건에 연관되었을 것이다.

"네가 그랬지, 장팔두는 지독한 타입이라고?"

"한번 물면 안 놔."

"그러면 말이야, 어쩌다 보니 그 사건에서 마약이 바꿔치기된 걸 안 게 아닐까?"

"으음……."

그 정도면 어마어마한 건수다.

하지만 그 사건을 안다고 해서 그걸 공개수사 할 수는 없다.

서류상 증거인 마약은 모조리 소각되었고 빼돌렸다는 걸 증명할 수 있는 건 아무것도 없을 것이다.

"그러면 대충 상황이 맞아떨어지네."

그의 파트너 역시 같이 수사에 들어갔을 테니 누가 아군인지 모르는 상황에서, 그는 혼자 수사를 진행했을 것이다.

그러다가 걸렸을 테고.

"하지만 단순 억측 아니야?"

"억측일 수도 있지."

노형진은 조심스럽게 말했다.

"하지만 상대방을 충분히 흔들어 볼 수 있을 거라고 생각해."

"어떻게? 마약 증거는 없다면서."

"전에 말했지, 그가 움직이는 걸 알기 위해서는 총무 부서의 도움이 필요할 거라고."

"아하!"

그 말은 그 멤버 중 한 명이 바로 총무부에 있다는 걸 의미한다.

하급 경찰이나 그 이후에 배치된 경찰은 아닐 것이다.

무려 5년 전 사건이다. 그 이후에도 계속 장팔두를 감시하기 위해서는 상당 기간 총무 부서에서 근무해야 한다.

"그리고 경찰들의 근무 기록을 확인할 수 있는 사람은 결국 상당히 높은 직급일 수밖에 없지."

"그놈이 누군지 일단 흔들어 보자?"

"그래. 아니라고 해도 별수 없는 거고."

이미 그들은 오광훈이 현장에서 뭔가 건졌다고 생각하고 있을 가능성이 높다.

"반대로 말하면, 네가 적당한 자료를 가지고 흔들면 아마 잔뜩 겁먹을 거야, 후후후."

소진아를 바라보는 오광훈의 눈빛은 차가웠다. 그는 직감적으로 그녀가 이번 사건의 주요 멤버 중 하나라는 걸 확신할 수 있었다.

“장팔두 씨와는 무슨 관계입니까?”

“직장 동료입니다.”

“그래요? 하지만 기록을 보면 장팔두 씨의 근무에 상당히 관심이 많았던데?”

“장팔두 형사가 불법적으로 아르바이트를 한다는 제보가 있어서 확인해 본 것뿐입니다.”

요즘은 모든 기록이 다 전산으로 남게 되어 있다.

당연히 소진아가 장팔두의 근무 기록을 확인한 기록도 남아 있었기에 그걸 확인해 보는 건 어렵지 않았다.

‘역시 변명은 준비되어 있겠지.’

갑자기 끌고 온 것도 아니고 전화로 와 달라고 통지한 거니 그 정도 변명을 준비하는 건 일도 아닐 것이다.

실제로 많은 경찰들이 몰래 아르바이트를 하고, 심지어 여경이 룸살롱에서 일하다가 걸리는 일도 있었으니까.

당연히 현행법상 경찰은 공무원이고 다른 일을 해서는 안 된다.

“하지만 특이 사항은 없는 걸로 알고 있습니다.”

소진아의 말에 오광훈은 그녀를 물끄러미 바라보았다.
아주 당당하게 말하는 소진아.
"그래요?"
오광훈은 길게 이야기하지 않았다. 어차피 확실한 증거는 없다.
모든 게 가능성일 뿐이다.

―어설프게 흔들어 봐야 걸리지도 않는다.

오광훈에게 노형진이 했던 말이다.
무려 5년간 걸리지 않았던 사건이다. 이미 증거도 없다.
그 상황에서 너 그거 아느냐고 물어봐야 모른다는 대답밖에 나오지 않을 것이다.
'그리고 이건 경찰과 검찰의 알력 문제도 있단 말이지.'
증거도 없이 영장을 청구하면 경찰 입장에서는 강하게 반발할 수밖에 없다.
웃긴 일이지만 그 때문에 사건이 덮일 수도 있다.
한 해에 경찰에 잡히는 마약 사범은 어마어마하며, 소각 처리되는 마약도 많다.
그런데 경찰이 마약을 빼돌린다는 이야기가 나오면 경찰 입장에서는 어마어마하게 부담이 될 수밖에 없다.
하지만 방법이 없는 것은 아니다.

"그래서 말입니다만."

오광훈은 피식 웃으며 목소리를 낮췄다.

"혼자 먹는 건 좀 그렇지 않습니까?"

"뭐라고요?"

"5년 전 마약 사건."

갑자기 훅 치고 들어오는 오광훈의 말에 소진아의 눈이 격하게 흔들리기 시작했다.

"이미 알아봤습니다. 장 형사가 자료를 제법 많이 남겼더군요."

"무슨 말을 하는 거죠?"

"장 형사 사건 당일의 행적을 제가 좀 확인해 볼까요? 당신하고 당신 동료들 전부."

오광훈은 슬쩍슬쩍 떡밥을 던졌다.

물론 소진아는 말을 못 하고 눈만 데굴데굴 굴렸다.

겉으로는 이해 못 한다는 눈치였지만 그 눈 깊은 곳에는 공포가 서려 있었다.

물론 오광훈은 그녀의 동료가 누구인지 모른다.

하지만 아는 척하는 것만으로도 그들을 압박할 수 있다.

그리고 아는 척하는 것은 불법이 아니다.

"적당히 욕심 부리고 나랑 나누죠. 뭐, 얼마나 빼돌렸는지 모르지만."

"무슨 말씀을 하시는 건지 모르겠네요."

"아, 그래요?"

그 말에 오광훈은 머리를 긁적거렸다.

"그러면 돌아가세요."

"네?"

"돌아가시고. 영장 정식으로 청구하겠습니다. 그리고."

말을 멈춘 오광훈은 히죽 웃었다.

"예쁘게 하고 다니세요. 언제 기자들과 만나게 될지 모르니까, 후후후."

"걸릴까?"

"걸릴 수밖에 없지."

오광훈과 노형진은 소진아를 추적하고 있었다.

"하지만 관련 증거가 없잖아. 그리고 검찰이 정치적 부담 때문에 경찰에 적대할 가능성은 낮다고 한 게 너고."

"아 다르고 어 다른 게 정치거든."

노형진은 자동차의 조수석에 누워서 느긋하게 이야기를 꺼냈다.

시선을 돌려 아파트를 바라보니 소진아의 차는 여전히 서 있었다.

"생각보다 오래 버티네."

"아까 하던 말이나 계속해 봐. 뭐가 다른데?"

"만일 검찰에서 증거 없이 조사한다고 하면 경찰청은 반발할 수밖에 없어. 현실적으로는 말이지."

"그런데?"

"하지만 반대로 언론에서 먼저 때리기 시작하면 검찰은 수사할 수밖에 없게 되는 거지."

미묘하지만 결과는 다르다.

검찰이 먼저 공격하면 정치적 공격이 되지만, 언론에서 먼저 공격하면 검찰이 공격하지 않을 수가 없게 되고 그걸 경찰이 방어하면 팔이 안으로 굽는 꼴이 된다.

"현실적으로 말하면, 경찰 입장에서는 방어도 못 하게 된다는 거야."

"으음……."

"전에도 말했지만 한국의 언론은 견제받지 않는 완벽한 권력이야. 그렇다 보니 경찰도 부담스러울 수밖에 없지."

아무리 경찰이라고 해도 언론은 절대로 건드릴 수 없다.

그 순간 경찰의 온갖 비리가 터져 나올 테니까.

"그리고 검찰은 언론의 압박에 못 이겨 어쩔 수 없이 수사하는 거다?"

"맞아. 일단 외견은 그렇지."

"그래서 마지막에 기자 이야기를 하라고 한 거구나."

특히나 스타 검사들은 기본적으로 언론을 이용하는 데 능숙하다. 다른 검사들은 그 모든 걸 상부의 명령에 따라 움직이는 데 반해서 그들은 자의적으로 그리고 새론과 함께 언론을 이용한다.

"더군다나 우리가 집을 한번 털었으니 증거가 있다고 생각할 수밖에 없어."

그렇다면 답은 하나다. 돈을 주고 무마하는 것.

"하지만 그렇게 쉽게 낚일까?"

오광훈은 그게 미심쩍었다.

물론 그럴듯한 작전이기는 하다.

하지만 너무 뻔하게 보여서, 저쪽에서도 다 예측할 수 있는 작전이기도 하다.

"알아, 저쪽도 함정일 수도 있다는 걸 안다는 거. 하지만 말이지, 그걸 알면서도 이건 물 수밖에 없는 사건이야."

만일 대응하지 않는다면 언론을 통해 사건이 새어 나갈 수밖에 없다.

300킬로그램의 마약을 빼돌린 사건을 언론에서 때리면 경찰에서는 조사하지 않을 수가 없다.

"설사 조사 결과 그게 진짜가 아니라고 해도 언론은 어떠한 책임도 지지 않지."

그리고 경찰이 조사해서 아니라고 해도, 언론에서 한번 기사가 나간 이상 답은 무조건 빼돌린 걸로 정해져 있다.

아무리 아니라고 주장한다고 해도 국민들은 믿어 주지 않는다.

“그리고 그들의 반응을 봐서는 빼돌린 건 사실일 테고 말이지. 오, 나온다.”

오광훈은 그 말에 잽싸게 운전석을 뒤로 넘기면서 몸을 숨겼다.

소진아는 주변을 두리번거리며 경계하면서 아파트 입구로 나갔다.

곧 아파트 입구에서 한 대의 차량이 다가오더니 그녀를 태우고 움직이기 시작했다.

“어…… 이건 예상외인데?”

당연히 차를 타고 움직일 거라 생각했는데 픽업이라니.

“빨리! 빨리 따라가!”

노형진은 다급하게 오광훈을 두들겼고, 오광훈은 투덜거리면서 차량에 시동을 걸었다.

⚖

“제법 먼 곳까지 왔는데?”

무려 두 시간이나 달려서 온 곳은 시외에 있는 조용한 카페였다.

상당한 규모를 자랑하는 게, 낙향한 사람이 소일거리로 하는 가게인 듯했다.

그리고 그 앞에는 몇 대의 차량이 와 있는 게 보였다.

"빙고."

노형진은 그 차들을 보고 미소를 지었고, 오광훈은 그 차들의 넘버를 확인해서 차주를 확인하라고 문자를 보냈다.

채 20분도 지나지 않아서 그 차량 중 다섯 대가 같은 경찰서 사람들이라는 연락이 왔다.

"여기서 만나는 것 같은데 어떻게 할까? 습격?"

"습격이라……."

노형진은 싱긋 웃었다.

"아주 좋은 생각이네."

⚖

"그놈이 뭐라고 하든 받아들일 수는 없어."

"하지만 이미 증거는 그놈이 가지고 있다고!"

"그 증거를 가지고 있다는 것도 거짓말일 가능성이 높아. 우리가 이미 그 집은 싹 털었잖아?"

재개발을 위해 비어 버린 동네.

그곳에 있는 집에 들어가는 건 기본적으로 불법이지만, 그렇다고 딱히 막을 사람이 있는 것도 아니다.

그런 경우에 가장 먼저 철거되는 것이 감시 시스템이니까.

오광훈의 경우는 소유권을 가진 곳의 허가를 얻어서 들어

갔지만, 이들이 그 안으로 들어가는 것도 어려운 일은 아니었다.

"하지만 그곳에서 아무것도 못 건졌는데."

"오광훈 그놈이 구라 친 거 아냐?"

그들은 오광훈을 믿을 수가 없었다.

"하지만 사건을 정확하게 특정하고 소진아까지 불러들인 건……."

"우연일 수도 있지."

그들이 막 그런 이야기를 하는 그 순간, 그들의 뒤로 누군가가 들어왔다.

"그렇게 행복 회로를 돌리면 좋냐?"

"너, 너는……!"

갑자기 커피숍으로 들어오는 오광훈의 모습에 다들 깜짝 놀라서 벌떡 일어났다.

오광훈은 마치 초대받은 사람처럼 안으로 자연스럽게 들어와서 빈자리를 차지하고 앉았다.

"이런 모임이 있었으면 나를 불렀어야지."

"너, 여기가 어딘 줄 알고……."

"너어? 요즘은 짭새 찌꺼기가 검사한테 너라고 부르나 보지?"

"……."

확실히 검사는 경찰에 대해 수사 지휘권이 있다.

상관은 아니라고 하지만 현실적으로 상관 노릇을 한다는 거다.

"나는 달달한 캐러멜마키아토."

의자에 기대어서 말하는 오광훈. 그리고 그런 오광훈을 바라보면서 말을 못 하는 사람들.

"뭐 해? 앉아."

"뭘 원하는 거지?"

"소진아가 이야기하지 않았어?"

오광훈은 피식 웃으며 말했다.

"너희가 빼돌린 마약."

"우리는 그런 적 없다."

"어이, 어이! 검사한테 우리는 그런 적 없다고 반말로 찍찍 해 대면 누가 그걸 믿느냐고. 바보냐? 검사한테 반말을 한다는 것 자체가 나한테 적대적이라는 건데?"

"으음……."

오광훈은 그렇게 말하면서 주변을 스윽 둘러봤다.

"뭐, 다 아는 사람이구먼."

"뭐?"

그 말에 모두가 눈을 확 찡그렸다.

그리고 그다음 순간, 입을 다물 수밖에 없었다.

"박규안, 홍안태, 장정수. 하지연 그리고 소진아와 곽도진."

"……."

자신들의 이름이 오광훈의 입에서 나오자 그들은 순간 눈빛이 격하게 흔들리기 시작했다.

지금 오광훈은 자신들을 처음 봤다.

그런데 그는 자신들의 이름을 정확하게 말했다.

그것도 대충 말한 게 아니라 시선을 하나하나 마주치면서.

"왜? 내가 당신들 이름을 아는 게 충격적이야?"

"어, 어떻게……?"

"장팔두가 너희에 대해 제법 잘 털어놨더라."

"장팔두가?"

"그래, 뭐 장팔두랑 친한 사이는 아니지만, 그 녀석이 술 먹고 죽을 놈은 아니라는 건 내가 알거든."

물론 조사해서 아는 게 아니다. 애초에 그런 자료는 없었다.

다만 그들은 자신의 차를 타고 왔고 그 차적을 조회해서 알아낸 것뿐이다.

하지만 그들은 거기까지 생각이 미치지 못했고, 정말로 장팔두가 자신들을 추적했다고밖에 생각할 수밖에 없었다.

방금 박규안이라고 불린 사람이 다른 사람에게 눈짓했다.

그러자 남자 두 명이 오광훈에게 다가와서 온몸을 더듬었다.

"에헤, 신체검사하는 거야? 같이 나눠 먹으려고 왔는데 이렇게 안 믿어 주면 섭섭하지. 그리고 기왕 할 거면 여자분들이 해 주면 고맙겠는데."

"미친놈."

박규안이 이를 빠드득 갈았지만 오광훈은 느긋했다.

"아무것도 없어."

도청 장치도 없고 녹음기도 없었다.

박규안이 눈짓하자 다들 자리에 앉았다.

"박규안 네가 주범이었군그래."

"도대체 어떻게 안 거지?"

"아까도 말했잖아, 장팔두랑 친하지는 않지만 그놈이 그렇게 쉽게 죽을 놈은 아니라는 걸 안다고. 그 녀석은 낚시터에서 절대 술 안 마셔. 그리고 인명 구조 자격증까지 있지. 그런데 그런 놈이 술을 마시고 낚시터에서 빠져 죽어? 에이, 말도 안 되지."

손을 흔들면서 피식 웃는 오광훈.

"뭔가 촉이 이상했지. 그래서 집을 한번 털어 봤어, 뭐가 나오나 하고. 그런데 제법 쓸 만한 게 나오데."

"……."

"간단하게 가지. 30% 내놔. 모른 척해 줄게."

"지랄."

"아니면, 뭐? 너희들한테 선택지가 있기는 해? 뭐, 장팔두처럼 나도 죽이려고?"

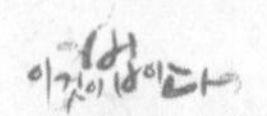

이죽거리는 오광훈. 그리고 모두의 시선이 박규안에게 향했다.

"오? 죽이려고? 가능하겠어? 나 검사인데?"

"너……."

"개소리하지 마. 이미 여기 CCTV에 내 모습이 찍혔어. 그리고 너희 모습도 찍혔지. 그리고 내가 너희를 만나러 간다고 후배한테도 말해 놨거든? 우리 수사관들은 내가 뭘 수사하는지 알지."

"크읏."

박규안은 이를 뿌드득 갈았다.

"마약 빼돌린 거, 그리고 장팔두 죽인 거 모두 내가 모른 척할 테니까 30% 콜?"

"개자식."

"나한테 개자식 소리 하기 전에 너희들이 먼저 반성해야 하는 거 아냐?"

"10%. 그 이상은 못 준다."

"개소리하지 말라니까. 30%."

"너……."

"그 대신……."

오광훈은 거기서 잠깐 말을 멈췄다. 그러고는 그들을 돌아보면서 말을 이었다.

"처분을 도와주지."

"처분을 도와줘?"

"나 미국에서도 훈장받은 검사야. 브로커 하나 모를 것 같아?"

"그건……."

"욕심나서 빼돌렸지만 그걸 어떻게 하지는 못한 거 다 알아. 큰 건이잖아?"

"……."

"내가 브로커를 통해 처리해 주지. 그 대신 30%야. 손해는 아니라고. 그리고 말이지, 내가 아는 브로커는 미국 브로커야."

"미국?"

"알 텐데? 한국보다는 미국이 환율이 짭짤하잖아?"

오광훈은 그렇게 말하면서 대충 계산하는 듯하더니 피식 웃었다.

"300킬로그램이면 미국에서는 대략 2억 달러라고."

그 말에 그곳에 있던 모두의 시선에 광기가 어렸다.

2억 달러. 한화로 따지면 대략 2,300억 원.

"한국에서의 거의 두 배야. 어때? 나한테 30% 주고도 남는 거 아냐?"

"후우."

오광훈의 말에 모두가 박규안에게 시선을 보냈다.

실제로 오광훈의 말이 맞다.

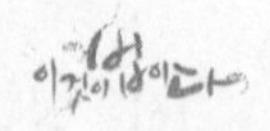

빼돌리기는 했지만 그걸 처분하는 게 쉽지 않았다.

브로커들에게 접근하자니 자신들의 직업이 문제가 되고, 안 하자니 돈이 안 된다.

"믿을 만한 사람이 있나?"

"있지. 내가 확실하게 믿는 사람이 있지."

"으음……."

"잘 생각해. 너희도 알지? 원래 장물 처리할 때도 30%는 먹고 들어가."

"큭."

그 말에 박규안은 신음을 냈다. 확실히 그 말은 사실이니까.

"좋아, 처리를 부탁하지. 그 대신 30%를 주마."

"그래, 좋아. 얼마나 빼돌렸는데?"

"250킬로그램."

"휘유!"

오광훈은 그 말에 휘파람을 불었다.

총량이 300킬로그램이었는데 250이면 진짜 많이 빼돌린 거다.

"좋아. 그러면 그건 내가 처분하지."

자리에서 일어나는 오광훈.

"어디 가는 거지?"

"어디 가긴, 마약 처분하러 가지."

"어디에 있는지 알지도 못하면서?"

"아, 그건 너희가 이제부터 말해 줄 거야."

"뭐?"

오광훈은 피식 웃으면서 바깥으로 향했다. 그러고는 들어오는 벽의 코너에서 몸을 숙였다.

그곳에서 그는 뭔가를 집어 들었다.

"그, 그건……."

그걸 보고 얼굴이 핼쑥해지는 사람들.

핸드폰이었다.

"바보냐? 요즘 같은 시대에 핸드폰도 안 들고 다니는 놈이 어디 있어?"

그들은 분명 몸수색을 했다.

하지만 아무것도 없다는 것만 확인했지, 있어야 할 뭔가가 없다는 건 눈치채지 못했다.

오광훈이 사각에서 핸드폰을 스피커폰 상태로 켜 놓고 들어오는 걸 보지 못한 것이다.

당연히 그들의 대화는 모조리 감사실에서 녹음 중이었다.

"아, 이거 통화 중이다."

빼앗으려고 일어나려고 하는 찰나 쐐기를 박아 버리는 오광훈.

"검찰 감사실에서 아주 즐거운 표정일 것 같은데?"

"이익……."

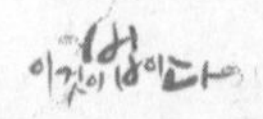

그들은 당장이라도 오광훈에게 달려들 기세였다.

하지만 커피숍의 입구로 들어오는 경찰 무리를 보고 저항을 포기할 수밖에 없었다.

"내가 마약 처분해 준다고 했지 판다고는 안 했다."

마약을 소각 처리하는 것도 처분은 처분이니까.

"즐거운 감방 생활을 하기를 바라. 물론 다른 범죄자들이 그렇게 두지는 않겠지만."

그 말에 모두의 얼굴이 창백하게 변했다.

"미친놈들이네, 진짜."

마약 250킬로그램을 찾는 것은 어렵지 않았다.

박규안이 부모의 텃밭 구석에 묻어 둔 걸 불었으니까.

검찰에서는 그동안 소각 처리된 것으로 처리된 모든 마약에 대한 확인에 들어갔다.

"어떻게 안 거야?"

"종종 있는 일이거든."

오광훈의 질문에 노형진은 느긋하게 말했다.

"미국에서도 이런 사건이 아무래도 아예 없지는 않아. 물론 그걸 막기 위해 시스템도 복잡하고 다중 확인을 걸었지만, 인간의 욕심이라는 것은 때로는 아주 강하니까."

멤버들이 그 다중 확인 시스템에 들어가 있다면 마약을 빼돌리는 건 일도 아니다.

이번 사건 역시 주범은 박규안이지만 이송부터 소각까지 모든 멤버가 그 당시 관련이 있던 자들이었다.

"그런데 도대체 장팔두는 그걸 어떻게 안 거지?"

노형진은 그게 궁금했다.

그도 그걸 간신히 찾았는데 장팔두는 그게 바꿔치기된 걸 어떻게 안 걸까?

장팔두는 결국 그들의 손에 죽은 게 확인되었다.

가족을 인질 아닌 인질로 삼고 있는 상황에서 장팔두는 저항할 수가 없었던 것.

"장팔두가 그 당시 현장 수사관이었나 봐."

"그래?"

오광훈은 그들을 취조하면서 얻은 정보를 이야기했다.

"현장에서 발견된 마약은 오래 감춰져 있어서 봉투에 상당히 얼룩이 많았고 오래된 티가 났지. 그런데 장팔두가 우연히 서류를 확인하다가, 소각장으로 간 마약의 사진 기록에서 봉투가 너무 깨끗하다는 걸 알아챈 거지."

다른 사람이라면 봉투에는 신경도 쓰지 않았을 것이다.

하지만 장팔두 생각에는 그게 이상했던 것이다.

어차피 소각 처리할 놈이라 새 봉투에 담을 필요도 없다.

만일 뜯어질 것 같으면 다른 봉투에 추가로 담으면 되는 거지, 봉투를 갈아서 넣을 필요는 없다.

"그래서 추적을 시작한 거야."

그리고 그게 그의 목숨을 앗아 간 것이다.

"보고할 수도 없었을 테고."

조사 결과 관련자들 중에는 서장까지 포함되어 있었다.

1인당 수백억을 챙길 수 있다 보니 욕심에 눈이 멀어 버린 것이다.

"경찰은 당분간 욕 좀 먹을 거야."

물론 그런다고 해서 그들이 나아질까?

'그럴 리가 없지.'

견제받지 않는 자들은 부패할 수밖에 없다.

그게 현실이고, 지금이야 납작 엎드려 있겠지만 언젠가 다시 고개를 들기 시작할 것이다.

"뭐, 우리가 계속 감시하는 수밖에 없지."

노형진은 어깨를 으쓱하며 말했다.

매 맞는 사람들

“저희 아버지 좀 이혼시켜 주세요.”

의뢰하기 위해 찾아온 당돌한 여중생.

그녀는 주섬주섬 자신이 돈을 모아 온 통장을 내밀었다.

정확하게 300만 원. 표준적인 수임료다.

“학생, 갑자기 다짜고짜 와서 아버지를 이혼시켜 달라고 하면 나는 방법이 없지.”

무태식은 당혹감을 감추지 못하며 통장을 돌려줬다.

“뭐든 다 들어준다고 들었어요. 그래서 제가 악착같이 모은 돈이에요.”

“으음…….”

중학생이 돈 300만 원을 모으는 게 절대 쉬울 리가 없다.

입금 기록을 보니 일당직 알바를 전전하면서 모은 게 뻔하게 보인다.

입금인이 제각각이다.

"뭐든 다 할 수 있는 건 아니야, 학생. 아니, 차유람 양."

"알아요. 하지만 방법을 찾아 주세요. 아버지가 이혼하는 게 제 꿈이에요."

"아버지가 많이 때리나 보지?"

무태식은 안타깝다는 표정으로 말했다.

이런 식으로 행동하는 많은 사람들이 부모의 학대에서 벗어나기 위해 그런 선택을 하기 때문이다.

"아니요."

"그러면?"

"도리어 아빠가 맞아요."

"응?"

"아빠가 매일같이 맞아요. 엄마는 제정신이 아니에요. 매일같이 아빠를 두들겨 팬다고요."

"뭐라고? 아빠가 맞는다고?"

"네, 이러다 아빠가 죽든가 제가 죽게 생겼어요. 당장 아빠를 이혼시키고 싶어요."

"허."

무태식은 차유람의 말에 혀를 끌끌 찼다.

그건 생각도 못 한 이야기였기 때문이다.

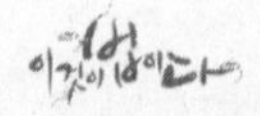

보통 이런 가정 폭력 사건이 생기면 대부분 남자가 여자를 때리는 경우다.

그런데 여자가 남자를 때리는 형태라니?

"그게 사실이야?"

"제가 이렇게 악착같이 번 돈 들고 여기까지 와서 거짓말할 이유가 있나요? 내 엄마지만, 진짜 미쳤어요."

"거참."

맞는 남편이라는 말이 놀랍기는 하지만 딸이 와서 부모를 이혼시켜 달라고 할 정도면 정말 심각하게 문제가 있는 걸지도 모른다.

"하지만 차유람 학생, 이혼은 당사자인 어른들의 문제야. 학생이 아무리 그러고 싶다 해도 마음대로 이혼시킬 수는 없어."

"그러면 제가 엄마를 죽여도요?"

"뭐?"

무태식은 순간 흠칫했다.

그렇게 말하는 차유람의 눈에서 살기를 읽은 것이다.

'도대체 애가 어떻게 큰 거야?'

조폭의 눈에서나 나올 법한 살기다. 고작 중학생이 가질 만한 살기가 아니었다.

"만일 안 된다고 하면 엄마를 죽일 거예요. 어차피 미성년자라 처벌도 제대로 안 된다고 하던데요? 더군다나 그 썅년은 미친년이라 더더욱 선처받을 수 있다고 했어요."

"누가?"

"인터넷에서요."

"인터넷 너무 믿지 마라. 그거 반은 개구라야."

존속살해는 처벌이 강하다.

물론 미성년자라고 하지만, 그건 어디까지나 만 13세 이하다.

당연히 차유람은 그 나이를 넘겼다.

"하지만 청소년 보호법에 따르면……."

"청소년 보호법에 의해도 10년 형 이상 나오는 애들이 있어. 강력 범죄는 더더욱 그래. 청소년 보호법은 의무 적용 대상이 아니야."

범죄가 심각한 경우 일반 법을 적용해도 그만이다.

엄밀하게 말하면 청소년 보호법은 법정 미성년자인 13세와 성인인 만 18세 사이의 아이들을 보호하기 위한 거다.

"검사 잘못 만나면 10년씩 감옥에 간다."

"그래 봤자 저 스물다섯 살이면 나와요."

"너 농담이 아니구나."

차유람의 눈에 피어오르는 살기를 본 무태식은 이대로 두면 정말로 일이 터질지도 모른다는 걸 직감적으로 알았다.

"혹시 너도 맞은 거니?"

고개를 끄덕거리는 차유람.

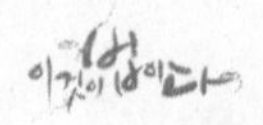

무태식은 한숨을 푹 쉬었다.

이혼은 분명 성인의 문제다.

하지만 아이가 맞는 상황이라고 하면 이야기는 달라진다.

“그 미친년하고는 못 살아요.”

자식이 어머니를 미친년이라고 할 정도라면 과연 어느 정도인 걸까?

무태식은 눈을 찡그렸다.

“일단 이 문제는…… 접수는 해 보마.”

하지만 사건이 쉽지는 않을 것 같았다.

⚖

“매 맞는 남편요?”

“네, 딸이 사건을 가지고 왔네요. 이거 어쩌지요?”

“흠…….”

노형진은 무태식의 말에 어깨를 으쓱했다.

“뭐, 의뢰가 들어왔다면 당연히 진행해야지요.”

“하지만 그게 가능할까요? 일단 이혼은 당사자 간의 문제인데요. 더군다나 남자가 맞는다는 게 전 잘 이해가 가지 않는데.”

“뭐, 흔하지는 않지요. 하지만 한편으로는 더 심각합니다.”

"네? 그게 무슨 말씀이지요?"

이런 사건이 많은 게 아니기에 잘 아는 사람이 아니면 모르는 게 어떻게 보면 당연하다.

더군다나 이 문제에 대해서는 대부분의 인권 운동가들이 모른 척한다.

돈이 안 되기 때문이다.

"현실적으로 말이지요, 매 맞는 남편은 실제로 존재합니다."

"하지만 이해가 가지 않는데요? 일반적으로 남자가 여자보다 근력이나 운동 능력이 더 강한 건 사실이지 않습니까?"

"그건 그렇지요. 하지만 전투 능력이라고 해야 하나요? 하여간 그것과 폭행은 전혀 다릅니다. 싸움의 능력은 객관적으로 보면 남자가 뛰어납니다. 하지만 폭행 그 자체는 심리적인 부분으로부터 상당히 영향을 받거든요."

사람을 패는 걸 당연하게 생각하거나 가족을 도구쯤으로 인식하는 놈이라면 당연히 아내고 뭐고 가리지 않고 폭행을 일삼을 것이다.

하지만 가족을 소중하게 여기는 사람은 가족에게 손대지 못한다.

쉽게 말해서 남자가 가족을 소중히 하고 여자가 가족을 도구처럼 생각한다면, 근력이나 전투력의 차이에도 불구하고 남자가 맞는 것도 충분히 가능한 일이다.

"자기방어를 해야 하지 않습니까?"

"그 부분은 이성으로 해결하지 못하는 부분이지요. 음…… 이런 식으로 표현하면 되겠군요. 매 맞는 아내는 많지요?"

"그렇지요."

매 맞는 아내 문제는 제법 많은 인권 단체에서 챙기는 부분이다.

실제로도 많은 사건이 있고 말이다.

"대부분의 매 맞는 아내 사건에서, 여자가 저항하지 못하지요?"

"힘이 없어서 그런 거 아닙니까?"

"법이 힘을 따지던가요?"

"아……."

법으로 싸우면 어렵지 않게 이혼할 수 있는 게 사실이다.

그리고 폭행 사실을 증명하기만 하면 귀책사유도 상대방에게 물릴 수 있고 또한 적지 않은 위자료까지 받아 낼 수 있다.

당연히 손해배상 역시 같이 받아 낼 수 있다.

즉, 매 맞는 아내가 이혼하겠다는 결심만 하면 상대방에게 복수하고 파멸시키는 건 어려운 일이 아니라는 거다.

"하지만 매 맞는 아내 중에서 그렇게 적극적으로 저항하는 사람은 없지요?"

"무슨 뜻인지 알겠네요."

저항할 방법이 없는 게 아니다.

쉽게 말해서 마음이 꺾인 것이다.

마음이 꺾이면 결국 끌려다니기만 할 뿐 저항하지 못한다.

"일반적으로 매 맞는 아내가 더 많은 건 사실입니다. 하지만 매 맞는 남편도 적지 않게 존재하지요."

노형진은 착잡한 표정으로 말했다.

"최소한 폭행의 문제는 남자와 여자의 문제가 아니라 사람의 문제입니다."

남편에게 주먹을 휘두르는 여자가 과연 아이에게는 손대지 않을까?

그럴 가능성은 낮다.

오죽하면 어린아이가 친엄마를 죽이겠다고 눈에서 살기를 뿜겠는가?

"그런데 이게 더 문제라는 건 무슨 말씀이시지요?"

"간단합니다. 한국은 매 맞는 남편에 대한 어떠한 지원이나 인권 보호도 없거든요."

전국에는 많은 여성의 집이 있다.

그리고 그곳은 법률적 지원을 하고 있다.

당연히 매 맞는 아내는 도망가서 갈 곳도 있고, 거기서 법률적 지원과 심리 치료를 받을 수 있다.

"하지만 남자에게 그런 게 있던가요? 전 들어 본 적이 없습니다. 애초에 매 맞는 남편에 대한 이야기 자체가 거의 없지요."

현실적으로 남자들의 세계에서 가장 중요한 것은 자존심이다.

아무리 아내에게 맞는다 해도 그걸 외부에 말할 남자는 별로 없다.

설사 말한다고 해도, 그에 관련해서 도움을 줄 사람이 거의 없다는 것도 문제다.

가령 누군가가 친구나 친척에게 자신이 아내에게 두들겨 맞는다고 말한다고 치자.

그러면 그 사람이 이혼을 하라든가 법률적 조언을 하든가 하는 경우는 드물다.

남자들의 세계에서 그런 경우 대부분 남자가 얼마나 병신 같으면 맞고 사냐고 한다.

그렇다고 남자가 주먹으로 저항한다?

그러면 남자가 얼마나 못났으면 여자한테 주먹질을 하느냐고 한다.

"여자들이 유리 천장을 이야기하지요. 하지만 현실적으로 남녀 상관없이 모두 유리 천장을 지고 있습니다. 다만 유리여서 보이지 않을 뿐이지요."

만일 매 맞는 남편을 위한 쉼터 같은 게 있다면 어쩌면 조금은 덜할지도 모른다.

일단 매 맞는 사람의 가장 큰 문제는 자존감 하락이다.

그래서 쉼터에서는 그 자존감을 올려 주고 이혼 관련 소송을 도와준다.

하지만 남성용 쉼터는 한국에 전혀 없다.

그러니 자발적으로 뭔가를 할 방법도 없다.

"더군다나 요즘은 그 숫자가 더 늘어나고 있지요."

"하지만 언론에서는 안 나오던데요."

"나오겠습니까? 애초에 창피해서 인터뷰도 하지 않으려고 할 텐데."

"끄응……."

무태식은 문제가 뭔지 알았다.

쉽게 말해서 매 맞는 남자들은 사회적으로 고립된 상황이라는 거다.

"자존감이 바닥인 상황에서 도움을 받을 수 있는 곳도 없다 보니 당연히 그들은 극단적인 방향으로 가게 되는 거지요."

노형진은 그렇게 말하면서 입맛을 다셨다.

"하지만 이번 문제는 상당히 심각하군요."

다른 사람도 아닌 딸이 살인도 불사하겠다고 할 정도로 화가 난 상황이다.

가족에게 폭력을 행사하는 대부분의 범죄자들이 자녀들에게 폭력을 행사하는 걸 당연하다고 생각하는 점을 생각하면, 제대로 말하지 않았을 뿐 그녀도 상당히 많이 맞았다는 걸

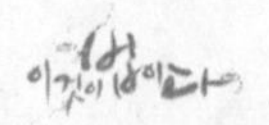

추정하는 건 어렵지 않다.

"일단은 우리가 그 피해자를 만나서 설득해 보지요."

딸이 아무리 화가 났다 해도 법적으로 이 모든 선택은 결국 남자가 직접 해야 한다.

"과연 가능할지 모르겠지만요."

노형진은 어깨를 으쓱하며 말했다.

⚖

차진성.

차유람의 아버지이자, 가해자인 김성혜의 남편.

그를 만났을 때 노형진과 무태식은 혀를 끌끌 찼다.

"괜찮으신 겁니까?"

"아, 이건…… 넘어져서 이런 겁니다, 넘어져서."

너무나 뻔한 거짓말을 하는 차진성.

하지만 현실적으로 넘어져서 어떻게 눈에 멍이 든단 말인가?

더군다나 머리가 듬성듬성 빠진 걸 보니 누군가 머리채를 붙잡고 흔든 게 분명하다.

"넘어져서 생긴 상처가 아닌 것 같은데요?"

무태식은 그냥 단도직입적으로 말했다.

모른 척하고 넘어갈 일도 아니고, 일단 개입하기로 한 이상 그냥 넘어갈 수도 없는 노릇이었다.

"아닙니다! 넘어서져서 그래요! 진짜입니다!"

황급하게 두 손을 내밀어서 흔드는 차진성.

그의 눈에는 공포가 가득했다.

"하아, 좋습니다. 일단 저희가 연락드린 이유는……."

"유람이한테 들었습니다. 하지만 전 이혼하지 않습니다."

"아버님, 이미 유람이한테 다 들었습니다. 폭행이 하루 이틀 일이 아니더군요."

"아이가 잘못 안 겁니다."

"유람이 벌써 열다섯 살입니다. 바보도 아니고요."

"진짜 잘못 안 겁니다."

"그래요? 폭행으로 경찰이 벌써 몇 번이나 출동했다고 하던데요."

"그건…… 제가 맞을 만해서……."

반성한다는 듯 고개를 푹 숙이는 차진성.

그걸 본 노형진은 속으로 혀를 끌끌 찼다.

'자존감이 바닥이군.'

이런 가정 폭력이 끊어지지 않는 가장 큰 이유는 바로 저런 생각 때문이다.

내가 잘못해서 맞은 거다, 내가 잘했으면 맞지 않았을 거라는 생각

남자든 여자든, 가정 폭력이 계속되는 집은 피해자가 저런

생각에 찌들어 있다.

"도대체 뭘 잘못했는데요?"

"그게…… 빨래를 개 놓으라고 했는데 대충 갠 것도 있고…… 실수로 국을 짜게 한 것도 있고……."

말하면서 고개를 푹 숙이는 차진성.

듣고 있던 무태식은 기가 막혀서 혀를 끌끌 찼다.

"아버님, 진짜로 그게 맞을 만한 일이라고 생각하시는 겁니까?"

물론 세상에 맞을 만한 일이 전혀 없는 것은 아니다.

세상에 맞을 만한 일이 없다는 말을 노형진은 믿지 않는다.

죽여 버려도 시원치 않은 놈들도 있는데 진짜 맞아야 할 놈들이 없을 리가 없으니까.

세상의 그 누구도, 아동 성범죄자가 맞았을 때 그래도 사람을 때리는 건 아니라고 말하지는 않는다.

그건 진짜 맞는 걸로는 부족한 일이니까.

하지만 빨래를 제대로 개지 않았다거나 국이 짜다는 게 사람을 때릴 만한 일이냐고 하면 그건 절대 아니다.

"아버님, 말씀해 보세요. 객관적으로 그게 과연 맞을 만한 일이라고 생각하십니까?"

"그건……."

말하지 못하는 차진성. 객관적으로 말이 안 되니까.

"따님이 많이 걱정합니다. 오죽하면 따님이 어머니를 죽이겠다고 공공연하게 말하겠습니까? 아이의 미래를 위해서라도 이혼하셔야 합니다."

객관적으로 말하면 그게 답이다.

하지만 이어지는 차진성의 말은 노형진의 예상을 한 치도 벗어나지 못했다.

"죄송합니다. 저는 아내를 사랑합니다. 저는 이혼하지 않습니다."

"아버님!"

"죄송합니다."

자리에서 일어나서 바깥으로 나가 버리는 차진성.

그걸 보면서 무태식은 어이없어서 혀를 끌끌 찼다.

"왜 저런답니까?"

"두려우니까요."

"맞는 게 두려워서요? 아니, 어차피 이래도 맞고 저래도 맞는 거 아닌가요?"

무태식의 말에 노형진은 고개를 흔들었다.

"맞는 게 두려운 게 아닙니다. 세상이 두려운 거지요."

자존감이 떨어지면 사람은 모든 일에 다 자신감이 없어진다.

당연히 세상이 두렵고 공포스럽다.

쉽게 말해서, 여기서 맞으면서 버티는 게 차라리 무서운

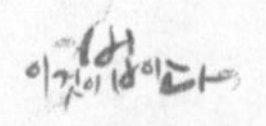

세상으로 나가는 것보다는 낫다는 거다.

"무태식 변호사님도 그런 사람들 많이 보지 않았습니까?"

"누구요?"

"공시족요."

"하긴, 공시족들 사이에 그런 사람들이 제법 많지요."

대부분의 변호사들은 그런 사람들을 한 번은 볼 수밖에 없다.

공시족들, 즉 노량진 등지에서 수년간 시험 준비만 하는 사람들.

하지만 대부분은 시험에 합격하지 못한다.

그들은 대부분 진짜 시험을 보려는 게 아니라, 세상이 두려워서 시험을 준비한다는 핑계를 대는 거다.

취업 시장으로 나가서 실패하는 것도 두렵고, 취업한다고 해도 사회생활도 두렵다.

"그들이 처음부터 그러는 건 아니죠."

시험을 준비하기 시작할 때는 그렇지 않다.

하지만 다른 사람들이 사회생활을 시작할 때 계속 시험에 떨어지다가 자기만 뒤떨어진다고 생각하게 되면 그때부터는 자존감이 떨어지기 시작하고, 결국 그렇게 변하게 된다.

"하지만 차진성 씨는 자기가 돈을 벌잖아요."

사회적으로 돈을 벌다 보면 자존감이 올라가는 게 정상이다.

그런데 왜 그렇게까지 떨어진 건지, 무태식은 이해가 가지 않았다.

"옛날 어른들이 하던 말이 있지요. 집안에서 존중받아야 집 바깥에서도 존중받는다고."

인간 사회는 어찌 보면 잔혹하다.

문명화되었다고 생각하지만 돈에 관해서는 약육강식이 기본이다.

"회사에서도 그런 모습을 보이면 당연히 호구 취급입니다."

집안에서 자존감이 떨어지면 그 모습은 사회에서도 드러난다.

그리고 사회에서 드러나면, 그걸로 다른 자들은 뜯어먹기 위해 달려든다.

그러면 그런 상황 때문에 자존감은 더 떨어지고, 집안에서 벌어지는 잘못된 폭행에도 저항하지 못하게 된다.

"일종의 악순환인 거죠."

"악순환이라……."

무태식은 입맛을 다셨다.

그가 보기에도 이건 상황이 곤란하니까.

"그러면 우리가 해 줄 수 있는 일이 없는 건가요?"

"해 줄 수 있는 건 있을 겁니다. 하지만 그걸 우리가 하기 위해서는 상황을 정확하게 알아야 합니다."

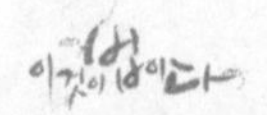

노형진은 차진성이 나간 문 쪽을 바라보면서 말했다.
"말로 안 되면 때로는 몽둥이가 답인 경우도 있지요."

⚖

무태식은 차진성에 대해 확인해 봤다.
노형진의 예상대로 회사에서의 그의 입지는 좋지 못했다.
"거의 몸종 수준으로 부려 먹는 모양입니다."
고문학은 보고하면서 혀를 끌끌 찼다.
"심지어 후임조차도 그를 무시하는 지경이라고 하더군요."
"그 정도인데 저항도 못 하고 그만두지도 못한다고요?"
"네. 사장도 벌써 두 달째 월급도 주지 않고 있다고 합니다. 말로는 돈이 없다고 하는데, 회사의 사정은 딱히 나쁘지는 않습니다."
"결국 호구다 이거군요."
"그런 것 같습니다."
사방에서 무시당하면서 철저하게 망가지고 있는 게 현재 차진성의 상황이었다.
"일단 말씀하신 대로 차진성의 행동을 감시했는데, 심각한 우울증을 보이고 있습니다. 자살 징후도 보이고요. 아무래도 이대로 두면 근 시일 내에 자살을 시도할 가능성이 높습니다.”

“자존감이 떨어지면 다른 해결책을 찾기 마련이니까요.”

자기 자신이 소중한 줄 모른다.

도움을 청할 곳도 없다.

오로지 단 하나, 편해지는 방법만 찾는다.

그리고 그 끝은 대부분 자살이다.

“차유람 양은 뭐라고 합니까?”

노형진은 무태식에게 물었고 무태식은 어깨를 으쓱했다.

“며칠 전에도 폭행 사건 때문에 경찰이 출동했다고 하더군요.”

“그리고요?”

“그리고 뭐, 아시지 않습니까? 한국에서는 가정 폭력이라고 하면 대충 처리하고 가 버리는 거.”

“그렇지요.”

해외와 다르게 한국에서는 가정 폭력이라고 하면 경찰이 개입을 꺼린다. 귀찮은 거다.

다른 나라 같은 경우는 가정 폭력 신고가 들어오면 얄짤없다.

일단 가해자와 피해자를 분리하고 법과 원칙대로 처벌이 들어간다.

‘하지만 한국은 아니지.’

‘집안의 문제’라는 한마디면 경찰은 그냥 돌아간다.

누가 맞았다고 해도 말이다.

심지어 어느 정도였냐면, 남편이 아내를 죽이겠다고 도끼를 휘두른 사건이 있었다.

딱히 아내가 뭘 잘못해서가 아니었다.

남편이 바람나서 이혼을 요구했고 아내가 거절했을 뿐이다.

아내는 다급하게 화장실로 도망가서 문을 잠그고 경찰에 신고했다.

경찰이 현장에 도착했을 때에는 눈이 돌아간 남편이 소방도끼로 문을 거의 박살 내고 여자를 끌어내고 있는 중이었다.

누가 봐도 살인미수인 상황.

그런데 경찰은 가정 폭력이라는 이유 하나만으로 수사도 안 하고 그냥 돌아가 버렸고, 아내는 살기 위해 어쩔 수 없이 이혼해야 했다.

심지어 그 남편이 도끼를 휘두르며 위협하는 바람에 법에서 인정되는 최소한의 위자료도 받지 못하고 쫓겨 나왔다.

하지만 경찰은 알아서 할 일이라고 한다.

"그게 무슨 말씀이신지요?"

"폭행은 친고죄가 아닙니다. 우리가 고발한다고 해도 문제가 안 된다는 거지요."

"하지만 경찰이 이미 왔다 갔다고 하지 않았나요?"

“그게 중요한 거지요.”

폭행은 반의사불벌죄다.

쉽게 말해서 신고는 누구나 할 수 있지만 당사자에게 처벌의 의사가 없다면 국가에서는 처벌하지 않는다.

“하지만 남편이 처벌을 원하지 않는다면요?”

“그럴지도 모르지요. 하지만 우리에게는 우리 편이 한 명 있지 않습니까?”

노형진은 씩 웃었다.

노형진은 일단 폭행 사건에 대해 경찰들을 업무상배임으로 고발했다.

물론 경찰들 입장에서는 미치고 환장할 노릇이었다.

“여기 기록에 따르면 그날 아내인 김성혜에게 맞아서 차진성 씨는 눈에 멍이 들고 전신에 최소 4주는 요하는 타박상을 입은 것으로 되어 있습니다.”

김성혜가 단순히 주먹만 휘두른 게 아니었다.

조사 결과 김성혜는 원래 투포환 선수였다.

당연히 여자답지 않게 어마어마한 근력을 자랑했고, 그 힘으로 주먹질을 했을 뿐만 아니라 그날은 집에 있던 각목을 이용해서 차진성을 구타했다.

일반적으로 집에 각목이 있을 이유는 없다.

즉, 폭행을 위해 준비해 놨다는 소리다.

“아니, 그건 어디까지나 남편이 괜찮다고 하니까 그런 거죠.”

그날 출동했던 두 명의 경찰들은 땀을 삘삘 흘리면서 어쩔 줄 몰라 했다.

“변호사님도 아시지 않습니까? 폭행은 반의사불벌죄예요. 당사자가 처벌을 원하지 않으면 당연히 처벌하지 않습니다.”

“그건 그렇지요.”

노형진은 고개를 끄덕거린다.

그리고 이렇게 심리적으로 주눅이 들어 있는 차진성 같은 상황이라면 당연하게도 처벌하지 않겠다고 한다.

“그런데 그걸 왜 경찰분들이 판단합니까?”

“네?”

“경찰이 피해자의 의사에 대한 판단을 하고 마음대로 풀어 줄 권리가 있나요?”

“그건…….”

기본적으로 경찰은 사건을 접수하고 그걸 올리고, 검사가 피해자의 의견을 들어 처벌 의사가 없음을 확인하고 나서 풀어 주도록 되어 있다.

“그런가요? 네?”

노형진의 말에 경찰은 아무런 말을 할 수가 없었다.

그건 규정이다.

어차피 처벌 의사가 없다 하니 결과적으로 처벌하지도 않을 건데 귀찮게 왜 그런 방식을 쓰는 거냐고 묻는다면, 그 '처벌 의사 없음'이 애매하기 때문이다.

기본적으로 의사라는 건 개인이 가지는 의견이다.

그런데 그게 정당하게 가지는 의견인지 아니면 그렇지 않은 의견인지 알 수 있는 방법이 없다.

특히나 폭행의 경우라면, 폭력이나 협박에 굴해서 처벌 의사가 없다고 말했을 가능성 역시 무시할 수 없다.

그렇기 때문에 사건이 벌어지면 검사가 조사하고 의견이 정상적인 과정을 거쳐서 나온 건지 확인해야 한다.

'하지만 경찰은 그게 아니지.'

경찰 입장에서는 어차피 처벌받지 않을 게 뻔하니 굳이 일하기 싫어지는 것이 현실이다.

그렇다 보니 현실적으로 많은 경찰들이 반의사불벌죄는 자기 선에서 커트하려고 한다.

일하기 싫어서.

심지어 어차피 처벌이 별 대수롭지 않다는 식으로 피해자를 기만하면서 소를 취하하도록 한다.

"하지만 현장에서 피해자가 처벌하지 않겠다고 하는데 무슨 방법이 있는 것도 아니고……."

"그러니까 폭행 피해자를 가해자와 같이 두고 거기서 가해

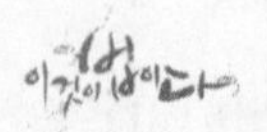

자를 처벌하겠느냐고 물어봤다는 거잖아요?"

"그건…… 그렇지요?"

"가해자가 피해자의 아내인 건 아시죠?"

"알죠."

"그러면 거기서 집에 가면 다시 폭행당할 수도 있다는 것도 아시겠네요?"

"……."

"그런데도 피해자를 가해자에게 맡겨 두고 처벌하겠느냐고 묻는 게 맞다고 생각합니까?"

"크흠."

업무 규칙상 폭행이 발생하는 경우 경찰이 가장 먼저 해야 하는 것은 피해자와 가해자의 분리다.

당장은 아니라고 해도, 일단 폭행 가해자를 현행범으로 체포하고 피해자의 안전이 확보된 상황에서 처벌 의사 여부를 확인해야 한다.

"그런데 피하자 옆에 가해자가 같이 있는 상황에서 물어보셨다면서요?"

"그랬지요."

"그러면 업무 규칙을 지키시지 않은 거 맞죠? 그죠?"

"규칙을 지키지 않았다기보다는……."

"그럼 규칙을 지킨 건가요?"

노형진이 몰아붙일수록 그들은 아무런 말도 하지 못하고

입을 다물어야 했다.

노형진의 말대로 최소한의 신고도 하지 않았으니까.

"자, 자! 노 변호사님, 이러지 마시고……."

소식을 들은 서장이 다급하게 달려와서 어떻게든 사건을 무마하려고 했다.

이런 일이 터졌다는 것 자체로도 자신의 인사고과에 불이익이 오니까.

더군다나 노형진과 새론은 이런 경우에 경찰서를 제대로 털어 버리는 것으로 유명했다.

"저희 애들이 잘 몰라서 그런 것 같은데 한 번만 봐주시지요."

그렇게 말하며 서장은 침을 꿀꺽 삼켰다.

"뭐, 서장님이 그렇게 말씀하신다면 그렇게 하지요."

노형진은 고개를 끄덕거렸다.

사실 경찰을 때려잡으려면 잡을 수도 있다. 하지만 그렇게까지 할 생각은 없었다.

이번에 노리는 것은 경찰이 아니라 김성혜니까.

"하지만 사건 자체가 그냥 넘어갈 수 있는 수준이 아닌 건 아시죠?"

"네?"

"다시 고발장을 넣을 테니까 제대로 조사하세요."

"고발요?"

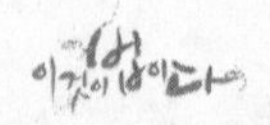

"사람을 두들겨 패서 다치게 했는데 그걸 그냥 둡니까?"
노형진의 말에 서장은 착잡한 표정이 되었다.
확실히 공소까지 넘어가지 않았기 때문에 일사부재리의 영향을 받지 않는다.
그러니 노형진이 고발하면 당연히 그 사건을 다시 조사해야 한다.
"알겠습니다. 그렇게 말씀하신다면 저희가 당연히 조사해야지요."
고개를 끄덕거리는 서장.
노형진은 그런 그를 보고 미소를 지었다.

⚖

같은 시각, 무태식은 차유람과 그녀의 집에서 만나고 있었다.
정확하게는 차진성과 김성혜의 집에 있었다.
"이거 불법 아니에요?"
"불법은 아니야. 일단 네가 여기에 살고 있고 네가 허락했으니까. 더군다나 범죄의 증거를 모으기 위한 거니까."
차유람에게 그렇게 설명한 무태식은 카메라를 설치 중인 직원에게 당부했다.
"옷 방에는 설치하지 마세요. 혹시나 옷 갈아입는 장면이라도 찍히면 곤란하니까. 아, 보통 폭행이 어디서 벌어지니?"

"마루랑 안방요."

"오케이. 마루와 안방에만 카메라를 설치하세요."

무태식은 노형진의 작전에 따라 그녀의 집에 카메라를 설치하고 있었다.

정확한 증거를 확보하기 위해서다.

"그런데 이 카메라로 뭘 어쩌려고요? 아빠가 처벌하지 않겠다고 할 게 뻔한데."

"알고 있다. 하지만 그 원인이 문제가 되는 거란다."

"뭔 소리예요?"

짜증스럽게 눈을 찡그리는 차유람.

부모를 이혼시켜 달라고 했더니 다짜고짜 집에 카메라를 설치하는 게 이해가 가지 않았던 것이다.

"사람은 제 버릇 개 못 주는 법이거든."

"엄마가 또 때릴 거라는 건가요?"

"맞아."

"그래 봤자 뭐가 바뀌는데요?"

"많은 게 바뀌지."

무태식은 피식 웃으면서 카메라를 설치하는 걸 확인했다.

카메라는 절묘하게 감춰져서 눈에 뜨이지 않게 공간 전부를 확인할 수 있었다.

다만 차유람의 방과 옷 방 같은 개인적인 공간에는 설치하지 않았다.

"된 것 같네. 일단 우리가 온 건 비밀로 해라."

"내가 바보도 아니고, 그건 기본 아니에요?"

"그래도 혹시 모르니까. 안전하게 하려면 네가 당분간 다른 곳에 가 있는 것도 좋을 거다."

"다른 곳요?"

"잠깐 머물 만한 친척 집 없어? 친구 집이나."

살짝 눈을 찡그리는 차유람.

"그런 곳 없어요. 다 우리 아빠를 병신 취급하는 곳들이라서요."

쉽게 말해서, 마음에 들지 않아서 가고 싶지 않다는 뜻이다.

"그래? 으음…… 여자애를 혼자 호텔에 둘 수는 없고. 그럼 당분간 우리 집에 가 있지 않을래?"

"아니, 왜요?"

"너희 엄마가 너도 때릴까 봐 그래."

차유람은 입을 다물었다. 충분히 가능한 이야기니까.

자신이 고발한 걸 이제 알았을 테고, 무태식 변호사의 말로는 지금쯤 경찰에 새롭게 사건 접수가 되어서 수사가 진행되고 있을 테니 당연히 그와 관련된 문제가 터질 수밖에 없다.

"진짜 이혼시킬 수 있는 거죠? 저는 이 문제는 확실하게 해야겠어요."

"확실하게 할 수 있어. 걱정하지 마렴."

"알았어요. 그러면 당분간 아저씨네 가 있을게요."

"잘 생각했다."

무태식은 고개를 끄덕거리면서 웃었다.

"조금만 참으렴. 그러면 문제가 해결될 거야, 후후후."

그리고 무태식은 그 시간이 오래 걸리지 않을 거라는 걸 알고 있었다.

# 개 버릇 누구 못 준다

—퍽!

스피커에서 나는 소리. 그리고 바닥을 나뒹구는 남자.

—이 개 같은 새끼! 내가 먹여 주고 재워 줬는데 은혜도 모르고 신고해?

—여……보, 미안해. 내가 잘못했어.

—무능한 개새끼! 네가 그러고도 남자야? 남자냐고!

—아악!

—미친 새끼! 네가 그러고도 인간이야! 무능한 새끼를 먹여 살려 줬더니 뭐? 신고? 신고!

—여보! 미안…… 아악!

—당장 그 개년을 데려와! 그 후레자식을 끌고 오라고! 자기 엄마를 신고하는 년이 어디에 있어!

—제발 진정해……. 아악! 제발 내 말 좀 들어. 경찰이 반의사불벌죄라고 하잖아. 그러니까…….

—당연히 처벌하지 않겠다고 해야지! 왜, 너도 나 엿 먹이려고? 어? 네가 덜 맞았지?

—아니야! 아니야! 아악…… 잘못했어, 여보……! 살려 줘!

"아주 사람을 잡네, 사람을 잡아."

노형진이 반의사불벌죄임에도 불구하고 고발한 이유.

그건 이 장면을 잡기 위해서였다.

"완벽하게 보복 폭행이네요."

"그러네요."

노형진은 고개를 끄덕거렸다.

"이번에는 처벌을 피하지 못할 겁니다. 이건 일반 폭행이 아니니까요."

일반 폭행은 반의사불벌죄가 맞다.

그래서 신고한다고 해도 김성혜를 처벌할 수 없다.

당연히 차진성이 처벌을 반대할 테니까.

"하지만 특가법상의 보복은 이야기가 다르지요."

특가법상의 보복 규정은 일반 폭행과 다르다.

당연히 반의사불벌죄가 아니다.

보복은 피해자의 의견에 상관없이 무조건 처벌 대상이다.

더군다나 보복이라는 것은 현대 사법 시스템에서 가장 신경 쓰는 악질 범죄 중 하나다.

만일 사법 시스템에 따라 처벌받은 자들의 보복을 막지 못하는 경우, 현실적으로 누구도 사법 시스템을 믿으려고 하지 않을 테니까.

"특가법상의 보복 범죄는 무조건 1년 이상 유기징역에서 시작되니까요."

제 버릇 개 못 준다고 했다.

노형진의 경험상 가족 내 폭력을 하는 놈들은 자기가 고발되었다는 사실을 알면 반성하고 다시는 폭행하지 않으려고 노력하는 게 아니라 반대로 폭행을 통해 강제로 소송을 취하하려고 하는 경향이 강하다.

당연하다. 지금까지 폭행을 통해 통제가 가능했으니 이번에도 가능할 거라 믿는 것이다.

"하지만 고발을 한다고 해도 보복이라면 이야기가 달라지지요."

일반적으로 이런 경우가 발생하면 경찰은 다시 일반 폭행으로 넣으려고 한다.

하지만 그건 어디까지나 변호사가 없을 때의 이야기다.

당연히 노형진과 무태식은 김성혜를 특가법상의 보복으로

고소를 넣을 테고, 촬영된 영상에서 보다시피 김성혜는 불처벌 의사를 강제로 밝히게 하기 위해 남편인 차진성을 폭행했다.

"차진성 씨가 그냥 이혼하겠다고 하면 쉽게 가겠지만요."

하지만 애석하게도 차진성은 완전히 주눅이 들어서 무엇도 할 수가 없는 상황이다.

그러니 차유람의 말대로 강제로 이혼시키려면 다른 방법은 없다.

"하지만 그래도 고발해서 감옥에 넣는 것과 이혼은 좀 다른 부분 아닌가요?"

아내를 고발한다는 것.

그건 일반적으로 이혼을 바탕으로 한다는 뜻일 테지만, 엄밀하게 말하면 고발한 건 차진성이 아니라 노형진과 무태식이다.

그러니 차진성이 이혼하지 않겠다고 하면 당연히 이혼은 성립되지 않는다.

"1년 이상 징역이니까 그사이에 자존감을 키우고 이혼소송을 해도 될 것 같기는 하지만……."

노형진은 무태식의 말에 고개를 흔들었다.

"그건 안 좋은 생각입니다. 너무 오래 걸려요."

"그러면 어쩌시려고요?"

"간단하게 갑시다."

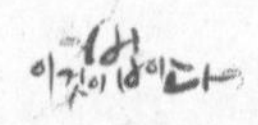

노형진은 완전히 쭈그러든 영상 속의 차진성을 바라보았다.

"사람 하나 병신 만드는 거지요, 후후후."

⚖

고발을 넣자마자 김성혜는 바로 구속되었다.

당연한 일이다.

고발에 대한 보복으로 남편을 두들겨 팬 김성혜다.

구속이라는 건 증거인멸과 도주의 우려가 있을 때 하는 건데, 김성혜 같은 경우는 그동안 수차례의 폭행 전력이 있고 소를 취하하기 위해 남편을 폭행해 왔다.

그러니 당연히 구속영장이 나올 수밖에 없다.

"집에서 그 미친년이 안 보이니 속이 다 시원하네요."

차유람은 정말 시원한 듯 개운한 표정으로 말했다.

차유람이 경찰에게 가서 그동안 자신과 차진성이 맞은 걸 모두 증언한 덕분에 김성혜는 처벌을 피하지 못할 상황이었다.

"하지만 그 반의사불벌죄라는 것 때문에 어차피 오래는 못 있는 거 아니에요? 아예 감옥에서 오래 썩어 줬으면 좋겠는데."

"네가 진짜 억울한 게 많구나."

"다시는 안 보고 싶어요, 그런 미친년은."

차유람의 말에 노형진은 혀를 끌끌 찼다.

하긴, 어려서부터 그렇게 두들겨 맞고 자랐다면 당연한 감정일지도 모른다.

도리어 이렇게 당차게 자란 게 신기하다고나 할까?

"아버지는 뭐라고 하시디? 이혼한대?"

"말도 못 하고 눈치만 보고 있어요. 사실 멘붕 왔다고 해야 할 것 같던데요."

차유람은 아버지에게 이 기회에 이혼하라고 설득하고 있다.

일단 귀책사유는 김성혜에게 있고, 이혼소송만 하면 이혼은 100% 확정이다.

"하지만 아버지는 이혼할 생각을 하지 않고 있지?"

"그러니까요. 우리 아빠이기는 하지만 진짜 멍청이예요. 맞고 사는 걸 즐기는 것도 아니고."

"자존감이 떨어져서 그래. 무슨 선택을 하든 자신을 못 믿는 거지."

사실 이혼한다고 해서 차진성에게 피해가 갈 것은 없다.

김성혜는 애초에 맞벌이를 하는 것도 아니었고 집에서 살림만 하던 여자였다.

그리고 차유람이 어느 정도 큰 이후에는 대부분의 일을 차유람이 했다.

그러니 차진성이 이혼하고 차유람과 둘이 산다고 해도 생활하는 데에 불편함은 없을 것이다.

"시간이 지나면 이혼하겠지요?"

"그건 알 수 없지. 그러니 확실하게 네가 해결해야 할 거야."

"어떻게요?"

"너희 아버지를 심신상실로 만들어 버리는 거지."

"심신상실요?"

"그래."

노형진은 고개를 끄덕거렸다.

현실적으로 차진성은 김성혜에게 정신적으로 완전히 종속되어 있는 상황이다.

절대 이혼할 가능성은 없으며, 도리어 김성혜가 감옥에 있는 동안에도 찾아다니면서 자발적으로 종속될 가능성이 높다.

"실제로 그런 경우가 많거든."

자신을 두들겨 패던 남편에게 매일같이 면회를 가거나 몇 년씩 기다리던 여자들이 있다.

가족을 패는 경우는 당연히 높은 확률로 제삼자를 때릴 가능성이 높아서 실형이 나올 가능성도 높아지기 때문이다.

정상적인 사람들이라면 당연히 그사이에 도망가려고 생각한다.

"하지만 정신적으로 예속되어 있으면 도망가는 것 자체가 두려워질 수밖에 없지. 그러니 절대 못 떠나."

"노예라는 건가요?"

"다른 말로 표현할 수가 없지 않을까?"

"하아."

노형진의 말에 차유람은 길게 한숨을 쉬었다.

하긴, 그녀가 아버지에게 엄마랑 이혼하라고 한 게 초등학교 5학년 때부터다. 하지만 아버지는 절대 그럴 생각이 없다.

"그러면 어떻게 해요? 아빠를 정신병원에 넣을 수는 없잖아요."

상황은 애매하다.

분명 차진성은 정신적으로 불안정하다.

그런 경우 다른 가족이 그를 대신해서 법률행위를 해야 한다.

그런데 김성혜는 가해자로서 법률행위 자격이 없다고 봐야 한다.

재판부에서 미쳤다고 보복 폭행으로 감옥에 가 버린 김성혜를 차진성의 대리인으로 인정하겠는가?

"남은 가족은 너뿐이지?"

"맞아요."

유일하게 남은 가족은 차유람 한 명뿐이다.

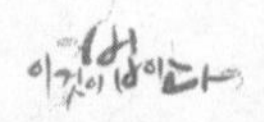

그런데 문제는, 차유람은 이제 중학생이고 열다섯 살이다.

그녀가 또래보다 조숙하다지만 현실적으로 대리인이 될 수는 없다.

"저도 그 부분이 궁금하네요. 지금 차진성을 행위무능력자로 만들기 위해서는 대리해서 그걸 청구할 수 있는 사람이 있어야 하는데 그런 사람이 없지 않습니까?"

무태식의 말에 노형진이 어깨를 으쓱했다.

"맞습니다. 하지만 법이라는 게 아 다르고 어 다른 법이지요. 당사자를 차진성 씨로 본다면 그렇게 보일 겁니다."

"당사자를 아빠로 본다면요?"

"그게 무슨 말씀이지요?"

"당사자를 차유람 양으로 보면 이야기가 달라진다는 뜻입니다. 어차피 보호자가 필요한 건 차유람 양도 마찬가지 아닌가요?"

"아……."

무태식은 그게 무슨 소리인지 알고는 탄성을 내질렀다.

"그 방법이 있군요. 그러면 어쩔 수 없이 검사를 해야겠네요."

"저기, 아저씨들. 저는 모르거든요? 저 이제 열다섯 살이라구요."

무태식은 바로 알아들었지만 차유람은 도무지 모르겠다는 표정이 되었다.

하긴, 그녀가 알기에는 좀 어려운 문제니까.

“쉽게 말해서 네가 미성년자라는 게 핵심이야.”

법적으로 그녀에게는 법정대리인이 무조건 있어야 한다.

지금까지 법정대리인은 차진성과 김성혜 두 사람이었다.

“하지만 너희 엄마는 감옥에 갔지.”

“그 미친년 이야기는 하지 말아요. 그년은 엄마도 아니니까.”

눈을 찡그리며 말하는 차유람.

노형진은 발끈하는 그녀를 진정시켰다.

“알았다, 알았어. 어찌 되었건 중요한 건, 남은 사람이 네 아버지인 차진성 씨뿐이라는 거야.”

김성혜를 고발한 것은 차유람이다.

그리고 김성혜는 고발한 차유람에게 보복하겠다고 공공연하게 외치고 다녔다.

판사가 바보가 아닌 이상에야 이 경우 친권을 인정할 리가 없다.

출소하는 순간 살인범으로 돌변할 수도 있으니까.

“그러면 한 명이 남지. 그런데 그 남은 한 명에게 정신이상 증세가 보인다면 어떨까?”

차유람이 변호사를 통해 혼자 남은 차진성에 대한 친권 부정 소송을 할 수 있다.

사유는 차진성의 정신이상.

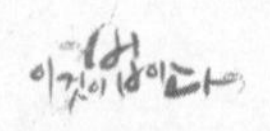

그리고 판결은 모두 증거를 통해 이루어진다.

"그러면 어떻게 되는데요?"

아직 세상을 모르는 차유람은 잘 모르겠다는 듯 물었다.

"이런 경우는 법원의 직권으로 차진성의 정신감정을 하게 된단다."

미성년자의 유일한 보호자가 정신이상자라는 점은 분명 문제가 된다.

당연하게도 법원에서는 그냥 일방의 의견만 듣고 기각할 수는 없다.

최소한 차진성에 대한 정신감정을 하려고 할 것이다.

"그리고 이 경우는 정신이상이 나올 가능성이 높지."

과도하게 낮은 자존감, 김성혜에 대한 종속적 행동 등등 일반적인 성인으로서 딸인 차유람을 보호할 능력이 부족하다고 판단되는 순간 그의 친권은 박탈된다.

"그건 싫은데."

눈을 확 찡그리는 차유람.

그녀는 아빠를 지키기 위해 엄마와 싸울 결심을 했다. 심지어 죽일 각오까지 했다.

그런데 아빠를 버린다는 건 있을 수 없는 일이었다.

"아, 아빠를 버리고 네가 어디로 간다는 건 아니야. 같이 살 수는 있어. 다만 너의 학교 진학이나 법률행위에 관해 너희 아빠가 결정하는 게 아니라 다른 사람이 결정한다고 보면 된다."

"그러면 아빠랑 헤어지지 않아도 되는 거지요?"

차유람의 말에 노형진은 고개를 끄덕거렸다.

"그럴 필요는 없지."

물론 차진성이 차유람에게 해를 끼치거나 성적인 학대를 하는 거라면 분리 결정이 내려질지도 모르지만, 그게 아니라 단순히 친권이 박탈되는 거라면 문제가 될 게 없다.

"그러면 아빠는 어떻게 해요?"

"여기서부터가 핵심이야."

차유람은 새로운 법정대리인을 통해 다른 소송을 할 수 있다.

그건 다름 아닌 아버지의 성년 후견인 신청.

"네 아버지가 정신적으로 불안정하다는 건 이미 증명된 거거든."

그리고 현실적으로 그녀가 유일한 가족이다.

하지만 그녀에게는 법률적 권한이 없다.

"하지만 너의 법률적 대리인은 너를 대신해서 뭔가를 결정할 수 있는 권한이 있지."

성인인 차진성이 정신적으로 불안정한 게 확실시되는 상황에서 차유람이 해 줄 수 있는 건 없다.

그녀는 미성년자니까.

하지만 여전히 그녀가 차진성의 가족이라는 부분은 남아

있다. 친권의 부정이 그가 가족이 아니라는 것을 뜻하진 않으니까.

"네가 아버지인 차진성 씨를 대신해서 뭔가 결정할 수는 없어. 하지만 아버지 차진성 씨의 대리인 선정을 법원에 청구할 수는 있지."

복잡하기는 하지만 확실하게 일을 처리할 수 있는 방법이다.

"그러면 아버지는 어떻게 되는 거예요?"

"당분간 치료받아야 할 거다. 하지만 유전적 질환이 아니라 자존감 하락으로 인한 질환이니까 완치되면 복권될 거야. 그때는 네 법정후견인 자리도 되찾을 수 있을 테고."

물론 그때쯤이면 차유람은 성인이 되었겠지만 말이다.

"알았어요. 그러면 부탁드릴게요."

노형진은 차유람의 말에 고개를 끄덕거렸다.

일단 차유람의 문제는 어렵지 않았다.

신고한 게 차유람이고 김성혜가 여전히 차유람에게 복수를 외치고 있는 상황에서, 차진성은 심각할 정도로 김성혜에게 사실상 예속되어 있어 그녀의 말을 거부할 가능성이 전혀 없다는 정신과의 판단만으로도 차유람에 대한 친권은 박탈

되기에 충분했다.

"하지만 차진성의 행위능력이 문제군요."

무태식 변호사는 심각한 얼굴로 말했다.

"현실적으로 보자면 이것만 가지고 성년 후견인을 들이기에는 아무래도 한계가 있어요."

"일상생활 자체가 불가능해야 하니까요."

차유람의 보호자 노릇을 하는 것과 차진성이 자신의 삶을 살아가는 것은 전혀 다르다.

차유람의 법정대리인으로서 차진성이 치명적인 문제를 가지고 있는 것은 사실이지만, 일상생활조차도 할 수 없다는 걸 증명하는 것은 전혀 다른 문제다.

"더군다나 그동안 멀쩡하게 회사에 다니면서 성실하게 일해 왔으니……."

"일단 멀쩡하게는 아닌 것 같은데요?"

회사에서도 얼마나 호구 취급을 받았던가?

하지만 사회생활을 했다는 것 자체가 중요했다.

그 때문에 아무래도 성년 후견인을 신청하기에는 약간 부족한 것이 사실이었다.

"걱정하지 마세요. 금치산자까지 바라는 게 아니니까."

"네?"

"애초에 정상적으로 사회생활을 한 사람한테 어떻게 금치산에 준하는 성년 후견인을 요구하겠습니까?"

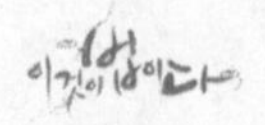

금치산자와 한정치산자 제도가 사라진 후에 성년 후견인 제도가 생겼다.

그중 성년 후견인은 금치산자처럼 완전 대리를 담당하고, 한정 후견은 한정치산자 제도처럼 위임받은 특수 경우에만 대리가 가능하다.

노형진도 전자가 가능할 거라고 생각하지는 않았다.

"제가 노리는 건 한정 후견인입니다."

"한정 후견인요?"

"그렇습니다."

기본적으로 한정 후견인은 그 사람이 어떤 부분에 관해 제대로 된 판단을 할 수 없을 때 요구하는 것이다.

가령 어떤 사람에게 지독한 낭비벽이 있다면 가족은 한정 후견인 제도를 통해 일정 금액 이상의 거래에 대해서는 후견인이 결정하도록 할 수 있다.

"하지만 그게 가능할까요? 딱히 그런 특정한 문제가 있다고 보기에는 좀 애매할 듯한데요."

"이미 관련 자료를 준비해 놨습니다."

노형진은 자신 있게 말했다.

"흠……."

판사는 오광훈 검사의 요구 사항을 보면서 표정을 굳혔다.

이런 성년 후견인은 가족 아니면 검사나 지방자치단체장 등이 신청해야 한다.

과거에는 그게 힘들었지만 이미 스타 검사 제도를 통해 손잡은 여러 검사들이 있는 새론 입장에서는 그다지 어려운 일이 아니었다.

"그러니까 오광훈 검사는 이 차진성이라는 사람에게 한정 후견인이 필요하다 이건가요?"

"그렇습니다. 현실적으로 차진성은, 정신과 기록에서 보다시피 피고 김성혜에게 정신적으로 종속되어 있습니다."

"그게 문제가 된다고 생각합니까?"

"심각한 문제가 된다고 생각합니다."

오광훈은 판사에게 차진성의 은행 기록을 내밀었다.

"보다시피 현재 차진성은 김성혜를 꺼내기 위해 변호사를 선임하고 매일같이 피고를 만나기 위해 구치소로 방문하고 있습니다. 정신적으로 종속된 상황에서의 그러한 행동은 본인뿐만 아니라 딸인 차유람에게도 피해가 가는 행동입니다."

"하지만 오 검사, 차진성이 아무리 김성혜의 범행의 피해자라고 하지만 동시에 남편입니다. 부부 사이의 일에 우리가 끼어들기는 참 애매하지요."

'지랄맞은 소리 하고 자빠졌네.'

오광훈은 판사의 말에 속으로 툴툴거렸다.

실제로 노형진이 그 말이 나올 거라고 경고했으니까.

"하지만 그 가해자가 제삼자를 죽이겠다고 공언하고 있는 상황에서는 이야기가 좀 다르지요."

"죽인다고요?"

"그렇습니다. 현재 해당 구치소에서 김성혜와 같은 방을 쓰는 사람들의 증언입니다."

오광훈은 제법 두툼한 파일을 건넸다.

"보다시피 이 사람들의 증언에 따르면 피고 김성혜는 자기 딸인 차유람을 죽이겠다고 공공연하게 말하고 있습니다."

물론 그 말이 사실인지 알 수는 없다.

사실 한국 사람들은 죽여 버리겠다는 말을 자주 한다.

조금만 수틀리면 먼저 튀어나오는 말이 죽여 버린다는 말이다.

그리고 차유람의 신고로 인해 감옥에 가게 된 김성혜 입장에서는 그녀가 배신자로 보일 수밖에 없으니, 당연히 죽인다는 말을 끊임없이 할 수밖에 없다.

문제는 그게 나가서 보복한다는 말인지 아니면 진짜로 죽인다는 건지, 판사 입장에서는 판단할 수 없다는 것이다.

"그리고 차진성은 그걸 알고 있습니다. 매일같이 구치소에 가고 있으니까요. 면회실에 같이 들어가는 교도관의 말에 따르면 그곳에서도 김성혜는 차유람에 대한 분노를 표출하면서 죽이겠다고 하거나 차진성에게 '차유람을 당장 죽여라.'

등의 말을 했다고 합니다."

거기까지 말한 오광훈은 잠시 침묵을 지켰다.

판사에게 집중할 시간을 벌어 주기 위해서였다.

"만일 그녀가 나와서 차유람을 차진성과 함께 살해한다면 일이 커집니다."

"살해? 설마……."

"판사님, 여기 차진성에 대한 정신분석 자료를 봐 주십시오. 그는 김성혜에게 아예 노예 이상으로 종속되어 있습니다. 극심한 우울증과 더불어 자존감의 상실로, 오로지 김성혜가 시키는 대로 하고 있습니다."

"흠……."

"애초에 십수 년 동안 맞으면서도 저항도 하지 않고 이혼에 대해서도 생각조차 하지 않았다는 것 자체가 김성혜에게 종속되어 정신적으로 불안정하다는 것 아닙니까?"

"그건 그런데."

오광훈의 말에 판사는 찝찝한 표정이 되었다.

확실히 불안정하기는 하다.

"그래서 제가 한정적으로 성년 후견인을 신청하는 겁니다. 전반적으로 모든 걸 통제해야 한다는 게 아닙니다. 현재 정신적으로 종속된 상황에서, 차진성은 김성혜의 범죄의 도구로써 딸인 차유람에게 어떠한 행동을 할지 알 수 없습니다."

애초에 후견인 제도라는 것이 만약의 사태에 대비하기 위해 만들어진 것이다.

그가 위험한 짓을 하기 전에 막기 위해서 말이다.

"제 생각에는 재산과 변호사 선임에 관해서는 성년 후견인 제도가 필요하다고 생각합니다. 그리고 미래를 위해서는 정신적 치료가 필요하다고 판단됩니다."

그게 제일 중요했다.

만일 여기서 정신적 치료가 진행되지 않는다면 김성혜가 나올 때까지 실제로 치료되지 않을 테고, 그렇게 되면 나온 김성혜와 더불어 진짜로 차유람을 살인할 수도 있는 일이다.

'최소 1년이란 말이지.'

문제는 폭력을 통해 해결하려고 했지만 전반적으로 형량이 낮은 한국 법원의 특성상 김성혜가 길게 감옥에 있을 가능성이 낮다는 것이다.

그리고 너무 일찍 나오면 그 종속된 상태를 미처 치료하지 못할 수도 있다.

"무슨 뜻인지 알겠습니다."

판사는 고개를 끄덕거렸다.

아무리 판사가 별로 관심이 없다고 해도 이건 상당히 위험해 보이기는 하는 상황이다.

"차진성에 대한 한정 후견을 승인하겠습니다. 권한은 재산에 대한 부분과 변호사 선임에 관한 부분입니다."

"감사합니다."

“다만 매년 정신감정을 받아서, 치료되었다고 판단되면 그때부터 한정 후견을 종료하겠습니다.”

“알겠습니다.”

목표한 바를 이룬 오광훈은 씨익 웃었다.

⚖

결국 차진성에게 한정 후견인이 붙었다.

그는 변호사 선임과 일정 이상의 자금 사용에 대해서는 권한을 잃었기에 변호사를 선임할 수 없게 되었고, 변호사비를 내지 못하게 되었음을 알게 된 김성혜는 죽여 버리겠다고 길길이 날뛰기 시작했다.

“괜찮아? 걱정되지 않아?”

“전혀 걱정 안 돼요. 어차피 그 여자가 감옥에서 나왔을 때쯤이면 이사 갔을 텐데요, 뭘.”

어깨를 으쓱하는 차유람.

“결정된 거니?”

“아빠도 이번에 자신이 정상이 아니라는 부분을 인정한 것 같아요.”

“그럼 다행이지.”

제정신이 아니어서 차유람에 대한 친권을 빼앗기고 심지어 법원에서 한정 후견인까지 결정되자 차진성은 상당히 충격을 받은 모양이었다.

"하지만 그게 위험한 일인 거 알지?"

"네? 어째서요?"

"엄밀하게 말하면 종속 대상이 바뀐 것뿐이야. 사람은 그렇게 쉽게 바뀌지 않는단다."

노형진의 말에 차유람이 눈을 찡그렸다.

"그게 무슨 소리예요?"

"너희 아버지는 지금 상황을 받아들이고 지금 자신의 잘못을 인정하고 그걸 고치려고 하는 게 아니라는 거지."

사람이 그렇게 쉽게 바뀌면 얼마나 좋겠는가?

하지만 현실적으로 갑자기 사람이 그렇게 바뀌지는 않는다.

어쩌면 차진성의 성격 자체가 그런 타입인지도 모른다.

남에게 종속되고 그에 따라 끌려다니는 타입 말이다.

"지금 그가 정신을 차린 것처럼 구는 것은, 기존의 김성혜가 지배하던 구조에서 법원에서 정한 성년 후견인이 지배하는 구조로 바뀌었을 뿐일 가능성이 있어."

"네에?"

차유람은 눈을 찡그렸다. 그건 생각해 보지 못한 문제였기 때문이다.

"현실적으로 바닥에 떨어진 자존감이 그렇게 쉽게 올라오지는 않으니까."

씁쓸하게 말하는 말하는 노형진.

사람의 정신이 그렇게 쉽게 치료된다면 얼마나 좋겠는가?

“하지만 아빠는…….”

그래도 아직 어린 차유람은 아빠인 차진성에게 기대고 싶은 건지 어떻게든 변명하려고 했다.

“저한테 정신 차렸다고, 제대로 한번 살아 보자고 했어요. 자기도 노력하겠다고…….”

“그건 말뿐일 거다.”

“아니에요!”

어떻게든 아버지를 믿고 싶은 차유람.

아무리 당차다고 해도 역시 여전히 애일 수밖에 없다.

그러나 다음 순간 던져진 노형진의 말 한마디에 차유람은 현실을 인정할 수밖에 없었다.

“그래서 아버지가 엄마랑 이혼하겠다는 소리 하던?”

“그건…….”

“만일 너희 아버지가 진짜로 정신을 차렸다면 엄마랑 이혼하는 게 최우선일 거다.”

자신을 패고 딸에게 해를 끼치겠다고 길길이 날뛰는 여자다. 지금도 변호사를 선임해 주지 않는다고 계속 협박하고 있다.

정상적인 사람이라면 바로 이혼하고 손절을 하는 게 보통일 것이다.

"하지만 그런 이야기는 없었지?"

"……."

차유람은 아무 말 하지 못했다.

그녀의 눈에서는 눈물이 흘러나왔다.

아마도 친아버지가 정상이라고 믿고 싶었을지도 모른다.

그러나 그녀에게는, 잔인하지만 확실하게 알려 줘야 한다.

한번 종속된 사람은 떠나는 게 쉽지 않다.

"아마 상담 치료가 제법 오래 걸릴 거다."

"흑흑흑."

안타깝지만 어쩌겠는가? 그게 현실이다.

"조금만 참아라. 3년만 지나면 너도 성인이니까."

그리고 그때는 그녀가 법원에 신청해서 법정대리인이 될 수도 있다. 어쩌면 그녀의 아버지도 그때쯤이면 좀 나아질지도 모르고 말이다.

"그러면 이혼은요? 이 미친년이 다시 우리를 찾아오는 건 진짜 싫다고요! 그 대리인이라는 사람을 통해서 할 수는 없는 거예요?"

"애석하게도."

법원에서 정한 법정대리인의 한계는 명확하다.

본인이 뭔가를 할 때 그게 정당하다고 승인을 내주는 것.

아무리 법정대리인 허가를 받았다고 해도 법정대리인이 본인을 대신해서 새로운 법률행위를 할 수 없다.

그게 대리의 한계다.

"이혼소송은 전혀 새로운 법률행위야. 대리권으로 신청할 수 있는 성격의 문제가 아니지."

즉, 이혼시키고 싶어도 차진성이 이혼 의사를 밝히기 전에는 이혼을 진행할 수 없다는 것이 문제다.

"그러면 그 미친년이 찾아오잖아요!"

"그게 문제이기는 해."

아무리 보복 폭력이라고 하지만 3년 형이 나올 가능성은 낮다.

그러면 그사이에 김성혜는 출감할 테니, 차진성에게 돌아올 가능성을 무시할 수 없다.

'김성혜가 좀 고쳐진다면 모르겠지만.'

사실 김성혜가 마음을 다잡고 차진성과 차유람에게 사과하고 제대로 엄마 노릇을 하는 것이 베스트이기는 하다.

하지만 노형진의 오랜 경험상 김성혜는 절대 그럴 여자가 아니다.

심지어 조사 결과, 차유람이 태어나기 전부터 그녀는 알게 모르게 차진성을 구타해 왔다.

다만 점점 그게 심해진다는 게 문제다.

차라리 그 둘의 관계가 성적인 S와 M, 즉 사디스트와 마조히스트라면 문제가 안 된다.

하지만 김성혜는 일방적인 폭행의 가해자였다.

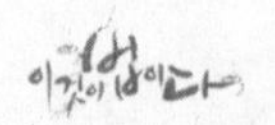

"그 부분이 문제이기는 하구나. 김성혜가 이혼 청구를 할 리는 없으니까."

그러니 그녀가 나오기 전에 어떻게든 이혼하도록 해야 한다.

"고민 좀 해 보자꾸나."

노형진은 눈을 찡그리며 말했다.

⚖

"역시나 거절했습니다."

무태식은 김성혜에게 가서 이혼하고 감형받는 게 어떠냐고 슬며시 떠봤다.

하지만 그녀는 단호했다. 이혼은 절대 없다고.

"차진성이 이혼을 요구할 가능성은 없다고 봐야겠지요?"

"현재로써는 없다고 봐야지요."

노형진은 머리를 북북 긁었다.

"더군다나 김성혜가 이혼을 요구해도 문제가 될 겁니다."

"어째서요?"

"한국에서는 귀책사유가 있는 사람이 이혼을 청구하는 경우 필패니까요."

"아, 맞다!"

한국은 이혼에서 귀책 주의를 선택하고 있다.

귀책 주의가 뭐냐면, 귀책사유가 있는 사람이 이혼을 청구하는 경우 상대방이 이혼 의사가 없다면 무조건 이혼이 불가하다는 거다.

기본적으로 불륜을 저지른 배우자가 이혼을 요구하는 것을 막기 위해 선택된 방법인데, 그게 폭행이라도 포함된다는 것이 문제다.

그게 승인되는 경우는 단 하나, 상대방이 그걸 받아들이는 것뿐이다.

그리고 그건 재판이 아니라 합의이혼이다.

"차진성이 이혼을 받아들일 리가 없지요."

차진성이 말로는 노력하겠다고 했지만 이혼을 청구하지 않는다는 점에서 이미 그게 말뿐인 거라는 건 어렵지 않게 추측할 수 있다.

"그러니 이혼하기 위해서는 다른 방법을 써야 하는데 말이지요."

문제는 마땅한 방법이 없다는 것.

고민하던 무태식이 눈을 반짝이며 입을 열었다.

"지배자 권한을 넘겨받는 건요? 전에 한번 써먹었잖습니까?"

"글쎄요. 지금 차진성에게는 그게 먹히지 않을 것 같은데요."

원래 성격이 기대는 성격이라면 모를까, 차진성의 상황을 보면 그는 오랜 학대로 자존감이 무너지면서 사실상 인생을 포기하다시피 한 상황이다.

"이런 상황이라면 지배자 권한을 가지고 온다는 게 의미가 없습니다."

남이 시키면 시키는 대로 하기만 하는, 인생을 포기한 상황.

그런 상황에서 그가 자존감을 가지는 것은 쉬운 일이 아니다.

"그러면 어쩌지요?"

"일단은 자존감을 가지게 하는 게 중요할 것 같습니다. 자신이 얼마나 부당한 상황에 처한 건지, 그리고 그걸 고칠 수 있는 힘이 자신에게 있다는 걸 아는 게 중요하지요."

"어떻게요? 그게 그렇게 쉽게 되나요?"

무태식은 고개를 흔들었다.

사람의 자존감을 살리는 것은 생각보다 어려운 일이다.

"일단은……."

노형진은 씩 웃었다.

"'갑질'부터 배워 보도록 하지요, 후후후."

⚖

노형진은 차진성의 자존감을 키우는 첫 번째 방법으로 그의 회사를 이용하기로 했다.

물론 그 회사에 대한 보복을 한다거나 하는 건 아니었다.

그에게 회사를 사 준다거나 하는 건 전혀 의미가 없는 일이다.

애초에 지금 상황에서는 사 준다고 해서 운영할 수 있는 상황도 아니고 말이다.

하지만 자존감 회복을 위해서는, 일단 자신이 얼마나 대단한 사람인지 스스로 인식하는 게 중요하다.

"그래서? 차진성 씨에게 사과하시지 않을 겁니까?"

"아니, 우리가 뭘 어쨌다고……."

땀을 삘삘 흘리는 사장.

차진성이 일하는 회사는 직원 마흔 명 정도의 중소기업이었다.

그리고 그들은 오랜 시간 동안 자존감이 바닥으로 떨어진 차진성을 노예처럼 부려 먹었다.

"일단 초과근무 수당도 제대로 안 주시고, 모욕과 과다한 업무 몰아주기에, 이건 직원이 아니라 거의 노예 수준으로 부려 먹었네요? 심지어 사장님 제사하는 날에 불러서 전을 부치라고 했다면서요?"

"그건 그냥 도와 달라고……."

"왜 차진성 씨만 그렇게 콕 집어서 도와 달라고 하신 걸까요?"

"변호사님, 그건 일단 진성이가 사람이 좋아서요."

노형진은 코웃음을 쳤다.

'사람이 좋아? 지랄하고 자빠졌네.'

사람이 좋다는 건 절대 칭찬이 아니다.

그냥 부려 먹기 좋은 호구라는 의미밖에 되지 않는다.

"미안해서 어쩌지요?"

"네?"

"저는 사람이 그다지 좋지 않아서요."

노형진은 씩 웃으면서 말했다.

"일단 의뢰가 들어온 이상 저는 그에 맞는 보복을 해야 해서 말입니다."

노형진의 말에 사장은 심장이 철렁했다.

변호사가 찾아온 것도 무서워 죽겠는데 그가 내민 다른 명함은 그의 정신을 아득하게 만들 정도였다.

'마이스터의 한국 대리인'.

노형진이 그걸 내민 이유는 간단했다.

"지금부터 마이스터와 사장님의 회사는 전쟁 상태로 들어갑니다. 저희가 할 수 있는 모든 방법을 써서 사장님의 회사를 파멸시킬 겁니다. 아, 물론 사장님과 거래하는 모든 거래업체들도 마찬가지일 겁니다."

사장은 다급하게 자리에서 일어나 노형진의 옆에 가서 무릎을 꿇고 두 손으로 싹싹 빌었다.

"변호사님, 잘못했습니다. 저희가 그러려고 그런 게 아닙니다. 실수입니다."

"아, 실수고 뭐고, 사장님뿐만 아니라 다른 직원들도 모조리 감방으로 보내 드릴 테니까 각오하고 있으라고 하세요."

"모, 모조리요?"

"부당한 행동을 한 건 직원들도 마찬가지 아닌가요?"

사장이 차진성을 무시하자 직원들도 무시하고, 차진성이 저항하지 않자 다들 차진성을 뜯어먹는 데 혈안이 되어 있었다.

'이런 병신 같은 새끼들을 어이할꼬.'

심지어 월급날이면 강제로 차진성이 쏜다는 분위기를 만들어서 월급의 3분의 1 가까이를 뜯어먹은 경우도 있었다.

그렇게 월급을 뜯기고 돌아가면 김성혜는 다시 차진성을 무시하고 구타하고, 자존감은 떨어지는 악순환.

"지난 몇 년간 갈취한 돈이 거의 1억이 넘더군요. 아, 인건비를 포함해서입니다."

"우, 우리가 얻어먹은 건데……."

"강제로 사도록 만들었다고 하더군요. 그건 갈취라고 하지요. 전과 달고 과연 다른 회사에 갈 수 있을지는 모르지만, 일단 전과는 달고 시작해야겠지요?"

사장은 정신이 아득해지는 느낌이었다.

작은 중소기업이다.

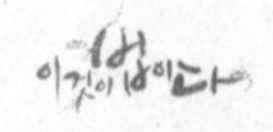

거기에다가 거대 재벌에 납품하는 회사도 아니다.

그냥 소소한 물건을 만들어서 시장에 납품하는 그런 회사다.

당연히 매출도 많지 않고, 이번 사건을 막을 만한 아는 사람도 없다.

더군다나 마이스터와 싸운다는 사실이 알려지면 거래하던 다른 업자들이 손절 하는 건 너무나 당연한 일이다.

그런데 자신뿐만 아니라 전 직원이 죄다 전과를 달면?

회사가 망하지 않는 게 이상한 거다.

"아이고, 변호사님! 한 번만 살려 주십시오! 잘못했습니다! 제발! 저희가 법을 잘 몰라서 그랬습니다!"

눈물 콧물 질질 흘리면서 매달리는 사장을 보고 노형진은 코웃음을 쳤다.

"이건 법이 아니라 상식의 문제입니다. 상식도 없는 사람들은 사회의 암적인 존재라고 하지요. 그러니까 감옥에 가셔서 상식을 충분히 배우고 나오세요. 직원들 부려 먹느라고 제대로 상식을 못 배우신 것 같은데, 회사가 망하고 노가다라도 뛰시다 보면 상식을 배우실 시간은 충분할 겁니다."

노형진은 자리에서 일어나서 그곳을 박차고 나가려고 했다.

하지만 진짜 다급해진 사장은 무릎으로 기어서 매달렸다.

"한 번만…… 제발 한 번만 살려 주십시오. 네? 제발 한 번만…….”

“싫은데요.”

“제발…… 이렇게 부탁드립니다.”

“아니, 이러지 마세요. 누가 보면 제가 죽인다고 협박이라도 한 줄 알 거 아닙니까? 저는 법대로 하겠다는데 왜 그러십니까?”

“노 변호사님, 제발! 잘못했습니다. 엉엉엉.”

사장은 정신이 나갈 지경이었다.

주변에 조금 알아보는 것만으로도 새론이 얼마나 무서운 곳인지 알 수 있었다.

악착같이 싸우는 아귀 같은 곳. 그게 새론에 대한 평가였다.

그렇다고 다른 변호사들처럼 돈으로 살 수 있는 것도 아니었다.

의뢰인을 위해서라면 국가와도 싸우고 대기업과도 싸우는 곳이 새론이었다.

당연히 그만큼 힘을 가지고 있는 곳이다.

“제발, 엉엉, 잘못했습니다. 다시는 안 그럴 테니 한 번만 살려 주십시오, 엉엉.”

살고 싶다는 생각 하나로 벌벌 떠는 사장.

노형진은 그런 그를 측은한 표정으로 바라보다가 조용히 입을 열었다.

"그래서 일을 수습하고 싶으시다?"

"네, 시키는 대로 하겠습니다. 뭐든 다 하겠습니다. 그러니 제발 한 번만 용서해 주십시오."

노형진은 속으로 미소를 지었다.

"그러면 시키는 대로 하시는 겁니다, 후후후."

⚖

"어……."

차진성은 회사에 갔을 때 당혹감을 감추지 못했다.

그가 출근하자 사장을 비롯한 직원들이 무릎을 꿇고 있었던 것이다.

"사, 사장님……?"

"미안하네. 내가 자네에게 몹쓸 짓을 했네."

"아니 저기, 이게……."

"미안해. 우리가 잠깐 미쳤어."

다른 직원들도 마찬가지였다.

사실 그럴 수밖에 없다.

대기업도 아니고 작은 공장이다. 여기서 잘리면 요즘 같은 불경기에 어디 다른 데 가는 것도 힘들다.

더군다나 전과까지 달면 상황은 더 나빠질 수밖에 없다.

잘리는 건 기본이요, 손해배상에 압류까지 들어가면 최악의 경우 이혼까지 당할 수도 있다.

배우자가 범죄자라는 걸 받아들이고 결혼 생활을 유지하려고 하는 사람은 별로 없다.

특히나 인성에 문제가 있는 범죄라면 더더욱 말이다.

"사장님? 팀장님?"

"미안하네, 차 부장."

"부, 부장요?"

"자네 근속 연수가 몇 년인가? 원래는 벌써 부장을 달았어야 하는 거 아닌가?"

그를 부장으로 급속 승진시킨 이유는 당연히 그에게 잘 보이기 위해서다.

"우리가 그동안 밀린 월급도 주고 자네가 한 일의 공도 인정해 주겠네. 그동안 미안했네."

물론 일부, 자존심 때문에 절대 사과 못 하겠다고 한 사람들도 있기는 했다.

하지만 그들은 가차 없이 잘려 나갔다.

일부는 부당 해고라면서 길길이 날뛰었지만, 노형진이 나서서 모욕죄와 회사 내 내부 분란을 만드는 행위로 고발할 것이며 그러면 부당 해고가 아니라고 못 박아 버리자 찍소리도 못 하고 떠나야 했다.

당연히 남은 사람들은 어떻게든 차진성에게 사과하려고 했고 말이다.

"저기, 상황이 이해되지 않는데요……."

차진성은 사람들이 왜 이러는지 이해가 가지 않았다.

"우리가 그동안 자네에게 너무 큰 실수를 했네. 그래서 이러는 거야. 자네가 이런 취급을 받을 사람이 아닌데, 우리가 너무 무심했어."

사장은 차진성에게 사과하면서 눈치를 봤다.

"자네 덕분에 회사가 제대로 굴러갈 수 있었는데 은혜도 몰랐던 게야."

"어…… 음……."

"차 부장. 어서 들어가세. 일단 부장으로 승진했으니 제대로 일을 해야지."

"제, 제가 뭘 어떻게 해야 할지……."

"당연히 신입을 뽑아야 하지 않겠나?"

"신입요?"

"이번에 사정이 있어서 그만둔 사람이 한 열 명쯤 된다네. 당장 직원을 충원해야지. 차 부장이 그 일을 좀 책임지고 해줬으면 좋겠네."

"아…… 네……."

차진성은 엉겁결에 벌어지는 현 상황이 이해가 가지 않았다.

하지만 싫다고 도망갈 수도 없는 상황이었기에, 그는 멍한 표정으로 회사 내부로 이끌려 들어갈 수밖에 없었다.

"자존감은 자신이 얼마나 자신이 존중받는가에 따라 달라지지요."

단순히 돈이 있다고 자존감이 높은 건 아니다.

본인 스스로가 존중받는다고 생각하면 자존감은 조금씩 생기기 마련이다.

"신동하처럼 말이군요."

"맞습니다. 신동하처럼 말이지요."

대동의 신동하는 집안에서 내쳐진 사람이었지만 노형진은 그를 키워서 지금은 일본의 핵심 카드로 쓰고 있었다.

"그때와 마찬가지입니다. 주변에서 그를 대단한 사람이라고 생각할수록 사람은 자신에 대한 확신을 가지기 마련이지요."

노형진은 간단하게 말했다.

그리고 저 멀리 룸살롱으로 들어가는 차진성과 사장을 보면서 피식 웃었다.

"지금 차진성 씨처럼 말이지요."

"회사는 그렇다고 치고 룸살롱은 좀 과한 거 아닌가요?"

무태식은 가게 안으로 들어가는 그들의 모습을 보면서 고개를 갸웃했다.

회사에서 그를 존중해 주는 건 좋다.

하지만 차진성을 데리고 룸살롱까지 갈 줄은 몰랐다.

사실 엄밀하게 말하면 룸살롱은 불법이 아니던가?

단순히 술만 마시는 술집이라면 모르지만 저기는 그런 곳이 아니다.

"지금 차진성은 여자에 대한 공포심을 가지고 있습니다. 그걸 떨쳐 내기 위해서는 어떤 방법을 써야 할까요?"

"다른 여자를 만난다?"

"맞습니다. 그런데 현실적으로 방법이 없지요."

차진성은 제대로 된 연애를 해 본 타입이 아니었다.

김성혜와 연애결혼을 하기는 했지만 김성혜가 힘으로 강제했다고 봐도 무방할 정도였다.

"물론 술집 여자들과 일반인 여성이 비슷하지는 않겠지요. 하지만 남자들이 술집에 자꾸 가는 이유가 뭐라고 생각하십니까?"

"글쎄요."

"존중입니다."

"네?"

"웃기지만, 술집 여자들은 남자 스스로가 존중받고 있다는 느낌이 들도록 행동하지요."

그게 그들에게는 직업이니까.

사실 당연하다면 당연한 거다. 저런 술집은 술이 비싸니까.

"그리고 한번 존중받아 본 사람은 다시 무시하는 곳으로 돌아가지 못합니다."

"아하! 그걸 노리시는 거군요."

지금까지 여자에게 존중받아 본 적이 없는 차진성이다.

그러나 가식적인 존중이라고 해도 존중받았다는 느낌이 들면, 자신을 무시하는 사람에게 돌아가고 싶지 않을 것이다.

"인기나 마찬가지지요."

한번 좋은 걸 느끼면 나쁜 쪽으로 돌아가는 것은 절대로 쉽지 않다.

지금까지 여자에게 무시당하고 맞고 살았던 차진성이지만, 아무리 술집 여자라고 해도 자신을 존중해 주는 사람을 만나면 김성혜가 정상이 아니라고 확실하게 느끼기 시작할 것이다.

"그러면 어떻게 생각하겠습니까?"

"떠나려고 하겠군요."

이제 김성혜는 차진성에게 보복할 수 없는 처지다.

보복 폭행으로 1년 이상 감옥에 가야 할 상황이고, 소송하면 확실하게 차진성은 이혼할 수 있다.

"하지만……."

걱정스러운 표정으로 술집을 바라보는 무태식.

"중독되면 어쩌시려고요?"

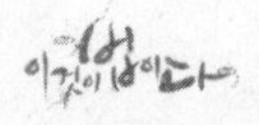

중독. 사실 그게 가장 문제이기는 하다.

현실적으로 평생을 무시받던 사람이 그런 식으로 대접받으면 기분이 좋아지고, 그 때문에 술집에 중독되는 사람들도 분명 존재한다.

아니, 이 경우 그렇게 될 가능성이 높다.

"그러면 인생을 망칠 수도 있습니다만?"

노형진은 피식 웃었다.

"뭐, 그럴지도 모르지요. 하지만 저 사람이 그렇게까지 술집에 자주 출입할 방법이 있나요?"

"네?"

"지금 차진성 씨 상황이 어떤데요? 당장 한정 후견인이 붙어 있습니다. 그의 재산은 후견인이 관리하고 있지요."

"아!"

재산의 탕진 가능성이 있는 경우 성년 후견인이 붙어서 재산을 관리한다.

단순히 김성혜에게 퍼 주는 것만이 아니라 다른 방식의 탕진도 주의해야 한다.

"이렇게 술집에서 쓰는 것 역시 관리 대상이지요."

"중독된다고 해도 자기 돈으로는 못 가는군요."

"맞습니다. 더군다나 차진성은 현재 치료받고 있는 중이지요."

당연히 술집에 대한 중독도 치료 대상이다.

잠깐은 거기에 빠질지도 모르지만, 자존감이 정상 수준까지 올라가면 그렇게까지 빠지지는 않을 것이다.

"아마 오래는 안 걸릴 겁니다, 후후후."

노형진의 말대로 상황은 오래가지 않았다.

김성혜는 징역 1년 8개월이 나왔다.

국선변호인이 나름 노력했지만 폭행 기간이 워낙 긴 데다 처벌을 면할 목적으로 보복 폭행을 한 것이기 때문에 결국 실형은 피할 수가 없었다.

특히나 딸인 차유람의 증인이 결정적이었다.

딸까지 나서서 증언할 정도면 범죄행위가 심각하다는 것을 의미하고, 심지어 재판정에서조차도 김성혜가 반성도 안 하고 친딸을 죽이겠다고 지랄 지랄하는 걸 본 판사는 그녀를 봐줄 생각을 접어야 했다.

그리고 김성혜가 감옥에 갔을 때 그녀에게 남은 것은 파멸뿐이었다.

"이혼 소장입니다."

노형진은 김성혜를 찾아가서 이혼 소장을 내밀었다.

"뭐라고? 누가 이혼해 준대!"

"'누가 이혼해 준대'가 아니라, 차진성 씨가 결정하셨습니다. 더 이상 당신과 살 수 없다고 말입니다."

"말도 안 되는 소리 하지 마! 누구 마음대로! 누구 마음대로!"

김성혜는 노형진에게 고래고래 소리를 질렀다.

"차진성 씨 마음이지요. 10년 넘는 기간에 걸친 폭행, 거기에다 신고를 무마하기 위한 보복 폭행에, 따님에 대한 살해 위협까지. 이 정도면 결혼을 유지하는 게 더 병신 같은 짓 아닌가요?"

"난 도장 못 찍어! 누가 이혼하게 둔대?"

"그건 당신 마음이 아닐 텐데요?"

이건 누가 나가도 질 수가 없는 사건이다.

다만 달라지는 것은 김성혜에게서 얼마나 더 많은 돈을 뜯어내느냐일 뿐이다.

"이번 이혼소송에서 귀책사유는 김성혜 씨에게 있습니다. 당연히 위자료를 지급하셔야 하고, 따님에 대한 양육권도 이쪽에서 가지고 올 겁니다. 아, 그리고 출감하셔도 돈은 열심히 벌어야 할 겁니다. 저희가 차유람 씨의 양육비도 따로 청구할 거거든요."

"너…… 너……."

"그리고 법원을 통해 접근 금지 명령을 신청해 놨습니다. 그러니 다시는 차진성 씨과 차유람 씨에게 접근하지 못할 겁니다."

입을 쩍 벌리는 김성혜. 그녀는 그제야 자신이 망했다는 걸 알 수 있었다.

'역시 계획대로야.'

김성혜가 사라진 후 주변에서 모두가 그를 존중해 주자 차진성의 자존감도 조금씩 살아났다.

그리고 밤이면 밤마다 악몽을 꾸면서 일어났다.

부장으로 승진하고 밀린 돈도 받고 월급도 늘어났는데, 김성혜가 돌아와서 다시 강등되고 돈도 빼앗기고 매일같이 두들겨 맞는 꿈에 비명을 지르지 않을 수가 없었던 것.

노형진의 예상대로 한번 좋은 걸 느껴 본 사람은 과거로 돌아가지 않기 위해 발악하기 마련이었다.

그리고 그 악몽의 끝에서 결국 차진성은 이혼을 결심했다.

다시는 맞고 살지 않겠노라고 말이다.

"다, 당장 진성이 불러와! 당장 그 새끼 불러와!"

김성혜는 비명을 질렀다.

다른 누구도 아닌, 자신이 그렇게 무시하던 바로 그 인간이 이렇게 자신의 인생을 파멸시킨다는 것을 그녀는 받아들일 수가 없었다.

"그럴 일은 없을 겁니다."

노형진은 이혼 소장을 그녀에게 주고 미소 지으며 일어났다.

"아마도 다시는 볼 수 없을 겁니다."

"아악!"

김성혜는 머리를 부여잡으며 비명을 질렀다.

그렇게 발작적으로 소리를 지르는 그녀를 노형진은 무심하게 두고 접견실에서 나왔다.

"남은 인생 한번 행복하게 살아 보세요."

비웃음을 날리며 그곳에서 나올 때까지 김성혜는 그저 비명을 지르며 현실을 부정할 수밖에 없었다.

영원한 아군은 없다

일본에서 대동의 입지는 급속도로 약해지고 있었다.

두 후계자가 미친 듯이 싸우는 와중에 그 자리를 야금야금 다른 사람들이 잡아먹기 시작했기 때문이다.

특히나 신동성은 미치고 팔짝 뛸 상황이었다.

"배신?"

"네, 대동코일 쪽이 신동우 쪽으로 붙었습니다."

"크윽, 밀어먹을."

비서진의 말에 신동성은 입술이 바짝바짝 말랐다.

'이러다 지겠어.'

원래 역사에서는 신동성이 어렵지 않게 형인 신동우와 아버지 신강수를 밀어 버리고 대동을 차지한다.

하지만 지금은 노형진의 계략에 생각보다 내전이 일찍 터진 데다가, 계획적으로 신동우를 밀어주는 신동하와 대룡 때문에 심각하게 흔들리고 있었다.

"젠장! 후쿠시마 문제만 안 터졌어도!"

그래도 나름 미리 준비한 신동성이었기 때문에 신동우와 신강수가 함께 싸웠어도 충분히 버틸 만했다.

그가 흔들리기 시작한 것은 후쿠시마 문제가 터지면서였다.

후쿠시마 재건 작업에 외국인을 투입한 게 문제가 되면서 그 책임자인 대동, 정확하게는 신동성의 주요 세력 중 하나인 대동건설이 치명타를 입었고, 그걸 커버하기 위해 막대한 돈이 들어가면서 이제 싸움은 절망적으로 변해 가기 시작했다.

눈치를 보던 자들이 신동우 쪽으로 라인을 갈아타기 시작할 정도로 말이다.

"현 상황에서 우리가 신동우를 이길 가능성이 얼마나 되지?"

"그다지 높지 않습니다. 아시다시피 우리의 주요 세력은 중국 쪽입니다. 하지만 그간 일본과의 트러블로 인해 중국의 반일 감정이 심해져서……."

"젠장."

원래 신동우의 세력은 동남아와 한국이다.

그리고 신동성은 중국 쪽이었고.

그런데 노형진은 신동우를 밀어주기 위해 동남아 쪽은 손끝 하나 대지 않았고 중국만 계속 자극했다.

그래서 현재 중국은 어느 때보다 반일 감정이 심한 상황이었고, 일본 기업인 대동은 중국에서 막대한 적자를 보고 있었다.

"현 상황에서…… 위험한 건 우리 쪽입니다. 주식을 더 빼앗기면……."

말하지는 않았지만 그럴 경우 신동하는 모든 자리에 잘리게 된다.

당연히 그걸 막기 위해 그는 모든 수를 다 써야 했다.

"후우…… 신동우…… 아니, 이 경우는 신동하 그 개자식과 노형진이 문제군."

사실 신동우는 충분히 칠 준비가 되어 있었다.

하지만 노형진과 신동하는 전혀 예상하지 못한 카드였기 때문에 대비책이 없었다.

그리고 그게 실수였다.

"사장님, 어떻게 할까요?"

비서는 불안한 표정으로 말했다.

하긴, 당장 침몰하는 배에 타고 있으니 불안할 수밖에 없다.

더군다나 그는 신동성의 최측근이다.

배가 침몰하면 같이 빠져 죽을 수밖에 없는 처지이다.

가장 가까이에서 같이 반역을 준비했으니까.

그냥 퇴직으로 끝나는 수준이 아니다.

아마도 지는 순간 야쿠자가 집으로 찾아오는 건 당연한 수순이 될지도 모른다.

"끄응……."

신동성은 머리를 붙잡고 고민했다.

이길 방법이 없었다. 너무 몰렸다.

"원래는 내가 이겼어야 하는데……."

하지만 노형진과 신동하 때문에 오히려 불리한 위치에 놓이게 되었다.

그들이 자신을 제대로 엿 먹인 탓에.

"노형진…… 노형진……."

신동성은 바보가 아니다.

노형진과 신동하에게 그 정도 능력이 있다는 걸 이제 인정하고 있었다.

그리고 오래전 신동하가 신동우에게 요구했던 사항이 생각났다.

"젠장."

그 당시에 그 사항은 내부의 스파이를 통해 신동성에게 전해졌다.

그때만 해도 그가 훨씬 유리했고, 신동우의 세력 내부에는 스파이가 제법 많았다.

"시즈미유통."

일본 전역의 식료품 유통을 관리하는 핵심 회사. 그의 현금 줄 중 하나다.

그리고 그가 어떻게든 손에 넣으려고 했던 곳 중 하나다.

"망할 새끼들."

신동하는 신동우를 편들어 주는 조건으로 그걸 요구했고 신동우는 당연히 콜을 했다.

자신이 가진 게 아니니까.

남의 걸로 생색을 내고 이기면 신동하를 밟고, 져도 어차피 줄 건 없으니 손해가 없을 거라 생각한 것이다.

그때는 신동하가 병신인 줄 알았다.

절대 자신의 손에 들어올 수 없는 걸 요구한 꼴이니까.

'하지만…….'

그만큼 시즈미유통에 관심을 가지고 있다는 걸 의미한다.

그리고 그건 아직 신동성이 가지고 있다.

"염병."

과연 그가 그걸 주겠다고 하면 신동하는 어떻게 행동할 것인가.

"주고 싶지는 않은데……."

하지만 어차피 현 상황에서 그걸 쥐고 있어 봐야 그는 몰락할 수밖에 없다.

사실상 패배는 결정된 상황이다.

"발악이라……."

왠지 신동성은 헛웃음이 났다.

그는 자신이 발악이라는 걸 하게 될 줄은 몰랐다.

"차 준비시켜."

"어디로 가시겠습니까?"

신동성은 눈에 불을 켜며 일어났다.

"빌어먹을 막내, 신동하에게 간다."

"형님, 오랜만입니다."

신동하는 갑자기 들이닥친 신동성을 보면서 느긋하게 말했다.

물론 심장은 미친 듯이 뛰고 있었다.

아직까지 그에게 당한 수많은 원한이 있으니까.

하지만 오랜 싸움의 경험에서 그는 경거망동하면 도리어 약점이 잡힌다는 걸 알고 있었기 때문에 최대한 느긋한 모습을 보이려고 했다.

"우리가 서로 안부 묻고 지낼 사이는 아니지?"

"왜 당연한 말씀을 하십니까?"

"단도직입적으로 말하지. 우리 쪽으로 넘어와라."

신동하는 코웃음을 쳤다.

이미 신동성은 끝장났다고 사람들은 생각하고 있다. 그런데 이제 와서 자신에게 넘어오라니?

"농담이 심하십니다, 형님. 저는 침몰하는 배에 올라타는 성격은 못 되거든요."

"그 배에는 아직 실려 있는 짐이 많다."

"어차피 바다로 가라앉을 거 아닙니까?"

이죽거리면서 말하는 신동하.

"적당히 건져 올려서 쓸 만한 걸 골라내면 되지요."

"신동우가 그렇게 둘 것 같아?"

'전혀.'

신동하도 바보는 아니다.

신동성처럼 노골적으로 자신을 무시하지는 않았지만 신동우도 사실 똑같은 놈이다.

싸움이 끝나는 순간 자신을 잡아먹으려고 덤빌 게 뻔하다.

"누가 신동우를 믿는답니까?"

"으음……."

신동성은 신동하가 수를 꾸미고 있다는 걸 알 수 있었다.

'그게 뭔지 모르지만 그걸 내가 이용할 수만 있어도…….'

그러면 자신은 기사회생할 수 있을지도 모른다.

"단도직입적으로 말하지. 시즈미유통이 내 조건이다."

"시즈미유통?"

"모른 척할 건가? 네가 그걸 신동우에게 요구한 걸 내가 모를 것 같아?"

"글쎄요."

모르는 척하면서도 신동하는 속으로 혀를 내둘렀다.

그게 벌써 몇 년 전 이야기인가?

시즈미유통 이야기는 단 한 번 꺼냈고, 그때 노형진은 그랬다, 언젠가 갈아탈 때 필요할 거라고.

'이걸 예측했단 말이야?'

그런데 진짜로 신동성이 그걸 들고 왔다.

자신과 손을 잡는 조건으로 말이다.

"어차피 신동우는 우리를 살려 둘 생각이 없다. 너도 신강수의 성격을 모르진 않을 텐데?"

자신의 아버지조차 타인처럼 부르는 신동성.

그만큼 돌아올 수 없는 강을 건넜다.

'하긴, 그럴 만하지.'

사실 이 부분에 관해서도 신동하는 신동성에게 동질감을 느낄 수밖에 없었다.

신강수.

그들의 아버지다.

그러나 신강수에게 있어서 자식들은 애정의 대상이 아니었다. 경쟁의 대상이었지.

극단적으로 큰아들인 신동우만 편애했다.

둘째 아들인 신동성까지는 그나마 괜찮다. 하지만 신동하는, 신강수에게 있어서 일종의 생각지도 못한 쓰레기나 마찬가지였다.

어머니가 일본인이었으니까.

일종의 트로피 와이프로 신동하의 어머니를 선택한 건데 임신해서 애까지 낳을 줄은 몰랐던 것.

둘째 아들조차도 회사 계승의 방해자로 보고 있는 신강수에게 셋째 아들은 골칫덩어리 그 자체였다.

"그 인간과 나는 돌이킬 수 없는 강을 건넜지. 그건 너도 마찬가지 아닌가?"

히죽 웃는 신동성.

확실히 신동하가 가끔 신동우와 만나서 신동성에게 엿을 먹였지만, 신강수는 집을 나온 이후에 단 한 번도 만난 적이 없다.

"무슨 말을 하고 싶은 겁니까?"

"어차피 나가리 된 인생들이다. 너나 나나 말이지. 대동을 같이 먹자."

"그런 말을 하려면 저를 두들겨 패기 전에 하셨어야지요."

"그 부분은 미안하다."

신동하가 피식 웃었다.

"엎드려 절 받고 싶지는 않습니다."

저 미안하다는 말이 진심이 아니라는 것쯤은 신동하도 알고 있다.

물론 그것과 별개로 그의 말이 맞다는 것도 알고 있다.

'그리고 대룡에서 원하는 건 대동의 싸움이 오래가는 거지.'

현재 대동의 싸움은 거의 끝났다고 봐야 한다.

신동우와 신강수의 승리로 말이다.

"단순히 그걸로 끝낼 생각입니까?"

"불가침조약은 어때?"

"장난치지 마시죠. 어차피 형님과 한배를 타면 신동우가 날 다시 받아 주지는 않을 텐데."

즉, 한번 배를 갈아타면 죽어도 끝까지 함께 갈 수밖에 없다는 소리다.

"불가침조약이라고 해 봐야 무슨 국가 조약도 아니고, 당신이 어긴다고 해도 그걸 근거로 싸워서 하지 말라고 할 수 있는 게 아니지 않습니까?"

사업에서 공격하는 방법은 많다.

가령 신동하가 꽉 잡고 있는 엔터테인먼트를 보자.

불가침조약을 했다 해도, 현실적으로 신동성이 새로운 회사를 만들어서 소속 연예인을 빼돌리거나 하는 것은 공격이라고 보기도, 아니라고 보기도 애매하다.

주식만 빼앗지 않는다고 그게 화평인 것은 아니다.

그 주식의 가치를 공격하는 것 역시 전쟁이다.

“시즈미유통으로는 불만족스러운 거냐? 시즈미유통 라인은 알 텐데?”

“맞습니다. 알지요.”

고개를 끄덕거리며 말하는 신동하.

하지만 다음 순간 눈에서 불을 뿜으며 신동성을 바라보았다.

“그리고 그 수익의 상당 부분이 대동의 물류를 담당하면서 나온다는 것도 알지요.”

그렇게 말한 신동하는 피식 웃었다.

“그리고 제가 회사를 넘겨받고 어찌어찌 이긴다 해도 형님이 새로운 유통 회사를 차릴 거라는 것도 알고요. 제가 바보로 보이십니까?”

당장 신동성이 이기면 새로운 유통 회사를 차리는 건 순식간일 테고, 일감을 잃어버린 시즈미유통은 죽을 수밖에 없다.

“다른 기업을 만들어서 일감에 직원까지 빼 가 버리면 저는 나가리죠.”

일감도 없고 직원도 없는 시즈미유통이 무슨 의미가 있는가?

그냥 망하는 수밖에 없다.

“크흠.”

신동성은 살짝 헛기침을 했다. 실제로 그럴 생각이었으니까.

싸움만 끝나면 신동하는 필요하지 않다. 그러니 어떻게든 쳐 낼 생각이었던 것이다.

"물론 방법이 없는 건 아닌데……."

"그래서 방법이 뭐냐?"

"손해배상 규정을 달아 주시죠."

이런 날이 올 거라고 신동하는 충분히 교육받았다.

그리고 이 상황에서 할 말 역시 교육받았다.

"돈을 달라는 거야? 좋아, 만일에 대비해서 그 정도는……."

"아아, 말장난하지 말고요. 손해배상의 주체는 회사가 아니라 형님이어야 합니다."

"뭐?"

"손해배상의 금액은 1조. 전액 형님의 개인 재산으로만 보충할 것. 조건은 시즈미유통의 일감을 줄이거나 시즈미유통의 직원을 이직시키는 등, 실질적으로 시즈미유통에 피해를 입히는 모든 사항에 대한 손해배상."

"그럴 수는 없다!"

"그러면 우리 만남은 나가리죠."

재벌이라고 하지만 가진 재산의 대부분은 주식이다.

현실적으로 1조 단위의 재산을 현금으로 가지고 있는 경우는 많지 않다.

"싫으면 마시든가요."

현금으로 1조를 신동성이 개인적으로 주기 위해서는 가지고 있는 주식의 상당 부분을 팔아야 한다.

그리고 그 정도면 현실적으로 그의 경영권을 방어하는 것은 불가능하다.

"무리한 요구야."

"웃기는군요."

"뭐가 말이냐?"

"저는 지금 형님한테 있지도 않은 경영권을 담보로 요구하는 겁니다. 애초에 있지도 않은 걸 요구하면서 도와주겠다고 하는데 싫다고요? 실패한다 해도 형님이 손해 보는 게 있습니까?"

없다. 어차피 실패하면 모든 것이 날아간다.

"제가 신동우에게 시즈미유통을 달라고 한 거랑 똑같습니다. 어차피 없는 거예요. 지면 다 날아가는 거죠. 하지만 이기면 최소한 경영권은 지킬 수 있을 텐데요?"

"영악한 놈."

신동성은 인정할 수밖에 없었다.

다급한 건 자신이라는 걸 말이다.

자신이 아무리 노력한다고 해도 현 상황을 타개할 수는 없다. 지금 없는 걸 담보로 잡아서라도 일단 사는 게 우선이다.

"그리고 고작 유통 하나이지 않습니까?"

고작 유통이다.

물론 시즈미유통은 상당한 규모를 가지고 있는 회사다. 하지만 당연히 대동 전부와 비교할 수는 없다.

"잊으셨나 본데 저 겐조 하다로 씨의 대리인이기도 합니다. 제가 알기로 대동중공업이 동성이 형님 쪽이었지요?"

"으음……."

겐조 하다로. 대동중공업의 지분 13%를 가진 남자.

신동하는 그의 대리인이다.

물론 전이라면 그게 딱히 문제가 되지 않았을 것이다.

하지만 현재 신동성은 상황이 불리하고, 특히 그의 아래에 있던 대동중공업 내부에서도 이탈자가 나오고 있다.

만일 신동하가 신동우와 손잡고 그들을 설득하여 지분을 이용해 신동성의 해임을 몰아붙이면 전과 다르게 신동성은 방어할 방법이 없다.

더군다나 대동중공업은 대동의 모기업이기도 하다.

만일 거기서 잘려 나가기 시작하면 신동성의 몰락은 기정사실화된다.

"제가 겐조 하다로 씨를 설득하지 못할 거라 생각하세요?"

당연히 신동성도 신동우도 그를 설득하기 위해 수많은 노력을 하고 있지만, 현재 겐조 하다로는 철저하게 중립을 지키고 있다.

단 한 명, 신동하에 대해서만 빼고 말이다.

사실상 겐조 하다로에게 신동하는 생명의 은인이나 마찬

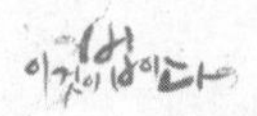

가지이니까.

"한번 가서 신동우 형님과 진지한 이야기를 해 볼까요?"

"알았다."

결국 신동성은 신동하에게 고개를 숙일 수밖에 없었다.

다급한 건 자신이고 칼자루는 신동하가 쥐고 있으니까.

"계약하도록 하지. 하지만 신동우를 견제하려면 큰 건이 필요할 텐데?"

"그건 제가 알아서 합니다."

신동하는 자신 있게 말했다.

⚖

"가능해요?"

자신 있게 말한 것과 진짜 실행하는 것은 전혀 다른 문제다.

사실 신동하는 신동성 앞에서 뻥카를 날린 거다.

그에게 무슨 힘이 있어서 신동우에게 크게 한 방 먹인단 말인가?

"계약서는 문제가 없군요. 축하드립니다. 드디어 신동하 씨도 전쟁의 한복판으로 들어섰네요."

"어…… 고맙기는 합니다만, 이 상황에서 입 싹 닦으라는 건 아니죠?"

원래는 신동성과 신동우와 싸움이었던 내전이다.

하지만 대동중공업의 13% 지분과 대룡에서 몰래 산 지분, 거기에다가 마이스터에서 산 지분까지 합하고 이제는 어느 정도 돈을 줬다지만 그래도 시즈미유통까지 손에 들어왔다.

결국 신동하도 내전에서 하나의 확실한 세력이 된 것이다.

"그럴 리가요. 그러면 그대로 시즈미유통을 토해 내야 하는데 왜 그러겠습니까?"

노형진은 싱긋 웃었다.

"일단 시즈미유통을 가지고 온 것 자체가 중요한 핵심 포인트입니다."

"그런데 왜 하필이면 시즈미유통입니까? 이해가 가지 않네요. 사실 돈이 되는 사업체는 더 많은데요."

노형진이 피식 웃었다.

그렇게 생각할 수 있다.

사실 시즈미유통이 큰 기업이기는 하지만 전쟁의 한복판에 뛰어들기에는 부족한 게 사실이다.

"그대로 돌려주기 위해서지요."

"그대로?"

"신동우, 아니 대동이 다른 나라에 경제 침략을 할 때 가장 먼저 장악하는 게 유통입니다."

유통을 장악해야 큰돈을 벌 수 있다는 건 상식이다.

"한국에 들어올 때도 그랬지요."

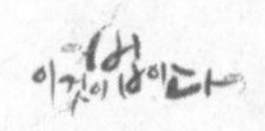

"반대로 일본의 유통을 장악하고 싶으신 거군요."

"맞습니다."

"하지만 그게 쉬울까요?"

노형진은 고개를 흔들었다. 확실히 쉽지 않다.

하지만 신동하가 모르는 게 있다.

"일본은 한국의 물품에 대해 상시 불매운동 상태입니다."

"네? 그게 무슨 말씀이지요?"

"신동하 씨도 알 겁니다. 한국 물품의 질이 일본보다 떨어지나요?"

"음…… 그건 아니죠."

절대 아니다.

도리어 이제는 역전이 되어서, 한국 물건의 질이 일본보다 훨씬 좋은 게 더 많다.

당장 과거에 일본의 코끼리 밥솥이 유명했지만 지금은 한국의 쿡스라는 브랜드가 훨씬 더 유명하다.

애초에 똑같이 밥을 해도 밥맛이 확실히 다르다.

텔레비전도 그렇다.

당장 한국의 기업들은 텔레비전의 두께 싸움에서 밀리미터 단위의 싸움을 하고 있다.

그런데 일본은 여전히 센티미터 단위로 TV와 모니터를 만들고 있다.

그렇다 보니 해외 수출 자체가 막혀 버리는 지경이다.

워낙 성능이 떨어져서 그렇다.

물론 카메라 등의 일부는 확실히 일본의 기술이 좋다.

하지만 상당수 물품들은 한국산이 좋거나 가성비에서 일단 한국 것이 더 싸다.

일단 환율 차이라는 게 있으니 어쩔 수 없다.

"일본에서 한국으로 관광 오는 관광객들이 꼭 사 가는 것 중 하나가 바로 쿡스입니다. 왜일까요?"

"으음, 글쎄요?"

"일본에서는 쿡스를 못 구하니까요."

사고 싶어도 쿡스 밥솥을 살 방법이 없다.

"일본은 갈라파고스화가 심각합니다. 그건 단순히 연예계만의 문제가 아닙니다."

심지어 산업적 부분에 관해서도 갈라파고스화가 이루어지고 있다.

그래서 기술의 발전이 멈춘 것이나 마찬가지다.

장인의 나라 일본은 이제 없다고 봐야 한다.

"확실히 성능이 떨어지는 물건들을 내수로 팔기 위해서는 어쩔 수 없죠. 일종의 폐쇄 정책을 쓰는 수밖에."

일본은 그게 심하다. 그것도 아주 심하다.

"쉽게 말해서, 한국 물품을 일본에 팔고 싶어도 유통 라인을 만들 수가 없다는 겁니다."

가장 핵심은 유통이다.

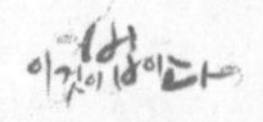

그런데 일본은 그 국내 유통을 해외 기업에 열어 주지 않는다.

대표적인 예가 두한이다.

두한은 자동차 산업을 하는 자들이고, 전 세계에서도 가성비가 쓸 만한 차를 팔기에 적지 않은 판매량을 자랑하고 있다.

하지만 유독 일본에서만 죽을 쑨다.

매년 판매량이 천 대를 넘지 못한다.

왜일까? 일본 차보다 성능이 떨어져서? 일본에서만 고가 전략을 고수하고 있어서?

아니다. 일본에 공격적으로 판매하고 싶어도 유통 라인이 한정되어 있기 때문이다.

한국 같은 경우는 각 동네마다 두한 자동차 판매점이 있어서 어마어마한 판매량을 자랑하지만, 일본은 전국에 판매점이 채 서른 개도 안 된다.

더 심각한 문제는, 일본 전역에 서비스 센터가 고작 열 군데 정도밖에 안 된다는 것이다.

한국으로 치면 각 도에 서비스 센터가 하나라는 건데 사람들이 그런 물건을 사고 싶겠는가?

즉, 쉽게 말해서 일본은 근본적으로 외국의 기업이나 세력에 대한 배척이 몸에 밴 나라다.

딱히 불매운동을 하고 말고 하는 문제가 아니라, 일본이 세계 제일이라는 신념하에 아예 다른 나라 물건을 거들떠도 안 본달까?

"공격적으로 확장하려 해도 일본에서 방해하니까요."

그렇다 보니 일본 시장이 큰 건 사실이지만 현실적으로 일본에서 크게 돈을 버는 한국 기업은 없다고 봐도 무방하다.

그게 대일본 적자의 가장 큰 이유이고 말이다.

"아! 한국의 물품을 시즈미유통을 통해 공급하실 생각이군요."

"맞습니다. 그러면 상황이 좀 달라지지요."

질 좋은 물건이 싼 가격에 들어가기 시작하면 일본 기업은 타격을 입지 않을 수가 없다.

그렇잖아도 흔들리는 일본 기업들에는 사형선고나 마찬가지일 것이다.

"하지만……."

잠깐 고민하는 모습을 보이는 신동하.

노형진은 그걸 보고 피식 웃었다.

"판매량이 나오지 않을 거라 생각하시는군요."

"아…… 맞습니다."

고개를 끄덕거리는 신동하.

"역사적으로 한국과 일본은 사이가 안 좋으니까요."

실제로 한국에서 어떻게 판매하더라도 일본인들이 그 물건을 거부하는 경우가 제법 많다.

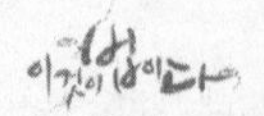

그럴 수밖에 없다.

일본에서 혐한은 주류의 행동이다.

오죽하면 서점에 가면 혐한 분류 서적들 코너가 따로 있을 정도로 말이다.

일부가 아니라 전반적으로, 한국에 대한 극도의 혐오감을 가지고 있다.

일종의 자격지심 같은 거다.

한때 노예였고 몸종이었던 나라가 이제는 세계적 강국이고 자신들을 따라오고 어떤 면에서는 역전했다는 사실이 불편한 거다.

"알고 있습니다. 한국의 기업들이 일본으로 가서 무슨 꼴을 당했는지는요."

한국 기업이라는 이유 하나만으로 차별받고 판매량은 바닥을 친다.

그렇다 보니 현실적으로 한국 기업들은 일본에 적극적으로 가려고 하지 않는다.

일단 일본 국민들이 적대감을 품고 바라보는 건 사실이니까.

"그걸 어떻게 이기시려고요? 쉽지 않을 겁니다."

노형진은 씩 웃었다. 그리고 주변을 두리번거리다가 일어나서 뭔가를 가지고 왔다.

"이게 뭘까요?"

"마우스 아닙니까?"

사람들이 흔하게 쓰는 무선 마우스다. 딱히 이상할 게 없는.

"이게 어떤 브랜드의 마우스인지 아십니까?"

"어, 글쎄요? 저는 컴퓨터에 대해서는 잘 몰라서요."

고개를 갸웃하는 신동하.

이야기 중에 갑자기 왜 마우스 브랜드를 묻는 건지 그는 도무지 이해가 가지 않았다.

"이건 레직이라는 한국 브랜드의 마우스입니다. 고급형 마우스고, 단가는 개당 11만 원입니다."

"제법 비싸네요."

"네, 제법 비싸죠. 물론 성능은 충분히 만족할 만하지만요."

노형진은 그렇게 말하면서 핸드폰을 꺼내서 레직이라는 회사의 이름을 찾아서 내밀었다.

확실히 레직은 한국 기업이다.

"그런데 이 모델 자체를 찾아보면 이야기가 좀 달라지지요."

"달라져요?"

노형진은 해당 마우스의 모델 번호를 가지고 검색해서 그걸 신동하에게 내밀었다.

"이건 분명 국산 브랜드입니다. 그런데 제조국은 중국이지요.”

“어? OEM?”

OEM, 즉 주문자 생산 방식.

한국 기업에서 중국에 주문해서 만들고 한국에서 파는 거다.

“사람들은 브랜드를 보고 국적을 판단하지요. 그러면 이 마우스는 한국 건가요, 중국 건가요?”

“그건…….”

애매하다.

분명 브랜드는 한국이다. 하지만 생산국은 중국이다.

즉, 이걸 만들어서 판 돈의 상당수는 중국에 생산비로 넘어갔다는 소리다.

“애매하지 않습니까?”

“애매하군요. 애매한데…… 아!”

신동하는 노형진이 뭘 노리는지 알아차리고는 탄성을 질렀다.

OEM은 가난한 나라에서만 하라는 법은 없다.

물론 가장 큰 문제는 인건비이기 때문에 중국에서 만드는 것이기는 하다.

“한국 기업들이라고 OEM으로 팔지 말라는 법은 없지요.”

한국에서 OEM을 받아 주문생산 해서 일본에서 일본 브랜드를 붙여서 팔면 그건 한국 물건인가, 아니면 일본 물건인가?

"일본 사람들이 보기에는 일본 물건이지요."

"그, 그렇군요."

"당장 한국의 공장에서 나오는 한 세대 뒤떨어진 물건조차도 일본에서 나오는 최신 물건보다 좋은 게 많습니다."

당장 한국과 똑같은 물건을 만들어서 OEM으로 팔 수는 없다.

하지만 한 세대 떨어진 물건을 일본에 팔면?

껍데기는 일본 브랜드인데 일본의 다른 회사들의 물건보다 성능이 훨씬 좋다.

그러면 사람들은 어떻게 생각할까?

일본을 대표하는 새로운 브랜드가 나왔다고 생각할 것이다.

"일반적으로 OEM은 기술을 본청에서 제공하니까요."

하지만 그건 일반적인 경우고, 하청의 기술을 이용하는 OEM도 분명 존재한다.

"일본이라는 가면을 쓰고 시장을 싹 쓸어 갈 수 있을 겁니다."

"……."

이미 가전에서부터 일본은 한국에 밀리는 상황이다.

그렇게 된다면…….

'일본 기업들에게는 사형선고나 마찬가지겠군.'

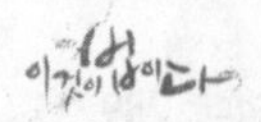

당연히 그 돈은 OEM 생산을 한 한국 기업들이 가지고 가게 된다.

하지만 공식적으로 일본 기업인 만큼 유통을 막으려는 시도는 없게 된다.

실제로 일본 역시 OEM이 무척이나 흔한 상황이니까.

“그들이 헛된 이름을 쫓는 동안에 우리는 실익을 얻는 거지요.”

물론 그것도 유통을 손에 넣었을 때 가능하다.

그런데 이제 유통이 손에 들어왔다.

“싼 가격에 적당한 이름으로 무차별적으로 팔아먹을 수 있다면, 아마 일본에서 새로운 기업을 일으키는 건 식은 죽 먹기겠지요.”

신동하는 침을 꿀꺽 삼켰다.

자신은 그냥 형제들과 싸우기도 벅찬데 노형진은 몇 수 앞을 내다보고 그에 대한 준비까지 하고 있으니까.

“물론 이것도 어디까지나 신동우에게 한 방 먹였을 때의 이야기지만요.”

만일 그러지 못하면 신동성은 신동하에게서 다시 시즈미 유통을 찾아갈 거라고 확실하게 못 박아 놨다.

‘그렇게 둘 수는 없지.’

장기적으로 일본을 찍어 누르기 위해서는 무조건 유통을 손에 넣어야 한다.

사실 사람들은 잘 모르지만 일본에는 못사는 사람들이 많다.

정확하게 말하면 일본이라는 국가는 부자이지만 국민들은 가난한 게 현실이다.

그렇다 보니 가난한 사람들은 위험한 걸 알면서도 어쩔 수 없이 후쿠시마산 식자재를 먹어야 할 정도였다.

'하지만 한국 식자재가 밀고 들어가기 시작하면 이야기가 달라지지.'

한국의 식자재뿐만이 아니다.

싼 가격에 여러 가지 물건들이 밀고 들어가기 시작하면, 일본의 어지간한 중소기업들은 넘어가지 않을 수 없을 것이다.

물론 대기업들은 버틸 수 있을지도 모른다.

하지만 중소기업이 없는 구조의 나라가 얼마나 버틸 수 있을까?

'너희들이 한 짓 그대로 한번 당해 봐라.'

노형진은 속으로 키득거리면서도 한편으로는 이럴 때를 대비해서 미리 준비한 작전을 머릿속에 떠올렸다.

"가장 좋은 방법은 일단 동남아, 정확하게는 태국에 한 방 먹이는 거겠군요."

"태국에요? 아니, 태국은 왜요?"

"대동의 주요 수익처 중 한 곳이 바로 동남아지요. 그리고 현재 신동우를 적극적으로 지지하는 게 태국 정부이지 않습니까?"

"그건 그렇지요."

"제가 알기로는 신동우가 태국에 들인 공이 어마어마할 텐데요?"

"맞습니다."

신동우는 일본 내 대동이 자리를 잡았다 생각했고, 그래서 자꾸 해외로 돌려고 하는 성향이 있었다.

그사이에 신동성이 일본 내부를 집어삼킬 수 있었던 것이고 말이다.

"하지만 태국을 두들겨 팬다고 해서 대동에, 아니 신동우에게 타격을 입힐 수 있는 건 아닌 것 같은데요."

신동하의 말에 노형진은 고개를 흔들었다.

사실 신동하는 대동의 후계이지만 내부 사정에 좀 약하다.

그럴 수밖에 없다. 일단 외부에서 활동하는 중이니까.

"대동 내부의 정보에 따르면 그렇지도 않습니다. 아니, 그렇지 않은 정도가 아니라, 신동우는 현재 태국에서 사활을 걸고 있는 게 있지요."

"사활을 건 게 있다고요?"

"네. 태국에서 새로운 신도시 산업을 수주하려고 하고 있습니다."

"신도시요?"

"태국은 성장하는 나라거든요."

문제는, 기본적으로 성장은 하고 있는데 대기업이 없다. 정확하게는 다들 규모가 작다.

그렇다 보니 국내에서 대형 사업을 할 수 있는 역량이 되지 않는다.

"이번에 태국에서 어마어마한 규모로 신도시가 만들어집니다. 그리고 그걸 수주하기 위해 각 나라들이 어마어마하게 로비하고 있지요. 신동우도 마찬가지이고요."

"그랬군요. 몰랐습니다."

"그런데 현실적으로 대동, 아니 신동우가 거의 확정적이라고 봐야 합니다. 태국은 극단적인 친일파 성향의 국가거든요. 더군다나 거기에 들어가는 어마어마한 가전제품까지 생각하면, 신동우 입장에서는 이번 건은 신동성을 날려 버릴 수 있는 필살기나 마찬가지일 겁니다."

아무래도 동남아는 기술 수준이 떨어지기 때문에 대동의 입장에서는 경제적 침략을 하기 쉽다.

당장 태국만 해도 제대로 된 가전 공장이 없다.

대부분의 가전은 결국 해외에서 수입하는 수밖에 없다.

사실 생활 가전이라고 불리는 냉장고, 세탁기 같은 물건은 쉽게 만들 수 있다고 생각하지만, 그런 걸 만들 수 있는 곳은 그다지 많지 않다.

기술이 부족한 것도 부족한 거지만 현실적으로 이런 가전

제품은 규모의 경제를 이룰 수밖에 없으니까.

당장 1천 대를 만들어서 개당 수백만 원씩 받는 것보다는 10만 개를 만들어서 수십만 원에 팔아야 잘 팔리는 게 생활 가전이다.

"신도시라는 곳에는 대부분 새로운 물건을 가지고 들어갈 테니까요."

"맞습니다. 더군다나 구조적으로 그곳에 들어가는 사람들은 무조건 부자일 수밖에 없지요."

당장 태국 사람들은 대부분 가난하다.

그리고 그 가난한 사람들이 새롭게 만들어지는 신도시에 들어갈 방법은 없다.

"아마도 그곳에 만들어지는 모든 유통 라인은 대동과 신동우가 지배하게 될 겁니다. 아마 그 금액 역시 어마어마하겠지요."

"설마요!"

신동하는 말도 안 된다는 표정으로 말했다.

그리고 노형진은 피식 웃었다.

하긴, 일본 내 일도 잘 모르는 신동하가 태국에서 벌어지는 일까지 다 알기는 무리일 테니까.

"그리고 태국은 제2의 일본이라고 불릴 정도로 일본, 특히 대동에 절대적으로 유리한 시장입니다. 현실적으로 태국의 백화점을 비롯한 주요 유통 라인을 꽉 쥐고 있는 건 대동이지요.”

한국 사람들은 잘 모르지만 태국은 극단적인 친일파가 지배하는 나라다.

어쩔 수가 없다.

그동안 일본에서 태국에 들인 공은 어마어마하니까.

오죽하면 제2의 일본이라고 할 정도로 친일파가 득세하겠는가?

“모든 사람들이 다 일본을 좋아한다면 싸우는 건 불가능한 거 아닙니까?”

노형진은 고개를 흔들었다.

그런 거라면 애초에 노형진이 그동안 태국에 그렇게 공을 들이며 큰 거 한 방을 준비하지도 않았다.

“그렇다고 해서 태국의 국민들이 일본을 마냥 좋아하는 건 아닙니다. 정확하게는 한국과 비슷하지요. 상부는 친일파, 국민들은 반일파. 일본은 한국에서도 장학생을 키웠는데 태국에 수작을 안 부렸겠습니까?”

그나마 한국은 일본을 추적하고 조금씩 역전하는 일종의 라이벌 같은 개념이라도 되지, 태국은 역전은커녕 사실상 노예로 보는 성향이 강하다.

더군다나 환율 차이도 심하니 태국에서 친일파 키우는 건 일도 아니다.

한국처럼 반일 감정이 강하게 생길 만한 일이 있었던 것도

아니니까.

"설마요."

"'설마요.'라고 할 일은 아니지요. 얼마 전 후쿠시마 재건 사건, 기억 안 나십니까? 태국에서 일본에 보낸 산업 연수생을 죄다 거기에다 밀어 넣지 않았습니까?"

"아……."

"그런데도 태국 정부는 아무런 말이 없지요."

산업 연수생을 후쿠시마 재건을 위한 공사판으로 밀어 넣었고 그들은 모두 심각한 방사능 피폭을 당했다.

단순히 외부 피폭뿐만 아니라 내부 피폭까지 받은 게 확정되었다.

"다른 나라들은 최소한 유감이라도 표명했습니다. 하지만 태국은 아니지요."

"그랬나요?"

"모르셨습니까?"

"일본 언론은 자국에 불리한 건 일절 공개하지 않으니까요."

후쿠시마 재건 공사 현장 근로자의 내부 피폭 사건은 심각한 문제였고 많은 나라들이 그 문제를 가지고 항의하고 난리도 아니었지만, 태국은 아무런 말도 하지 않았다.

"어째서요?"

"결국 돈이지요."

어깨를 으쓱하면서 말하는 노형진.

"태국은, 좀 독하게 말하면 일본 없으면 못 사는 나라입니다."

태국은 동남아에 있지만 2차대전 당시에 일본의 침략을 당한 나라는 아니다.

그렇다 보니 다른 나라들과 다르게 일본에 과거의 감정이 없다.

더군다나 현재 태국의 외부 투자의 50%는 일본에서 들어오고 있다.

이게 무슨 소리냐면, 일본에서 투자를 끊어 버리면 태국의 경제는 몰락한다는 소리다.

그렇다 보니 태국은 일본이라고 하면 일단 두 손 들고 환영하는 분위기가 강하다.

"그런 분위기 속에서 대동은 태국의 상권을 제법 많이 잡아먹었지요. 현실적으로 말하면 거의 다 먹었다고 봐도 무방할 정도입니다."

"그런 나라를 이용해서 신동우에게 타격을 입히겠다고요?"

"네. 물론 정상적인 상황이라면 힘들겠지요. 하지만 태국은 비정상적인 상황이거든요."

노형진이 말한 것처럼 태국은 친일파가 지배하는 국가이고 기본적으로 대동에 우호적이다.

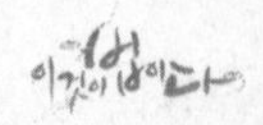

"아까도 말씀드렸다시피 신동우는 그 신도시 건축 건에 공을 많이 들였습니다."

현실적으로 표현하자면 태국에서 해당 공사의 수주를 대동이 하는 것은 거의 확정적이라고 볼 수 있다.

"그래서 신동우도 좀 무리한 상황이거든요."

낙찰되는 순간 바로 공사에 들어가기 위해 엄청난 양의 자재와 건축 장비를 계약해 둔 상태다.

한국으로 치면 구 단위 이상의 지역을 아예 새로 올리는 일이니까. 그것도 아파트와 신축 상가로 말이다.

"거기에 들어가는 원자재와 물품 그리고 장비가 얼마나 많겠습니까?"

"아……."

그런데 대동은, 아니 신동우는 그 수주가 확정적이라고 생각해서 관련 장비들을 모두 확보해 둔 상태다.

"보통 정상적인 상황이라고 하면 그렇게까지는 안 하지요."

그랬다가 나가리 되면 그 피해가 어마어마하니까.

"그래서 비정상이라고 한 거군요."

신동하의 말에 노형진은 고개를 끄덕거렸다.

친일파 국가라는 특성, 거기에다가 사실상 수주가 확정되었다는 확신 그리고 대동의 내전으로 인한 조급함까지.

이 삼박자가 맞아떨어지면서 신동우는 절대 실패할 거라

생각하지 않고 있었다.

사실 공사 수주에 실패한다고 해도 다른 기업은 기껏해야 억 단위의 피해만 발생할 것이다.

"하지만 신동우는 이번 건이 실패하면 못해도 300억 이상의 피해를 감수해야 합니다."

장비 대여의 위약금, 구입한 물품에 대한 위약금 등등 그나마 계약 해지되는 물건은 그렇게 해결할 수 있겠지만, 그게 안 되는 완전 주문생산품들은 막대한 피해를 감수하고 중고로 팔 수밖에 없다.

"하지만 어떻게 말입니까? 그렇게 극단적으로 신동우를 밀어주는 상황이라면 아무리 봐도 뒤집는 건 힘들 것 같은데요."

고개를 갸웃하는 신동하.

노형진은 조심스럽게 목소리를 낮춰서 말했다.

"일단은 태국의 전통문화를 이용해 볼까 생각 중입니다."

"전통문화요? 그런 게 있습니까? 딱히 생각나는 게 없는데요."

그렇게 말하면서 음료수를 입으로 가지고 가던 신동하는 이어지는 노형진의 말에 자신도 모르게 쿨럭거리면서 기침하고 사방에 음료수를 뿜었다.

"쿠데타요."

"콜록콜록, 켁, 켁! 잠깐만요. 그게 무슨 말입니까? 쿠데

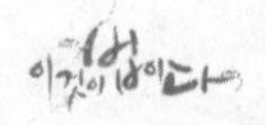

타라니요? 아니, 무슨 쿠데타가 태국의 전통입니까?"

이해가 가지 않는 표정으로 말하는 신동하.

군부가 권력을 잡기 위해 무력을 이용하여 나라를 뒤집는 걸 쿠데타라고 한다.

그런데 세상에 쿠데타가 전통인 나라가 어디에 있단 말인가?

"현실적으로 말하면 진짜로 거의 전통 수준입니다."

"네?"

"태국은 여러모로 좀 특이하지요. 태국에서 쿠데타가 얼마나 자주 일어나는지 아십니까?"

"네? 자주 일어난다고요? 태국은 안정된 왕정 국가 아닙니까?"

"애석하게도 아닙니다. 태국은 평균 4년에 한 번 쿠데타가 일어납니다."

농담이 아니라 진짜로 그렇게 쿠데타가 쉽게 일어나는 나라가 바로 태국이다.

그들은 수틀리면 일단 쿠데타부터 일으킨다.

"그런데 어떻게 그런 안정적인 운영이 가능하지요? 그렇게 자주 쿠데타가 일어나면 온 나라가 그냥 전쟁터가 되었어야 하지 않습니까?"

"쿠데타이기는 하지만 뭐랄까, 좀 특수한 형태라고 해야 하거든요."

일단 쿠데타를 할 때 국민은 공격하지 않는다.

물론 국민들이 저항하면 이야기가 달라지겠지만, 우습게도 국민들 입장에서는 쿠데타가 워낙 자주 일어나다 보니 사실 자기한테 당장 피해가 오지 않으면 별로 관심이 없다.

"쉽게 말해서 위에서 자기들끼리 지지고 볶을 뿐이지 국민들에게는 그다지 큰 문제를 일으키지 않는 게 첫 번째 이유죠."

"으음……."

"두 번째는, 쿠데타 세력의 불문율이 있다는 거지요."

"불문율요?"

"국왕은 건드리지 않는다."

실제로 태국은 일본과 마찬가지로 국왕이 있는 입헌군주제의 나라다.

그런데 이 국왕을 몰아내기 위한 쿠데타는 단 한 번도 없었다.

"태국에서 쿠데타의 성공 여부는 단순히 무력으로 정권을 차지한 것이 아닙니다. 그렇게 그걸 차지했다고 하더라도 국왕으로부터 사후승인이 이루어져야 합니다."

만일 사후승인이 이루어지지 않으면 그 쿠데타는 실패한 것으로 본다.

다른 세력들이 쿠데타를 일으킨 세력을 가만두지 않기 때문이다.

"사실 태국군은 대부분 철저하게 중립을 지킵니다. 만일 모든 태국군이 쿠데타군과 기존 세력으로 나뉘어서 싸우면 신동하 씨 말처럼 태국은 개판이 되었을 겁니다."

"으음."

그렇다고 해도 상식적으로 4년에 한 번씩 쿠데타가 일어날 수는 없다.

다른 전쟁 중인 나라와 비교하면 그건 말도 안 된다.

"태국의 쿠데타는 기동전에 가깝습니다."

쿠데타를 준비하는 소수의 세력이 빠르게 정부를 점령하고 권력자들을 제압하고 왕가의 승인을 받으면 그건 승인된 쿠데타이고 성공한 쿠데타다.

그렇게 빠르게 소수만 제압한 후에 국왕 승인만 받으면 되는 거니 쉽게 쉽게 쿠데타를 일으킬 수 있는 것이다.

"당장 작년에도 쿠데타가 발생했지요."

"아, 기억납니다."

쿠데타가 벌어지고 며칠 사이에 정권이 바뀌었다.

그런데 쿠데타가 벌어졌을 때 기존 정권이 군대의 출동을 명령하지 않았을까?

그럴 리가 없다.

"명령했지만 안 들은 거지요."

누가 나쁜 놈인지 누가 국왕의 명령을 받는지 알 수 없는 상황에서, 군은 기존 정권의 명령에 따르지 않은 것이다.

"그래서 일설에 의하면 쿠데타군이 국왕과 짜고 일으킨 친위 쿠데타라는 말도 있지요."

"친위 쿠데타요?"

"네. 실제로 그 쿠데타 이후에 태국은 군주국으로 바뀌었습니다."

그 이전에는 태국은 입헌군주제였다. 입헌군주제는 국왕에게 권력이 가지 않는다.

하지만 군주국은 어느 정도 국왕에게 권력이 간다.

"으음, 그런 건 잘 몰랐습니다."

"일본이 그런 것에 관심을 가질 리가 없지요."

어찌 되었건 태국은 가난한 나라니까.

"그런데 어떻게 하시려고요? 찾아가서 쿠데타를 부탁한다고 해도 쿠데타가 일어날 가능성은 낮지 않습니까?"

"옐로셔츠를 찾아갈까 합니다."

"옐로셔츠?"

"네. 현재 태국 왕가는 상당히 재미있거든요."

노형진은 씩 웃으며 말했다.

"그 안에 약간의 양념을 칠 생각입니다, 후후후."

태국은 왕정 국가이다.

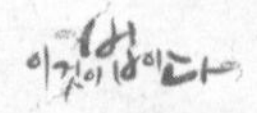

왕정 국가라는 건 언젠가는 필히 후계자 문제가 생기기 마련이다.

그런데 그 후계자가 완전히 쓰레기라면 어떻게 될까?

“그때는 국민들이 반대하기 시작하지요.”

뜨거운 태양. 늦가을의 태국은 여전히 뜨거워서 숨을 쉬기 힘들 지경이었다.

함께 온 신동하 역시 헉헉거리면서 땀을 닦았다.

“도대체 얼마나 막장인데요?”

“현재 태국의 후계자는 피우온 왕자입니다. 뭐, 왕자라고 하기에는 나이가 좀 많지만요. 제가 알기로는 영국과 더불어서 최장기 왕세자일 겁니다.”

노형진은 어깨를 으쓱하며 말했다.

“그런데 그의 행동이 일본의 타이토 왕자보다 막장입니다.”

“막장이라고요?”

“네. 일단 이혼만 세 번이지요.”

단순히 이혼만 한 거라면 문제는 안 된다.

그런데 피우온 왕자는 단순히 성격 차이로 이혼하는 게 아니었다.

여자를 갈아 치우는 개념으로 이혼한다는 게 문제다.

심지어 그는 나중에 자신보다 스물여섯 살이나 어린 근위대장과 결혼하는데, 문제는 그 여자가 원래 군인도 아닌 비행기 승무원이었다는 점이다.

군대나 근위나 경호에 대해 전혀 모르는 여자가 갑자기 근위대장이 된다는 것 자체가 말이 안 된다.

하지만 갑자기 그렇게 되었고, 피우온 왕세자의 최측근에서 몇 년간 경호 업무를 했다.

즉, 결혼하기 전에 대놓고 바람도 피웠다는 소리다.

물론 쪽팔려서 태국은 인정하지 않지만 말이다.

"오죽하면 왕정 국가에서 국민들이 후계자를 반대하겠습니까?"

태국 국민들은 왕정에 대해 그다지 부정적으로 생각하지 않는다.

도리어 대다수는 왕가를 신성시한다.

그럼에도 불구하고 유독 피우온 왕세자에 대해서는 극단적으로 싫어한다.

보이는 모습이 제정신이 아니니까.

"단순히 이혼을 자주 한 걸로 싫어하는 건가요? 도대체 얼마나 막장이기에 그런 겁니까? 저는 솔직히 이해가 안 가네요."

"음……."

노형진은 머리를 긁적거렸다.

하긴, 그의 기행에 대해 모르는 사람들은 '그래도 나름 한 나라의 왕세자인데 그렇게까지 미친놈일까?' 하고 생각할 것이다.

하지만 노형진이 아는 피우온 왕자는 아주 질이 안 좋은 부류에 들어갔다.

"제가 일화 하나를 들려드릴까요?"

"일화요?"

"피우온 왕자는 자신의 애완견의 생일 때, 자신의 아내에게 티 팬티만 입혀서 내보냈습니다."

순간 신동하는 당황했다. 이해가 가지 않았으니까.

"농담이십니까?"

"농담이 아닙니다. 심지어 거기서 촬영까지 하고 공식 행사로 거창하게 했지요, 애완견 생일을."

"어……허?"

일단 애완견 생일을 거창하게 하는 거야 자기가 좋아한다면 그럴 수도 있다.

"티 팬티만 입혔다는 게, 그날 입은 팬티가 티 팬티였다는 건 아니죠?"

"아닙니다. 딱 티 팬티만 입혔습니다. 나머지는 알몸이었지요."

"……."

그는 왕세자다.

즉, 그의 아내는 왕세자비이며, 미래의 국모가 될 사람이다.

그런데 그런 사람을 공식 석상에 티 팬티만 입혀서 내보낸다?

아무리 왕족을 신성시하는 자국 내 일이라고 하지만 제대로 된 사람이라면 할 수 없는 일이다.

아무리 타이토가 막장이라고 해도 그런 미친 짓은 안 한다.

"심지어 뉴스에도 나갔지요. 그것도 동영상으로."

신동하는 자신도 모르게 한숨을 쉬면서 고개를 흔들었다.

왕세자비가 노출광이라고 해도 그런 미친 짓은 하지 않을 것이다.

설사 최대한 좋게 봐서 양자 합의가 되어서 한 거라고 해도. 왕가와 국가의 명예를 위해서라도 그게 뉴스에 나가는 건 막았어야 했다.

상식적으로 왕세자비의 누드가 방송된 것이나 마찬가지니까.

그런데 피우온 왕세자는 그런 노력조차도 하지 않았다.

"자신의 아내이자 한 나라의 왕세자비를 그 정도로 취급하는데 다른 사람들은 어떻게 볼지는 뻔하지요."

국왕은 국민을 존중해야 한다.

그런데 그런 성향이라면 절대 국민을 존중하지 않을 것이 뻔했다.

"어찌 되었건 태국은 그러한 왕세자의 행동들 때문에 두

개의 커다란 집단으로 나뉘어 있습니다. 승계를 지지하는 레드셔츠와 반대하는 옐로셔츠. 뭐, 꼭 왕세자 때문에 나뉜 건 아니지만, 어찌 되었건 그들의 가장 큰 차이 중 하나가 바로 왕세자의 승계 문제이기는 하지요."

당연히 권력을 잡은 건 레드셔츠 쪽이다.

레드셔츠는 왕세자를 밀어주고 왕가의 세력을 키우는 걸 목표로 한다.

그렇다 보니 당연하게도 옐로셔츠 쪽은 상대적으로 권력이 작다.

"어째서요?"

"권력의 불문율이지요. 허물이 많은 인간일수록 지배하기는 쉽다."

피우온 왕세자가 딱 그 짝이다.

"그들의 대립은 생각보다 심합니다."

레드셔츠와 옐로셔츠는 철천지원수나 마찬가지일 정도로 극단적으로 대립한다.

한국의 지역감정? 그건 비교도 못 할 만큼 말이다.

"전에 말했지요, 친위 쿠데타일 가능성이 높다고? 왜 그럴까요?"

"아…… 후계가 문제군요."

"맞습니다. 태국은 기존에 기형적인 군주제를 가지고 있었지요."

입헌군주제이기는 한데 쿠데타가 일어나면 일단 국왕의 허락이 떨어져야 한다.

만일 허락받지 못하면 쿠데타 세력은 국외로 도망가야 한다.

웃긴 일이지만 그게 현실이다.

권력이 없는 입헌군주제인데 실질적으로 쿠데타 세력조차도 국왕의 눈치를 봐야 하는 극단적 군주제인 셈이다.

"현 국왕에 대해서도 평가가 좋지는 않지요."

겉으로는 현 국왕은 성군이라고 스스로를 포장한다.

하지만 여기서 말이 안 되는 부분이 생긴다.

입헌군주제라는 건 국왕에게 권력이 없기에 입헌군주제인 거다.

그런데 스스로 성군이라고 포장한다는 건, 국왕이 통치한다는 것을 기반으로 한다.

즉, 성군이라는 말이 나온다는 것 자체가 입헌군주제와 정면충돌하는 셈이다.

"그래서 쿠데타가 그렇게 많다고 의심받고 있는 거지요."

헌법을 어기지 않으면서도 쿠데타를 통해 지속적으로 자신을 지지하는 세력에게만 권력을 주는 방식으로 통치력을 확장하고 민주주의를 무력화하는 것이 현 태국 국왕의 방식이라고 사람들은 의심하고 있었다.

실제로 태국은 그런 식으로 운영되고 있고 말이다.

"그런 상황에서 피우온 왕세자의 후계 문제가 걸리는 거지요."

태국에서는 조금이라도 정부에 반대하거나 국왕을 모욕하면 잡혀간다.

사실상 태국은 민주주의국가라고 보기도 애매한 구조다.

일본과 마찬가지로 유사 민주주의라고 해야 할까?

"그런데 그런 태국조차도 옐로셔츠는 대대적으로 막지 못했습니다. 워낙 세력이 컸거든요."

그래서 피우온 왕자에게 계승하는 게 확실하지 않은 상황이다 보니 친위 쿠데타를 한 거라고 노형진은 생각하고 있었다.

반대하는 자들을 밀어내고 자식에게 권력을 넘겨줘야 하는데 헌법상의 국왕의 힘으로는 숙청할 수 없으니까 쿠데타라는 가면을 쓴 것이다.

"복잡하군요."

"상당히 복잡한 상황이기는 하지요. 그리고 문제가 그것만 있는 것도 아닙니다. 경제적 불균형으로 인한 복잡한 문제가 있거든요."

"복잡한 문제요?"

"원주민과 이주민의 문제라고 해야 하나요?"

"원주민과 이주민의 문제? 태국은 이민 국가가 아니잖습니까?"

"현대에는 아니지요. 하지만 현실적으로 이민 국가입니다. 오래되어서 그렇지."

"네?"

"태국의 권력은 이주민 출신들이 잡고 있거든요. 다 같은 태국 국민들이지만 혈통이 좀 다릅니다. 쉽게 말씀드리자면 상위 계층은 중국계의 혈통이 꽉 잡고 있지요."

정확하게 말하면 수백 년 전에 이민 온 사람들은 화교 출신이다.

아주 오래전에 이민을 왔고, 그들이 현재 태국의 주요 권력을 다 쥐고 있다.

그에 반해 태국의 토착민들, 그러니까 원래의 동남아시아인들은 하층민을 이루고 있다.

"현실적으로 태국에서 정치하기 위해서는 화교 출신이어야 한다는 게 절대적 조건입니다."

물론 그 화교 출신이 스스로 화교 출신이라고 인식하지는 않는다.

하지만 딱 봐도 두 인종은 상당히 다르다.

태국의 대다수 국민들은 동남아 계열로 피부가 까무잡잡하다.

그러나 부자들은 중국인같이 피부가 훨씬 하얀색이다.

수백 년간 섞일 만도 했지만, 과거 조선 시대의 양반과 노비처럼 상위 계층은 하층의 국민들과의 결혼을 극도로 꺼리기 때문에 여전히 중국계의 모습을 하고 있다.

"당장 국왕도 원래는 중국계 출신입니다."

정확하게는 애초에 태국 자체가 중국계 화교가 세운 나라다. 그렇다 보니 중국계 출신이 권력을 잡는 게 당연하다.

"잠깐, 그러면?"

"네. 본질적으로 레드셔츠와 옐로셔츠는 인종 간의 갈등이기도 하지요. 과거의 남아프리카공화국처럼요."

남아프리카공화국은 아프리카에서도 잘사는 나라다.

그런데 소수의 백인들이 절대적인 권력을 가지고 다수의 흑인을 지배하던 곳이 바로 남아프리카공화국이다.

당연히 국가에서는 흑인들을 억압하고 찍어 누를 수밖에 없었다.

그러지 않으면 수적으로 밀려서 쓸려 나갈 위험이 있기 때문이다.

"태국도 마찬가지이지요."

소수의 중국 출신의 혈통이 다수의 동남아 혈통을 찍어 누르는 형태.

"그리고 일본이 승승장구할 수 있는 가장 큰 이유는 간단합니다."

그들은 그 소수의 사람들과 손잡고 태국의 기반을 싹쓸이 했던 것이다.

"그래서 일본과 대동이 쉽게 태국에 들어갈 수 있었던 거지요."

상위 계층만 콕 집어서 관리하면 그들을 막을 사람들은 없다.

하위 계층은 제대로 학교도 못 나온 사람들이니 저항도 못 한다.

애초에 그들이 저항할 수 있는 방법도 별로 없다.

하루 벌어서 하루 먹고사는 대부분의 국민들이 비싼 일본 물품을 살 수는 없을 테니까.

"그러면 하층민을 공략하는 건 의미가 없군요."

신동하는 우려 섞인 표정으로 말했다.

애초에 구매력이 안되는 하층민을 공략해 봐야 무슨 의미가 있겠는가?

"아군으로서는? 전혀 도움이 안 됩니다. 하지만 도구로서는? 아주 쓸 만할 겁니다, 후후후."

노형진은 자신 있게 말했다.

"그리고 이기기 위해서는 뭐든 도구로 쓰는 게 변호사지요."

그게 설사 한 나라의 국민이라고 할지라도 말이다.

⚖

"잠롱 짠오차라고 합니다."

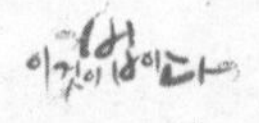

노형진은 이용해 먹을 대상으로 옐로셔츠를 생각하고 있었다.

하지만 그들을 만나서 이용해 먹으려고 들면 도리어 이쪽이 위험해질 수 있기 때문에 반대로 움직이기로 했다.

잠롱 짠오차는 레드셔츠를 이끄는 사람 중 한 명이다.

정확하게 말하면 정치인은 아니지만 어용 사회운동가라고 볼 수 있다.

당연하게도 중국계이고, 권력을 쥔 상위 계급 사람이다.

그는 노형진을 만나서 반갑게 악수를 나눴다.

"노형진입니다. 이쪽은 신동하라고 합니다."

노형진은 잠롱 짠오차를 보면서 인사를 건넸다.

"저를 만나러 오셨다고요? 긴히 할 이야기가 있다고 하던데요. 뭐, 중요한 이야기인가요?"

어지간한 일이라면 비서를 통해 이야기하면 된다.

그런데 노형진이 굳이 만나자고 했기에 잠롱 짠오차는 고개를 갸웃하면서 물었다.

"일단 저희 마이스터의 정보력에 대해서는 아시지요?"

"알지요. 유명하지요."

심지어 미국 정부조차도 모르는 비밀을 찾아내는 마이스터의 정보 능력.

물론 그게 한정적이고 가끔 돌발적이라는 게 문제이기는 하지만, 그래도 마이스터의 정보 능력을 무시하는 사람은 세상에 없었다.

“그쪽에서 새로운 정보가 잡혀서 저희가 이야기해 드리러 왔습니다.”

“새로운 정보요?”

“네. 아무래도 이게 생각보다 심각한 문제가 될 것 같아서요. 저희 마이스터와 미다스 씨가 태국에 투자한 게 좀 많아야지요.”

“그건 저희도 감사하게 생각합니다.”

국내 정치 상황이야 어떻든 간에 태국은 성장 중인 개발도상국이고 확실히 투자가치가 있는 곳이다.

그러니 그쪽에서 돈을 투자하는 게 당연하다.

‘그리고 이렇게 말해 두면 정보의 신빙성은 훨씬 높아지지.’

노형진은 속으로 미소 지으며 생각했다.

이미 노형진의 심리적 함정에 빠진 걸 모르고 무슨 이야기인가 하고 궁금한 표정으로 바라보고 있는 잠롱 짠오차.

“옐로셔츠에 대해서는 아시지요?”

“알지요.”

순간 불쾌한 표정을 숨기지 못하는 잠롱 짠오차.

그럴 수밖에 없는 게, 그의 입장에서는 그들은 철천지원수나 다름없으니까.

그러나 노형진이 잠깐 말을 멈췄다가 다시 입을 열었을

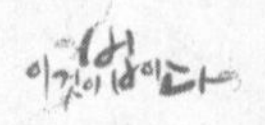

때, 그의 얼굴은 딱딱하게 굳을 수밖에 없었다.

"그들이 쿠데타를 준비한다고 합니다."

"쿠데타요?"

잠롱 짠오차는 어이없다는 표정이 되었다.

물론 태국에서 쿠데타는 무척이나 많이 일어난다.

'하지만 대부분이 친위 쿠데타지.'

허락받지 못한 쿠데타는 국왕의 승인을 받지 못하고 졸지에 도망가는 처지가 되는 게 태국이다.

일단 지금은 그렇다.

하지만 그 이야기에 단 하나의 양념만 첨가하면 이야기는 달라진다.

"그쪽에서는 국왕을 폐위할 생각도 하는 모양입니다."

"이런 불경한!"

국왕에게 허가받아야 하는 기괴한 형태의 쿠데타를 없애는 가장 좋은 방법은 뭘까?

그건 바로 국왕의 폐위다.

그렇잖아도 옐로셔츠는 왕세자의 왕위 계승을 반대하고 있다.

그리고 실제로 옐로셔츠 쪽의 극단론자들은 국왕제의 폐지도 주장하고 있다.

어찌 되었건 현 국왕은 쿠데타라는 꼼수를 통해 헌법을 무시하고 무지막지한 권력을 휘두르고 있기 때문이다.

"단순한 소문일 수도 있지만, 그건 저희 입장에서는 그다지 반가운 소리가 아니거든요."

국왕제를 지지하는 사람들과 그걸 거부하는 사람들이라면 기존의 쿠데타와는 이야기가 달라진다.

기존 쿠데타는 무조건 국왕의 명령에 따랐기 때문에 일이 커지기 전에 국왕이 편들어 주는 쪽이 이기는 거다.

"하지만 폐지하자는 쪽이 그 말을 들을 리가 없지요."

즉, 이번에는 단순히 권력자만 몇몇 바뀌는 게 아니라 내전으로 확대된다는 소리다.

실제로 옐로셔츠와 레드셔츠 사이에서는 심한 무력 충돌이 몇 번이나 있었다.

거기에 군이 끼어들면 주먹과 투석이 아니라 무기가 들어가게 된다.

"만에 하나 태국이 내전에 들어가기라도 하면 저희는 막대한 피해를 입습니다. 저희는 그런 상황을 원하지 않습니다."

노형진의 말에 잠롱 짠오차는 심각한 표정이 되어 갔다.

'모든 쿠데타에는 부작용이 있기 마련이지. 지금까지 태국은 그걸 몰랐고.'

쿠데타가 계속 이어질수록 군부에서 상관에 대한 충성심은 약해지고, 자신도 쿠데타를 통해 권력을 잡을 수 있을지도 모른다는 생각이 지배하게 된다.

더군다나 태국은 한국처럼 징병도 아니고 미국처럼 모병

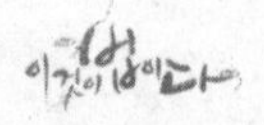

도 아니다.

징병이기는 한데 제비뽑기라는 형태로 징병한다.

쉽게 말해서 태국의 군인들은 자신들이 재수가 없어서 끌려들어 왔다고 생각할 수밖에 없다.

차라리 한국처럼 모두 징병한다면 '어차피 모두가 하는 일이니까.'라고 덮고 넘어갈 수 있겠지만, 그게 아니라 재수 없는 놈들만 군대에 가야 한다고 하니 충성심이 생길 리가 없다.

'그리고 대부분의 군인들은 하층민이지.'

수적으로는 옐로셔츠가 많을 수밖에 없다.

대부분이 일반 국민이니까.

즉 군인들은 대부분 하층민이고 그들이 옐로셔츠에 동조한다는 게 문제가 된다.

'그 말은, 옐로셔츠에서 진짜 쿠데타를 일으킨다면 군을 동원해서 제압할 수 있을지 불확실하다는 소리가 되거든.'

상관에 대한 충성심도 없는 상황에서 갑자기 총을 들고 나가서 국민을 쏘라고 하면 과연 그들이 그 명령에 따를까?

그건 거의 가능성이 없다.

재수 없으면 도리어 그들이 상관을 살해하고 무기를 들고 옐로셔츠 쪽으로 들어갈 수도 있다.

그러면 빼박 내전이 되는데, 숫자가 적은 레드셔츠와 기존 권력자들은 질 수밖에 없는 싸움이다.

'당연히 문제가 심각해질 수밖에.'

노형진이 앞에 있음에도 불구하고 아무런 말도 못 하고 깊은 생각에 빠져 버린 잠롱 짠오차.

노형진은 그런 그에게 슬쩍 원래 목적을 이야기했다.

"그런데 그 자금이……."

"자금? 그렇지요. 쿠데타에는 자금이 필요하지요."

내전에 준하는 싸움을 생각한다면 장군을 한 명이라도 더 많이 포섭해야 한다.

그리고 거기에는 분명 돈이 많이 들어갈 것이다.

"일본 쪽에서 들어오는 것 같습니다."

"일본?"

"네. 정보에 따르면 일본에서 상당액이 넘어가고 있다고 합니다. 정확하게는 대동에서 말입니다."

순간 신동하는 하마터면 뭔 말도 안 되는 소리냐고 외칠 뻔했다.

하지만 이내 눈치채고는 애써 입을 다물었다.

"그게 무슨 말입니까? 대동이라니요?"

"저도 모릅니다, 대동에서 자금의 흐름이 왜 그쪽으로 넘어가는지. 하지만 확실한 건, 그쪽으로 분명 막대한 자금이 넘어가고 있다는 겁니다."

"하지만 말이 안 됩니다! 대동은 우리와……."

버럭 소리를 지르던 잠롱 짠오차는 순간 입을 다물었다.

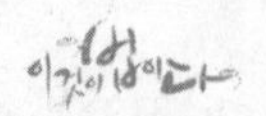

하지만 노형진은 마치 안다는 듯 고개를 끄덕거렸다.

"저는 마이스터의 대리인입니다. 대동과의 관계 정도는 알고 있습니다. 그걸 탓하고 싶지도 않고요."

"으음……."

"어디든 사업하려면 적당한 기름칠은 기본 아닙니까?"

노형진은 그저 웃을 뿐이었다.

살짝 헛기침하는 잠롱 짠오차.

"하지만 다른 부분에 대해서는 심각하게 받아들일 수밖에 없지요."

"심각하게요?"

"한국에서 터진 두한 사건 아시지요?"

"두한 사건이라고 하면?"

"두한에서 폐고철을 수입해서 철강을 만들다가 걸렸지요. 그로 인해 여전히 용광로가 정지 상태입니다."

그로 인해 두한은 흔들거릴 정도로 타격을 입었다.

그런데 타격을 입은 건 두한뿐만이 아니다.

일본 역시 후쿠시마 지역의 고철과 재활용품을 써먹을 데가 없어졌다.

"이번에 신도시 만드시지요? 그리고 사실상 대동이 거의 확정이고요."

잠롱 짠오차는 묘한 표정이 되었다.

한국에 수출하던 물건이 이제는 수출이 되지 않는다.

하지만 어딘가에 써야 한다.

그렇다면 어디로 가야 할까?

"태국은 일본에서 오는 물품에 대해 방사능 검사를 하지 않고 있는 걸로 알고 있는데, 맞습니까?"

부정할 수 없는 사실이다.

물론 요식행위 정도의 방사능 검사는 하지만 한국처럼 전수조사를 하거나 하지는 않았다.

당연히 그 정도 검사는 쉽게 넘어갈 수 있다.

설사 방사능이 진짜로 발견된다고 해도, 공무원들이 워낙 부패해서 약간의 뇌물이면 어렵지 않게 넘어갈 수 있다.

"일본은 확실하게 자신들의 물품을 소비할 수 있는 곳이 필요하지요. 방사능에 오염된 물품들을 말입니다."

노형진의 말에 잠롱 짠오차는 기분 나쁜 표정이 되었다.

그럴 수밖에 없다.

레드셔츠는 좀 사는 사람들이 주축이다. 그리고 그렇게 지은 신도시에 들어갈 가능성이 높은 이들이다.

즉, 일본에서 만드는 방사능 아파트에 살게 되는 건 자신들이라는 소리다.

'꺼림칙할 수밖에.'

원인? 이유? 그딴 건 아무런 상관도 없다.

중요한 건 대동의 행동에 의심을 품게 되는 것이고, 그 작업은 이미 충분히 해 놨다.

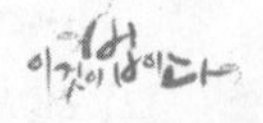

"저희는 태국이 평안하기를 바랍니다. 투자자로서요."

노형진은 미소 지으며 말했지만 잠롱 짠오차는 절대 웃을 수가 없었다.

# 의심의 싹

노형진은 잠롱 짠오차와의 만남을 끝내고 중국으로 갔다.

가는 길에 신동하는 노형진에게 진지하게 물을 수밖에 없었다.

"진짜 태국에서 쿠데타가 발생하나요?"

"모르죠."

"네?"

"모릅니다."

"하지만……."

"정보라는 게 언제나 정확한 건 아니잖아요?"

노형진은 피식 웃으며 말했다.

그럴듯하게 끼워 맞춰서 그냥 의심만 심어 주는 것만으로 노형진의 태국에서의 일은 일단 끝났다.

"태국 정부에서 조사하기 시작하면 뭐든 나오지 않겠습니까?"

"끄응…… 뭘 준비하신 것 같긴 한데, 말씀은 해 주지 않겠지요?"

"비밀입니다, 하하하."

노형진의 말에 신동하는 더 이상 묻는 걸 포기하기로 했다.

어차피 그가 다 알 필요는 없다. 같은 목적을 갖고 있는 이상 노형진은 믿을 만한 아군이니까.

"하지만 정작 신동우 쪽은 건드리지도 못하고 있네요. 의심이야 심어 놨습니다만 그게 끝이고 바로 중국행이라니, 전 이해가 안 갑니다. 저기, 우리가 신동우랑 싸우는 건 맞지요?"

"맞습니다."

"그런데 왜 중국에 가는 겁니까?"

"저도 들인 돈이 있으니 꿀 좀 빨아야 하지 않겠습니까?"

노형진은 피식 웃으면서 말했다.

"오랫동안 투자했으니 그걸 회수하러 갑니다, 후후후."

⚖

허름하고 흔해 빠져서 그 누구도 딱히 신경 쓰지 않을 듯한 빌딩. 그곳으로 신동하와 함께 간 노형진은 맨 위층에 있는 사무실로 향했다.

어째서인지 그곳에는 간판도 없고 이름도 없었는데 노형진은 마치 다 안다는 듯 거침없이 문을 열고 안으로 들어갔다.

"반갑습니다, 주 사장님."

"그런데 여기는 어쩐 일로……?"

직원의 말을 듣고 안쪽에 있던 사장실에서 나오면서 고개를 갸웃하는 남자.

신동하는 그를 보고 노형진에게 물을 수밖에 없었다.

"이분은 누구신지?"

"주정용이라고, 여기서 인터넷 기업을 운영하는 분입니다."

"인터넷 기업요?"

주정용이 씨익 웃었다.

"좋게 말하면 인터넷 기업이고 나쁘게 말하면 여론 조작 업체입니다."

"네?"

어안이 벙벙한 표정이 되는 신동하.

"한국에서는 여론 조작 업체가 여럿 활동합니다. 그런데 한국에서는 운영하지 못하거든요. 인건비 문제도 있고 수사 문제도 있고. 그래서 보통 중국에 회사를 많이 두지요."

"그런가요?"

"한국이고 일본이고, 여론 조작 업체를 운영하지 않는 나라는 없습니다."

21세기는 과거처럼 언론만으로 여론을 통제할 수 없다.

특정 방법을 거쳐서 여론을 통제하려고 하는 건 권력의 속성이고, 소위 말하는 댓글 알바는 현실이 되고 있다.

"사람들은 개별적으로 알바를 고용할 거라고 생각하지만 사실 그럴 가능성은 낮지요."

일단 숫자가 많으면 비밀이 새어 나갈 가능성이 높다.

더군다나 아무리 조심한다고 해도 누군가 알바를 가장해서 안으로 들어올 수도 있다.

가령 기자가 알바로 접촉해서 그 시스템을 까 버리면, 댓글 알바를 사주했던 입장에서는 곤혹스러울 수밖에 없다.

"한국 정부에서 그렇게 댓글 조작에 대한 처벌을 반대하는 데에는 다 이유가 있는 겁니다. 설마 일본은 그러지 않을 거라 생각하시는 건 아니죠?"

"그건…… 그렇겠지요, 하아."

왠지 기운이 빠진 목소리로 한숨을 쉬는 신동하.

"하하, 정부만 이야기하면 섭하죠. 사실 정부에서는 일을 거의 맡기지 않습니다. 주요 고객은 정당과 기업이지요, 하하하."

넉살 좋은 웃음을 짓는 주정용.

"그런데 노 변호사님은 이 사람들을 어떻게……?"

"깨끗하게만 싸우면 지니까요."

노형진은 지금까지 몇 번이나 여론전을 해서 이겨 왔다.

그런데 인터넷에 올린다고 해서 그게 다 이슈가 되고 반응이 나오는 게 아니다.

아무리 가슴 아픈 일이라고 해도 대부분은 묻혀 버리는 게 현실이다.

"좀 무섭군요."

"결국 그런 게 현실입니다. 저쪽에서 별의별 방법을 다 쓰는데 우리라고 마냥 당하기만 할 수는 없지 않습니까?"

"그건 알겠습니다. 그런데 이 일이 이번 사건에 무슨 의미가 있습니까?"

"태국 왕실을 뒤흔들 겁니다."

"네?"

"일단 들어가시죠."

주정용은 노형진과 신동하를 데리고 안으로 들어갔다. 그리고 조용히 물었다.

"이번에는 큰 건이라고 들었습니다. 무슨 일이신지요?"

"아까 말씀드렸다시피 태국 국왕을 흔들 겁니다."

"태국 국왕이라……. 그러면 태국에서 작업해야 하나요?"

주정용은 왜냐고 묻지 않았다.

애초에 이런 사업을 할 때 이유를 묻는 건 멍청한 짓이다. 중요한 건 돈과 가능성뿐이다.

"아닙니다. 태국이 아니라, 작업은 중국에서 하게 될 겁니다."

"중국에서요?"

"네, 중국 현장이 작업 대상입니다."

"이번 건은 좀 특이하군요. 어떤 부분을 원하십니까?"

"태국 국왕과 지배자 계층은 오래전 중국에서 넘어간 사람들입니다."

"그래요? 잘 몰랐습니다."

"벌써 몇백 년 전 이야기니까요."

사실 중국계라는 게 이제는 의미가 없다.

태국 국왕은 태국 사람이고 중국과 하등 관계가 없으니까.

'하지만 중국은 좀 다르지.'

중국의 동북 공정, 그러니까 동북아의 역사를 모조리 흡수하고자 하는 정책은 무척이나 확실하고 또 적극적이다.

"그걸 자극하고 싶습니다. 그러니까 태국 왕가에 대해, 해당 사실을 자극해 주셨으면 합니다."

"태국 왕실에 대해서요?"

"네. 인터넷상의 내용이니 뭐 자세할 필요는 없지요. 내용은 간단합니다."

태국은 중국인이 만든 나라이고, 현 태국의 왕실도 중국인에서부터 시작된 왕조이다. 당연히 태국의 역사 역시 중국의 일부이며 또한 태국은 중국의 지방정부다.

"인터넷에 그렇게 주장해 달라는 말씀이군요."

"네."

"흠…… 문제가 될 건 없군요."

중국 정부는 자국에 불리한 건 철저하게 통제한다.

하지만 이 주제 같은 경우는 중국의 동북 공정 입맛에 딱 맞는다.

즉, 이걸 딱히 막을 가능성은 낮다.

"가능하면 최대한 빨리 작업해 주십시오. 금액은 기존의 두 배 드리겠습니다."

"좋습니다."

주정용은 고개를 끄덕거렸다.

어려운 일은 아니다.

더군다나 작업 위치가 한국도 아닌 중국이다.

"얼마나 걸릴까요?"

"길어 봐야 한 달? 그 정도면 될 겁니다."

"혹시 몰라 내용을 정리해 둔 파일입니다."

노형진은 프린트된 내용을 내밀었다.

보면 볼수록 중국의 동북 공정을 대놓고 물고 빠는 내용이었다.

"그러면 부탁드립니다."

노형진은 짧은 만남을 끝으로 자리에서 일어났고, 엉겁결에 따라왔던 신동하는 어리둥절했다.

"이게 끝입니까?"

"끝입니다."

"신동우는요? 여기서 뭐 하는 거 아닌가요?"

"여기서는 아무것도 안 합니다. 이미 신동우에게 미끼는 던져 놨습니다. 여기는 그저 추수하러 온 것뿐입니다. 이제 우리는 기다리면 되는 겁니다, 후후후."

한 달 뒤. 태국의 중국 속국설은 무서울 정도로 퍼졌다.

사실 중국인들은 자국에 대한 자존심이 어마어마하게 강하다.

심지어 한국에 돈을 벌러 와서도 한국인에게 대국의 사람에게 소국인이 덤비면 안 된다면서 갑질을 하는 게 중국인이다.

그런 그들의 입맛에 딱 맞는 소재를 던져 줬으니 당연히 단시간 내에 중국의 언론과 뉴스는 빠르게 타올랐고, 심지어 SNS에서도 '태국은 중국의 일부'라는 해시태그가 유행하기 시작했다.

"태국 정부가 불쾌감을 드러내고 있군요."

시간이 지나고 다시 들어온 태국의 분위기는 상당히 좋지 않았다.

뭐랄까, 왠지 모르게 차갑고 어수선하달까?

그렇잖아도 쿠데타 소문 때문에 뒤숭숭한데 중국까지 태

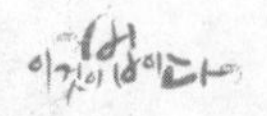

국을 건드리고 있으니 태국인들이 기분이 좋을 리가 없다.
태국이 아무리 중국인 조상이 세운 국가라고 해도, 벌써 몇백 년 전 일이고 현대의 중국과는 하등 상관없다.

'하지만 중국이 그렇게 표현할 나라가 아니지.'

아예 민족 자체가 다른 한국의 역사인 고구려조차도 자신들의 역사라고 주장하는 나라가 중국이다.

기존의 동북 공정은 한국에 집중되어 있었다지만, 다른 동북 공정이 생겼는데 그걸 모른 척할 리가 없다.

"심지어 태국의 역사가 중국에 연관되어 있다는 주제로 연구하는 학자에게 10억을 준다는 독지가도 나왔군요. 이거 무슨 생각이랍니까?"

이건 대놓고 태국의 역사를 흡수하겠다는 소리다.

"10억이 아니라 13억입니다."

"네? 아, 네. 13억? 어? 그걸 어떻게 아십니까?"

순간 당황하는 신동하.

그가 잘못 본 건 맞지만 이건 지금 막 인터넷에 뜬 뉴스다. 그런데 노형진은 지금 인터넷을 보고 있지 않다.

"제가 준다고 했거든요."

"네?"

어벙한 표정이 되는 신동하.

"저기, 우리가 하는 거, 신동우 문제와 관련 있는 거 맞습니까?"

“근본적으로 신동우와 관련이 있습니다. 하지만 일석이조라고 할 수 있지요.”

“그게 무슨 말씀이신지?”

“태국에서 일본의 영향력이 줄어들면 그만큼의 파이를 다른 사람이 가지고 가기 마련이지요.”

“으음.”

“과연 그게 어떤 나라가 될까요?”

신동하는 소름이 쫙 돋았다.

자신은 전혀 생각도 하지 못한 부분이니까.

확실히 일본의 파이가 작아지면 남은 파이를 가지고 갈 수 있는 나라는 한국 아니면 중국이다.

미국이나 유럽 쪽은 태국에 관광지로서는 관심을 가질지언정 투자 대상으로는 그다지 심각하게 생각하지 않는다.

일단 거리가 멀고 또 실질소득이 낮기 때문이다.

“그리고 태국의 화교 혈통은 그걸 제법 자랑스러워하거든요.”

심지어 일부 가문에서는 중국식 이름을 고수하면서 자신들이 중국 가문인 것을 자랑스러워하기도 한다.

“아마도 정상적인 상황이라면 중국이 그 남은 파이를 가지고 갔겠지요.”

정상적인 상황이라면 그랬을 것이다.

하지만 지금 태국은 잔뜩 자존심이 상한 상황이다.

아무리 자신들이 중국보다 못산다고는 하지만 중국의 속

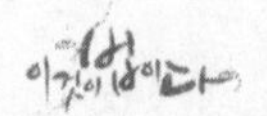

국 취급을 당하면서 기분이 좋을 리가 없다.

"기회를 한국 기업들이 싹 쓸어 가겠군요."

"정확하게는 대룡입니다. 전에 말씀드리지 않았습니까? 돈 벌러 간다고."

대룡은 노형진에게 계획을 듣고는 적극적으로 지원을 약속했다.

노형진이 내건 13억의 돈도 그쪽에서 나온 거고, 추가적으로 20억 정도의 돈이 더 들어갈 것이다.

물론 공식적으로 중국의 자랑스러운 독지가가 역사를 밝히겠다는 목표하에 시행하는 일이라는 개소리로 학자들에게 공급될 것이다.

당연히 동북 공정에 힘쓰는 중국의 역사 학자들은 관련 논문을 계속 내보낼 테고, 태국은 점점 더 기분이 안 좋아질 것이다.

"그 뉴스가 중국 언론에서는 대서특필될 테고 태국에서는 그만큼 자존심이 상하겠지요."

겨우 33억으로 태국에서 일본을 빼고 들어갈 수 있다면 상황은 상당히 남는 장사일 수밖에 없다.

"신동우는요?"

일단 노형진의 말대로 태국과 일본의 관계는 갑자기 경색되기 시작했다.

태국 정부에서 갑자기 일본 정부와 거리를 두기 시작한 것이다.

특히나 대동에 대해서는 적대적인 모습까지 보여 주고 있다.

"지금부터 시작할 겁니다."

노형진은 힐끔 시계를 바라보았다.

"아마 지금쯤 과격 태국 사회단체가 신동우의 공장에서 기습 점거 시위를 시작할 겁니다."

"기습 점거 시위요?"

"네, 소문이 돌 대로 돌았으니까요."

극렬 단체를 적당히 자극하면 그들이 신동우가 태국에 세운 공장을 습격하게 하는 건 어려운 일이 아니다.

"문제는 그 이후일 겁니다. 아마도 태국 정부에서는 그걸 막지 않을 겁니다."

이유는 뻔하다.

일단 일본에서 쿠데타를 지원한다는 소문 자체가 기분 나쁠 수밖에 없다.

거기에다 정부도 아니고 일개 기업이 한 나라의 국왕을 폐하겠다고 음모를 짠다는데 그걸 좋게 받아들일 수가 있을까?

설사 그게 단순한 소문일 뿐이라고 해도 말이다.

"당연히 일종의 본을 보여 줄 수밖에 없지요."

물론 대놓고 보복할 수는 없다. 당연하게도 말이다.

하지만 다른 방법, 그러니까 민주주의 사회에서 국민들이 그 기업에 대해 항의하고 시위하는 것까지는 막을 수 없다는 소리가 나올 수밖에 없다.

"현 태국의 국왕은 꼼수에 능합니다. 쿠데타를 통해 권력을 유지하는데 당연하지요. 그런 그가, 기회가 왔는데 그걸 바로 무마할까요? 그럴 리가 없지요."

그렇잖아도 그 소문이 돌기 시작하면 일본과 대동에 대한 이미지가 안 좋아질 수밖에 없다.

"그러니 잠깐은 그들을 가만둘 겁니다."

"잠깐은요?"

"네."

노형진은 끄덕거렸다.

일종의 엄포다, 헛짓거리를 하면 문제가 생길 거라는.

"그리고 그 틈이 제가 노리는 겁니다."

노형진은 싱긋 웃으며 말했다.

"아마 신동우는 울고 싶어질 겁니다, 후후후."

⚖

"뭐라고? 태국에 있는 공장이 멈춰?"

어안이 벙벙한 표정이 된 신동우.

마른하늘에 날벼락이라더니 지금이 딱 그 짝이다.

"아니, 왜? 멀쩡하던 공장이 왜 멈춰?"

"일단의 시위대가 침략을 멈추고 반성하라고 점거 농성을 하고 있다고 합니다. 입구를 막고 있을 뿐만 아니라 출입까지 통제하고 있어서 사실상 운영 자체가 불가능하답니다."

심지어 태국 노동자가 출근길에 폭행까지 당하고 있는 지경인지라 공장의 운영이 불가능하다고 했다.

"무슨 말도 안 되는 개소리야? 우리가 왜 태국 정부를 전복해?"

"왜인지 모르지만 그런 소문이 돌고 있다고 합니다."

"왜인지 모르지만? 지금 장난해? 이유도 없이 그런 소문이 돈다는 거야?"

"모르겠습니다."

비서실 입장에서는 당황스러울 수밖에 없다.

뜬금없이 이상한 소문이 돌기 시작하더니 태국 정부가 살짝 거리를 두기 시작한 것이다.

"말도 안 된다고 부정해! 아니, 우리가 미쳤다고 태국 정부를 전복해?"

사실 지금 태국의 정부는 제2의 일본이라고 할 정도로 친일파로 꽉 차 있다.

그런데 대동이 뭐가 아쉽다고 그런 노다지를 뒤집어서 자기 밥그릇을 깨 버린단 말인가?

"그게 쉽지 않습니다. 이미 그와 관련된 증거가……."

"증거? 무슨 증거?"

"우리 쪽에서 뇌물을 받은 정치인들과 장성들이 모두 소환

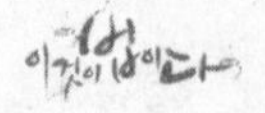

되었답니다."

신동우는 정신이 아찔해졌다.

사실 그건 당연한 일이다. 그래야 태국에서 활동하기 쉬우니까.

그런데 이상한 소문이 돌기 시작하더니 그게 태국을 뒤집기 위한 일종의 뇌물로 보이기 시작한 것이다.

"이런 뭔 황당한 경우야?"

신동우는 왜 그런 일이 벌어지는지 이해가 가지 않았다.

"태국 공장에서는 뭐라고 해?"

"일단 자신들이 어떻게든 커버해 보려고 했지만 그게 쉽지 않다고 합니다."

물론 전이라면 어렵지 않은 일이었을 것이다.

하지만 지금은 상황이 달라졌다.

조금이라도 일본에 유리한 행동을 하려고 하면 일단 색안경을 끼고 보기 시작한 것이다.

일본과 마찬가지로 태국의 국왕은 신성불가침이다.

그런데 그걸 전복하려 한다는 소문이 돌았으니 당연히 분위기가 살벌할 수밖에.

"당장 그건 오해라고 발표하고 사건을 무마해! 태국이 얼마나 중요한 시장인지 몰라?"

시장 자체가 한국이나 중국보다 작은 것은 사실이다.

하지만 한국이나 중국과 다르게 저항이 거의 없는 곳이 바로 태국이다.

당장 신동우는 후쿠시마의 많은 재료들을 무차별적으로 태국에 판매하고 있다.

그렇잖아도 노형진의 수작 때문에 기존에 몰래 처분하고 있던 물건들의 판로가 다 막히고 살아남은 판로는 태국뿐이었기에, 그곳을 잃어버리면 그가 사 둔 막대한 농수산물을 처분할 수 있는 방법이 없다.

"어떻게든 사건을 무마하고……."

그 순간 문이 열리면서 비서가 다급하게 들어왔다.

"크, 큰일 났습니다."

"뭐가 큰일이야?"

"태, 태국의 일간지에서 기습적으로 우리 물품에 대한 방사능 검사를 했습니다."

"뭐?"

지금까지 태국 정부는 단 한 번도 방사능 검사를 한 적이 없다. 그리고 그건 태국의 일간지도 마찬가지였다.

"방사능 검사를 해서 방사능오염도를 공개했는데, 수치가……."

"수치가 왜?"

"기준치 이상이라고……."

"무슨 소리야? 우리가 수출한 건 모두 기준치 이하의……."

말하던 신동우는 아차 싶었다.

분명 기준치 이하의 물건을 보내기는 했다.

문제는 그 기준치가 '일본의 기준치'라는 거다.

그리고 현재 일본의 방사능 안전 기준치는 세계 평균 안전 기준치의 스무 배다.

"이……익……."

당연히 그런 경우에 이쪽에서 보낸 물건의 판매량이 급속도로 떨어질 수밖에 없다.

"태국 정부에서 다급하게 전수조사를 한다고……."

신동우는 휘청거리며 머리를 부여잡았다.

하지만 그다음 순간, 지금까지와는 비교할 수도 없는 악몽이 신동우를 찾아왔다.

"그, 그리고……."

"그리고? 무슨 그리고야! 더 나쁜 일이 있다는 거야, 뭐야?"

"태국의 신도시와 관련해서 직원들이 대대적으로 정리되고 있습니다. 건설부 장관이 책임지고 사퇴한다는 정보도 흘러나왔습니다."

"뭐?"

신동우는 온몸이 굳었다.

그건 다른 일과는 비교도 못 할 만큼 충격적인 말이었다.

"그게 무슨 말이야?"

"업체 선정 과정에서 비리가 있었다고 뉴스에……."

"니미럴!"

당연히 비리가 있을 수밖에 없다.

그가 그들에게 준 돈이 얼마던가?

하루 이틀도 아니고 수십 년에 걸쳐서 줬다.

그런데 갑자기 그게 왜 문제가 된단 말인가?

"업체 선정에 대한 비리가 의심되어 업체 선정을 제로에서부터 다시 시작한다고……."

이미 대동이 내정되다시피 한 상황이다.

그런데 다시 업체 선정을 한다?

이건 한 가지를 의미한다.

대동을 떨구겠다는 것.

"이런 젠장! 젠장! 젠장! 젠장!"

신동우는 미친 듯이 자신의 책상을 내리치기 시작했다.

하지만 그 누구도 그를 진정시킬 수는 없었다.

"젠장!"

"아마도 한국이 재건축 사업 대상으로 결정될 겁니다."

노형진은 싱긋 웃으며 말했다.

"이게 바로 돈을 번다는 거군요, 하하하."

일본은 반일 감정과 오해로 인해 재건축 결정에서 나가리가 되었다.

결국 남은 업체는 몇 개 안 되는데, 일단 현재 중국과 태국의 관계가 싸늘하다. 중국에서 속국 운운하고 있는데 태국에서 그걸 좋게 볼 리가 없다.

“그렇다면 남은 건 한국이지요.”

정확하게는 대룡이다.

사실상 대동이 확정이었기에 다른 곳들은 거의 준비도 하지 않고 있었기 때문이다.

하지만 대룡은 노형진의 말에 따라 조금씩이나마 공을 들여 놨고, 갑자기 대동이 나가리가 된 상황에서 공사할 정도의 능력을 가진 건 대룡건설뿐이었다.

“저도 제법 짭짤하게 돈을 벌었지요.”

당연히 대룡건설의 주가는 하늘을 찔렀다.

물론 노형진은 그 주식을 미리 충분히 확보해 놨고 말이다.

“절대 손해는 안 보시는군요.”

“제가 왜 손해를 봅니까? 돈 더 벌 수 있는데, 후후후.”

자신 있게 말하는 노형진.

그걸 보면서 신동하는 잠깐 고민하다가 조심스럽게 입을 열었다. 아무리 생각해도 궁금증이 해결되지 않아서였다.

“하지만 여전히 이해가 가지 않는 게 있습니다.”

“뭐죠?”

"단순히 그 소문만 가지고 태국 정부와 국왕이 일본과 척을 지는 결과를 선택한다는 게……."

사실 아무리 그래 봤자 소문일 뿐이다.

그것만으로 이렇게 행동한 걸 보면 태국 정부가 심각하게 겁먹은 것처럼 보인다.

"사실은 진짜 지원금이 들어갔거든요."

"네?"

"제가 이번 일은 오래 준비했다고 하지 않았습니까? 자금세탁을 통해 태국의 주요 정치인들과 군부에 뇌물을 줘 왔습니다."

"고작 그걸로요?"

당연히 그게 일본 돈으로 바뀌어서 들어갔을 것이다.

하지만 그것만으로는 여전히 이해가 안 되는 부분이 있었다.

노형진은 신동하에게 그가 모르는 부분을 설명해 주기로 했다.

이미 일은 터졌고 이제 보안을 유지할 이유는 없으니까.

"사실은 제가 돈을 준 건 주요 정치인이 아닙니다. 신 타룽 계열의 정치인이지요."

"신 타룽?"

"아마 잘 모르실 겁니다. 실각한 지 좀 된 사람이라서요."

신 타룽. 태국의 총리였으니 쿠데타가 벌어지면서 실각한 정치인이다.

공식적으로는 상당히 부패한 자다.

노형진은 신 타룽의 그 부분에 대해서는 부정할 생각이 없었다.

그는 분명 부정한 정치인이 맞다.

"하지만 반대로 능력 있는 정치인이자 민주 투사이기도 했지요."

"민주 투사?"

"네. 웃긴 일이지만, 그는 태국의 왕가와 사이가 안 좋습니다. 정확하게는, 그는 태국 왕가의 힘을 빼기 위해 많은 노력을 했지요."

그게 그의 개인적인 욕심 때문인지 아니면 민주주의에 대한 열망 때문인지는 알 수 없다.

하지만 확실히 그는 능력 있는 정치인이었고 친서민 정책으로 많은 사람들에게 지지를 받았던 사람이다.

"오죽하면 그 당시 쿠데타가 그를 쫓아내기 위해 국왕이 시킨 거라는 말도 있지요. 신 타룽은 어떻게든 왕가의 힘을 빼려고 했거든요."

"그 정도였나요?"

"신 타룽은 피우온 왕자와 상당히 친했습니다. 하지만 정작 그는 옐로셔츠 쪽 지지자였지요."

당연히 국왕에게는 그가 눈엣가시였다.

"그리고 저는 그동안 신 타룽 계열의 정치인들에게 자금을 송금했습니다."

그동안은 문제가 되지 않았다.

태국은 상당히 부패한 나라이기에 뇌물은 어찌 보면 당연한 것이니까.

"그런데 의심의 씨앗이라는 건 참 재미있는 놈이지요."

당연한 일이었지만, 혹시나 하는 의심이 드는 순간 상황이 묘하게 변한다.

태국에서 뇌물을 받는 건 문제가 안 되는데 신 타룽 계열의 정치인과 군인이 돈을 받았음을 알게 되자 상황이 묘하게 변하게 된 것이다.

노형진은 태국 정부에 슬쩍 의심의 씨앗을 던졌고, 태국 정부는 그걸 조사할 수밖에 없다.

그런데 노형진의 말대로 자금 세탁이 된 돈이 태국 내부의 신 타룽 계열, 정확하게는 옐로셔츠 계열로 흘러들어 갔다.

"중요한 건 돈이 들어왔다는 겁니다. 어차피 깨끗하게 세탁된 돈이라 추적은 불가능하니까요."

"그래서 일본과 적대한다고요? 그들이 신 타룽 계열이라는 이유 하나만으로요?"

"지금 태국을 만든 건 신 타룽이나 마찬가지이거든요. 사실 친한 걸로 치면 태국 정부보다는 신 타룽이 일본과 친합니다."

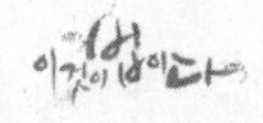

"그건 또 뭔 소리입니까?"

"태국에 일본의 지원을 적극적으로 받아들인 건 신 타룽이라는 겁니다."

그는 부패 여부를 떠나서 확실히 능력 있는 사람이었다.

그가 일본의 돈을 끌어들여서 태국을 발전시킨 건 사실이다. 즉, 친일파라는 뜻이다.

"아……."

일본에서 돈을 끌어오고 일본의 지원을 받았던 정치인.

능력은 있지만 국왕과 사이가 안 좋았던 정치인.

그리고 결국 쿠데타로 인해 망명해야 했던 정치인.

"의외군요. 그러면 보통 관련자들은 다 축출되지 않던가요?"

정치학적으로 보면 그게 정상이다.

세계 어느 나라든 쿠데타로 밀려난 자들의 세력을 가만두지는 않는다.

"하지만 태국은 또 그 부분이 애매하거든요."

신 타룽은 쿠데타로 인해 망명했지만 정작 그의 세력은 그대로 있다.

이유는 간단하다.

신 타룽이 친일파이니 당연히 그의 세력은 친일파다.

그리고 태국은 일본의 막대한 투자를 받아서 일본의 영향력이 강한 나라다.

"그들의 세력이 어느 정도로 강하냐면, 현 왕세자인 피우온 왕자의 누나조차도 신 타룽 계열 정당의 지지를 받아서 정치를 하려고 했을 정도니까요. 아마도 옐로셔츠 쪽에서는 그녀를 여왕으로 만들고 싶었을 겁니다. 능력으로 보나 인품으로 보나, 그녀가 훨씬 나은 선택이니까."

물론 태국의 왕과 피우온 왕자가 결사반대해서 실패했지만 말이다.

"더군다나 부패한 건 사실이지만 국민을 위해 많은 걸 한 것도 사실이거든요."

한국으로 보면 애증의 대상인 박정희와 비슷한 포지션이다.

박정희도 만주군의 장교이자 친일파로서 그 과거가 문제가 되고 또 많은 비리를 저지른 대통령이자 독재자이지만, 그가 대한민국의 산업의 기틀을 마련한 것은 부정할 수 없는 사실이다.

"신 타룽도 마찬가지이지요."

그가 부패한 것은 사실이지만 그의 주요 목적은 국왕과 기존 권력의 힘을 빼고 국민들에게 이득이 돌아가게 하는 것이었다.

"그가 옐로셔츠를 지지한 덕분에 과거에 압도적으로 밀렸던 옐로셔츠 세력이 레드셔츠와 비슷해진 거구요."

"무슨 뜻인지 알겠네요."

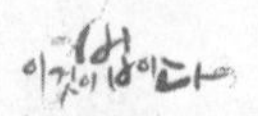

그 규모가 너무 커져서 태국 정부도 쉽게 건드릴 수 없는 수준이 되어 버렸다는 것이다.

그냥 군부와 정치인만 쳐 내자니 그들은 막대한 숫자의 옐로셔츠와 손잡고 있다. 한데 그런 그들을 잘못 건드리면?

"내전이군요."

"실제로 옐로셔츠와 레드셔츠는 내전 직전까지 가기도 했으니까요. 그 공포는 아직 태국 내부에 있습니다. 그런데 제가 그걸 자극해서 구현 가능하다고 생각하게 만든 겁니다. 거기에 살짝 신동우만 끼워 넣은 거지요."

그나마 신성시되는 국왕이 나서서 막기는 했지만, 그런다고 해서 그들의 관계가 개선될 수는 없다.

"그동안 돈 때문에 태국은 일본에 묶여 있었지요."

노형진은 싱긋 웃었다.

"하지만 이제 일본 자금이 두려워지기 시작할 수밖에 없습니다."

노형진의 말에 신동하는 침을 꿀꺽 삼켰다.

당연히 어떻게든 대동을, 신동우를 노릴 거라 생각했다.

하지만 노형진이 노린 건 그 정도가 아니었다.

"점진적으로 태국은 일본의 자본을 퇴출시키고 다른 자본을 받아들일 가능성이 높아졌습니다."

"그리고 그 자본은 한국 자본이겠군요."

이미 중국과의 사이는 틀어졌으니까.

"아마 태국 입장에서는 짜증이 좀 많이 날 겁니다. 그러나 어쨌거나 한 가지는 확실하지요. 태국은 점차 일본 자본을 빼려고 할 거라는 것. 특히 이번 소문의 대상인 대동의 돈은 어떻게든 빼려고 하겠지요, 후후후."

당장 신동우가 큰 타격을 입지는 않을 것이다.

하지만 그래서 더 무서운 일이다.

조금씩 숨통이 조여들 테고, 그걸 막기 위해 신동우는 막대한 자금을 태국에 들이부어야 할 테니까.

"아마 당분간 일본에 신경 쓸 시간이 없을 겁니다. 확신하지요."

노형진은 자신 있게 웃으며 말했다.

다음 권으로 이어집니다

ROK MEDIA
로크미디어

# 폐황제가 되었다

송제연 판타지 장편소설

**팔자 편한 빙의물은 가라!**
**고생길 예약된 독자 출신 폐황제가 보여 주는**
**본격 스포 주의 생존기!**

인기 없는 판타지 소설 '포킹덤'의 유일한 독자 민용
갑작스러운 완결 소식에 놀랄 새도 없이
다음 날, '포킹덤'의 폐황제 익스가 되어 눈을 뜨는데……

*'그런데 이 녀석…… 사흘 뒤에 죽지 않나?'*

외진 땅, 부족한 인재, 부실한 재정
뭐 하나 멀쩡한 게 없는데 목숨까지 왔다 갔다 한다?
믿을 구석은 대륙 곳곳에 숨어 있는 인재들뿐!

**앞일을 내다보는 황제에게 불가능은 없다**
**모든 건 내 머릿속에 있을지니!**